ALFAHANNEN

ALFAHANNEN

Katarina Wennstam

Albert Bonniers Förlag

Av Katarina Wennstam har tidigare utgivits:

Flickan och skulden 2002
En riktig våldtäktsman 2004
Smuts 2007
Dödergök 2008

Citaten ur Shakespeares *Så tuktas en argbigga* på sid 141–142 är översatta av Carl August Hagberg.

www.albertbonniersforlag.se

ISBN 978-91-0-012302-4
Tredje tryckningen

ScandBook AB, Falun 2010

Till Mani, Emil och Moa

Det var en nejsägare den här gången. En fin flicka. Trodde hon i alla fall.

Och han njöt. Precis så här ville han ha dem. Lite prydhet, lite spel. Katten på råttan och råttan på repet och...

Hon sköt honom ifrån sig, gång på gång.

Lik förbannat var hon här. I hans hem. I hans soffa med kjolen som gled upp och ner över låren. Ensam. Frivilligt. Hon hade själv stigit in i taxin. Själv sagt tack när han drog av henne kappan samtidigt som han lyfte på det utsläppta håret och placerade en mjuk kyss i nacken, precis där hennes hängande öronring i guld rörde vid axeln.

Två veckor hade det tagit, att få henne hela vägen från rekvisitaförrådet där hon jobbade hit till hans stora kåk. Halva tjusningen låg i den resan. Nu var det snart dags för huvudrätten.

Hennes ton var förebrående. Jag har ju sagt till dig så många gånger redan-tonen.

– Jack. Kom igen.

Han ställde sig upp, händerna i luften framför kroppen. Ta det lugnt signalerade gesten. Han gled iväg bortåt köket till.

– Jag ska ta något att dricka. Vad säger du?

– Bara vatten.

Han kom tillbaka med två glas, instoppade mellan spretande fingrar i den ena handen. I den andra en flaska Dom Pérignon. Han föredrog själv en stram blanc de blanc från något mer personligt champagnehus, men Gula Änkan eller Dompa fungerade alltid bättre på unga tjejer. De blev så till sig över att bli bjudna på riktig champagne att halva var inne när de började dricka.

Hon skrattade, ljust som ett barn.

– Vatten, sa jag ju.

– Inte då.

Metallhöljet och ståltråden hade han redan tagit av i köket och nu lät han korken flyga innan hon sa något mer. Den for iväg i en perfekt bana tvärs över rummet, han siktade alltid på öppna spisen. Han hade försiktigt vänt på flaskan en gång innan ute i köket så nu sprutade champagnen över soffbordet och flickans ben. Hon tjöt av den kalla vätskan. Eller av förtjusning.

Han satte sig mittemot henne den här gången, inte bredvid i soffan. Nu skulle han vara gentlemannen personifierad.

Efter ett och ett halvt glas började hon slappna av. Han berättade om filminspelningar i Hollywood, om demonregissörer och vackra stjärnor. Nämnde några namn som fick henne att göra stora ögon. Kände hon till Clive Owen? Flickan gled omkring på kuddarna i hans låga soffa och sippade på champagnen.

Hennes sanna jag började komma fram. Hon satt fortfarande med benen sedesamt i kors, men det kunde lika gärna vara för att smickra de långa vackra vaderna. Hon höll fortfarande upp händerna framför sig när han reste sig upp.

– Ta det lugnt. Jag ska bara på toa.

Han böjde sig fram och nöp henne i midjan, kittlade henne och kände att kroppen var lovande mager och hård i hullet. Skinn på ben, precis som han gillade bäst. Hon följde honom med blicken, okynniga ögon under luggen, ett behåband hade letat sig fram där toppen gled ner över axeln. Hon var redo.

Han gick in i badrummet. Kastade vatten högt upp i skålen, lyssnade på sitt urins melodi. Skakade bara av, struntade i att torka eller skölja. Föraktet inombords bubblade under ytan. Hon kunde gott få slicka av hans piss.

Hon sa nej samtidigt som hon drog av sig trosorna en stund senare. Så fort hon fick tillfälle att andas mellan djupkyssarna kom den fina flickan fram och hon suckade fram ett fullständigt onödigt nej igen.

– Jack. Vi borde verkligen inte...

– Schh. Så.

Det sista nejet kom precis före penetrationsögonblicket. Ögonen doldes av halvt slutna ögonlock, munnen glipade i skuggorna, han reste sig över henne. Håret ostyrigt och rufsigt nu, långt från den strama hästsvansen hon haft när hon steg in i taxin med honom. Hon höll honom ifrån sig igen, blicken dimmig av champagne och kåthet.

Precis så här vill jag ha dem, tänkte han och låste hennes händer bakom ryggen.

I

Januari

– Vet ni inte att det är farligt att leka med elden?

Jean i Fröken Julie
av August Strindberg

Festen är över
fast alla festar
Talet har tystnat
fast alla talar
Döden tar fatt dig i dessa salar
Håll andan en kort minut
och smyg sen försiktigt ut

ur Cool Water, På den Gyldene Freden
av Cornelis Vreeswijk

Den röda mattan ligger utrullad. Ovanför entrén till Cirkus på Djurgården rör sig strålkastarna på den svarta himlen, likt lasersvärd i en duell mellan Darth Vader och Luke Skywalker. Temperaturen letar sig neråt minus tio ikväll och snön känns i luften.

Kylan biter i benen under de flortunna strumpbyxorna. De är egentligen onödiga, hon har så tunna kläder på sig att hon lika gärna kunde vara naken.

Hon vänder sig om mot den långa, axelbreda mannen som håller sin hand runt hennes midja och han ser ner på henne. Ser på henne som hon vore, ja, just det, naken.

Han flinar med hela sitt berömda varggrin och viskar i hennes öra.

– Du kommer att älska det här. Kom nu vännen, så går vi in och gör succé.

Så kliver de upp på den röda mattan. De hinner ta två, kanske tre steg innan de blir stoppade av den första fotografen, en ung asiatisk man som med en utsträckt arm bakom kameran manar dem att trycka sig om möjligt ännu tätare ihop. Kamerablixtarna smattrar och en annan fotograf, en mager blond kvinna med tajta jeans och en enorm sjal runt halsen, ställer sig bredvid.

– Jack. Emma. Hitåt. Kan jag få ett leende. Tack. Bra så. En gång till. Vad fina ni är.

Promenaden över röda mattan tar en evighet. Och Jack hade rätt.

Hon älskar det.

Emma lägger huvudet på sned, kommer på sig själv med att nästan luta det mot Jacks axel. Men det ser nog alltför kärvänligt ut och hon sträcker på sig. Vrider fram vänster axel och ställer benen i kors för att få en snygg vinkel. Lägger fram det uppfluffade håret på axeln, drar med tungan över framtänderna för att få bort eventuella spår av läppstift. Ler. Ler. Visar lite tänder, men inte för mycket. Skrattar till. Ler.

Och hela tiden känner hon vad ingen annan ser. Hur Jacks näve har letat sig innanför hennes kappa, upp under den kortkorta kjolen. Hur han knådar hennes iskalla rumpa tills det hettar och brinner.

Hon kan inte låta bli. Det första Emma gör när hon kommer in i den stora mingelsalen i Café Cirkus är att lyfta på huvudet och titta upp i taket. Som en annan turist. Hon fäster blicken på de fantastiska takbårderna i jugendstil som ramar in hängande lampkronor och handmålade fresker.

– Stäng munnen. Du ser ut som en fågelholk.

Jack lyfter två glas champagne från en kringvandrande bricka och ger henne det ena. Möter hennes blick och luftskålar. Sveper skumpan i ett drag och lyckas byta glaset mot ett nytt innan servitören har hunnit iväg med brickan.

De blir stående mitt på det fiskbensmönstrade parkettgolvet. Tysta. Han tittar på henne och ler.

– Ska vi?

Hon nickar inåt lokalen, där det är fullt med folk.

– Tss. Låt dem komma till oss.

Det tar trettio sekunder. Sedan hälsar den första dignitären, en av de mest tongivande filmskribenterna. Först hälsar han på Jack, förstås, men också på henne. En uppskattande blick, sedan tappar han intresset och vänder sig mot Jack. Travar orden på varandra. Nydanande och autodidakt. Stanislavskij. Arbetsmoral. Överraskande.

Jack ler överseende, till synes en smula illa till mods av alla vackra ord. Säkert. Hon riktigt ser hur han suger åt sig.

På det sättet är de lika. Bland mycket annat. Detta med berömmet. Att finnas till för att någon annan ser och uppskattar det man gör. Det egna godkännandet är aldrig nog. Det kan man inte lita på. Det betyder ingenting.

Som om han läst hennes tankar känner hon en hand som letar sig utmed lårets sida och fattar hennes hand. Han klämmer tag och håller händerna dolda bakom deras båda kroppar. Hon slappnar av och ler mot den pratsamma herren som fortfarande smickrar och hyllar Jack.

Hon ser sig om. Hon har redan räknat till ett dussin skådespelare som hon alltid har beundrat.

Nu är de här tillsammans.

Medan hon låtsas lyssna på samtalet mellan Jack och mannen betraktar hon hur folk står samlade i små klungor över golvet, utmed väggarna löper bord med vita linnedukar och långa rader av champagneglas och snittar. Vita ljus i höga kandelabrar fladdrar i draget från fönstren.

Det som slår Emma är att de flesta som står och pratar inte tittar på den de samtalar med. Istället flackar de med blicken, på jakt efter någon annan. Som ljuslågorna som inte kan hålla sig stilla. Rädda att missa någon, hela tiden sökande efter någon bättre, viktigare, någon som befinner sig högre upp i hierarkin.

De flesta kvinnorna bär aftonklänning eller korta cocktailblåsor. Männen är en samling svarta kostymer och smokingar, nästan klonade med vita stärkta kragar och mörka slipsar eller flugor. Kvinnorna sprakar och utmanar med långa ben, färger, urringningar, paljetter, håruppsättningar och guld. Emma kan inte se sig mätt. Så många är så vackra.

Hon fingrar på sin egen svarta chiffongkreation, lånad för kvällen, fixad av någon pr-tjej. Dyrare än något hon burit förut. Hon kröker på tårna i de vansinnigt snygga men redan ganska obekväma slipin-sandaletterna med sin berömda röda sula. Den enda möjligheten att hon ska klara av att dansa i dem senare i kväll är om hon dricker sig så full att hon inte känner smärtan.

Jack trycker till hennes hand igen och föser fram henne mot en ny herre som vill hälsa. Han väser i hennes öra samtidigt som hon tar den äldre mannens hand.

– Producent. Tung.

Mannen kramar nästan sönder hennes hand men hon ler snällt. Undertrycker impulsen att niga för honom.

Den här mannen ger henne åtminstone beröm, men effekten förtas av att han riktar berömmet till Jack. Över hennes huvud, som om hon vore ett spädbarn eller efterbliven.

– Och det kan inte bara ha varit Goran som fick henne så bra. Du måste haft en finger med i spelet.

– It takes two to tango, vet du.

– Jo, men det är ju mannen som för. Inte sant?

Flatskratt. Emma måste hålla hårt i sitt champagneglas för att inte köra det rakt in i mannens öppna käft.

– Här nere får bara vi som är nominerade sitta. De andra…

Jack pekar uppåt läktarna medan de sätter sig. På de många hundra som inte har fått platser nere på parkett.

– … ja, där uppe sitter de andra.

Emma känner igen många ansikten bland alla de som slår sig ner på biosätena i den övre delen av arenan och rättar till kjolar, kavajer och uppsatta frisyrer. Skådespelare, kändisar, artister och regissörer. Men inte den absoluta gräddan.

Den tillhör vi ikväll, tänker hon och rättar till volangerna så att kjolen åtminstone täcker trosorna. Det gör den knappt och hon placerar kuvertväskan i knäet. Sneglar åt Jacks håll, känner hans blick. Lägger ner väskan på golvet och låter honom titta. Lägger benen i kors för vad nu det är värt.

– Snygg klänning.

– Dolce & Gabbana.

– Va?

– Märket.

– Jaja. Den ska ändå av sen.

Jack säger inget mer utan lyfter obekymrat upp programmet och börjar bläddra. Han tuggar oberört på sina läppar medan han läser vilka andra som är nominerade.

Bredvid henne hostar en man till och Emma vrider på huvudet. Tittar rakt in i ögonen på en av landets mest kända skådespelare. Drabbas av den fåniga känslan att hon känner honom väl, under större delen av sin barndom har hon sett honom i åtskilliga filmer och tv-serier. Urbilden av en bullrig fadersfigur, älskad av varenda unge.

Emma ler och säger hej innan hon ser var han vilar ögonen. Hon lyfter upp kuvertväskan i knäet igen.

Skådespelaren böjer sig fram mot hennes öra och hon ryser till då hans skägg raspar över hennes nakna axlar. Hans andedräkt är varm då han viskar.

– Jag tror du vinner. Jag känner det på mig.

Emma skrattar till och tittar på honom. Han blinkar mot henne och pappan från någon av alla barnboksfilmatiseringar tittar fram i hans ansikte. Varma ögon nu. Sedan sträcker han sig bakom hennes rygg och dunkar Jack hårt i ryggen.

– Jack, ditt gamla as. Varför får du allt godis för?

Emma lutar sig framåt en aning och låter de båda männen tala med varandra. Någon meter från henne passerar kvällens programledare i frasande Lars Wallin-kjolar uppe på catwalken och övar in presentationstalet. Hon snubblar till över en dåligt tejpad sladd och är nära att falla. Kvinnan ryter till och i nästa sekund är studiomannen där. Ur en byxficka flyger en rulle silvertejp upp och han fäster den lösa sladden noggrant utmed scenkanten samtidigt som han lugnar programledaren med några väl valda komplimanger. Så håller han mikrofonen från sitt headset precis framför munnen.

– Då har vi femton minuter kvar till direktsändning. Femton minuter, mina damer och herrar. Om fem stänger vi dörrarna och då vill vi ha er alla på sina platser.

Med de orden rasar nervositeten över henne. Hjälp, hur hamnade jag här? Vad ska jag säga om…? Hon vågar inte ens tänka tanken. Det finns inte en chans i världen att hon vinner en Guldbagge för sitt livs första filmroll. Aldrig.

Men ändå… Nej. Hon vågar inte hoppas. Det betyder otur. Aldrig hoppas för mycket. Aldrig vilja för mycket. Hon har redan haft mer tur än de flesta kan hoppas på under en hel livstid, hon har redan överträffat alla sina vildaste fantasier. Allt är nästan för bra för att kännas som att det verkligen är henne själv det gäller.

Jack är färdig med Emmas granne och ger henne sin uppmärksamhet igen. Han spänner sina mörka ögon i henne och tar tag i hennes ansikte. Löper med ett finger utmed hennes haklinje och tvingar upp hakan. Han ser ut som om han ska kyssa henne men plutar bara lätt med läpparna. Emma ryser till. Fan också. Han vet precis hur han ska göra.

Han är tyst samtidigt som han håller handen under hennes haka. Lyfter på tummen och drar utmed hennes underläpp. Hon sitter stilla, låter honom göra det. Stimmet och alla människor runt omkring försvinner och det enda hon kan tänka på är hans läppar. Tungan, åh hon vet. Tänderna, de vassa. Hon kvider till, hon kan inte hindra ljudet från att komma över hennes läppar.

Hon hoppas att han inte hör, att hon skyddas av larmet och rösterna.

Han kisar mot henne och drar ett djupt andetag, hans näsborrar rör sig en aning. Som en tjur som vädrar blod. Han hörde.

Och så varggrinet igen. Han skrattar till och tar bort handen. Han har bestämt sig för att släppa sitt byte. I alla fall. För den här gången.

Han klappar på bröstet på den svarta smokingen.

– Jag har tacktalet här. Hur är det med dig? Eller ska du bara tacka mamma kanske?

Hon kan inte avgöra vad som finns i den där retsamma, smekande rösten. Under mjukheten stinger det till av förakt. Hon om någon känner igen det på en sekund.

Hon öppnar munnen för att svara något, vill bita tillbaka. Men hon överröstas av vinjettmusiken som dundrar igång. Föreställningen kan börja.

Hon känner sig som ett fån och är glad att timmen är sen. Det är så förbannat kallt ute att hon inte möter annat än några bilar med stora luddiga rökmoln efter sig. Madeleine Edwards har långkalsonger under träningsbyxorna och lager på lager av tröjor under jackan, och en svart mössa neddragen över pannan. Skidhandskar som håller hårt i gångstavarna. Hon vet att stavarna är toppen för fettförbränningen, men hon känner sig ändå som en tant. Kanske just för att de några gånger den senaste halvtimmen har räddat henne från att halka på förrädiska isfläckar och bryta lårbenshalsen.

Hon rundar ett hörn och kommer äntligen in på sin pittoreska gata mitt i Enskede gård. Trävillorna ligger på rad bakom staket och höga häckar, alla med farstu mot gatan och uppslagna fönsterluckor runt spröjsade fönster. Nyttoträdgård på baksidan så som den engelska stilen föreskrev när området började byggas på tjugotalet. Det vita snötäcket i trädgårdarna bryts av uppstickande svarta buskar och fruktträd, nakna sträcker de sina grenar mot skyn. I en knotig ek vilar en för vintern övergiven trädkoja. Grannens röda gamla Nissan Sunny står översnöad och bortglömd på uppfarten, den har inte startat vintertid på många år.

Madeleines hus ligger längst in på gatan innan ett litet skogsområde tar vid. Ljusen inifrån får fönstren att glöda och hon längtar in. Hon har tappat känseln i sina skinkor och tänker ta en lång dusch så snart hon bara kan.

Värmen i hallen slår emot henne när hon stiger in. Hon drar ner den mjuka luften i sina nedkylda lungor och får snabbt igen dörren bakom sig. Hohoar men får inget svar. Hon ser flimret från tv:n i vardagsrummet och anar Alexandras fötter på soffbordet. Går förbi på vägen mot köket.

– Vad ser du på, gumman?

Hon hör inte riktigt vad dottern svarar för bruset från kökskranen som hon har vridit på max. Kallt vatten blir kallare och Madeleine håller ett stort glas under strålen. Klunkar i sig, girigt och törstigt. Hon känner svetten klibba under kläderna, kylan till trots har hon fått upp värmen av motionen. Hon ställer glaset i diskhon och upprepar frågan.

– Vad tittar du på? Har inte du prov imorgon?

Madeleines gymnastikskor har dragit med sig snö in över både hall- och köksgolv och hon lyfter automatiskt disktrasan och böjer sig ner. Torkar bort smältfläckarna och sneglar in mot Alexandra och tv:n. En galaklädd kvinna med hög frisyr och kraftig make-up står på scen och presenterar en prisutdelare. Appläderna smattrar när en man med axellångt ljust hår och en näsa som tar över hela ansiktet gör entré och håller ett kuvert högt över huvudet.

Madeleine vrider ur trasan. Ropar fåfängt om läxorna samtidigt som hon tar sig upp till övre plan för att duscha.

Ångande varm kommer hon ner för trappan i morgonrock och med en handduksturban på huvudet. Sätter sig tätt intill Alexandra som sitter med en kudde i famnen och glor på tv:n. Utan ett ord flyttar dottern sig en bit bort i soffan. Det skulle kunna vara av snällhet, för att Madeleine ska få plats. Det är det troligtvis inte.

– Har du sett några av de här filmerna eller? Som är nominerade?

– Ja. Typ. De flesta. Eller kanske inte alla. Jag vet inte.

– Okej. Den såg vi ju. *Kyss mig igen*. Tyckte du om den?

– Kanske. Jo. Den var väl bra.

– Den bygger på Shakespeare, *Så tuktas en argbigga*.

En suck från Alexandra.

– Jag vet det, mamma.

Suck igen.

– Klart du vet. Förlåt. Jag tyckte den var ganska… jo, den hade något.

– Han är ju snygg.

I samma stund klipper kameran till en bild på skådespelaren Jack Rappe. Smokingen är lika svart som det bakåtslickade halvlånga håret och ögonen… ja, de kan ju omöjligen vara svarta men det ser så ut. Madeleine och Alexandra sneglar på varandra.

– Men mamma…

– Nej, nej. Han är verkligen inte min sort.

– Han är typ yngre än vad du är.

– Ja, och han är säkert tjugofem år äldre än vad du är. Typ.

Alexandra skrattar och lägger ifrån sig kudden. Det är de små, små stunderna som gör det, säger sig Madeleine men låter bli att flytta nära Alexandra i soffan igen. Bäst att ge henne det utrymme hon vill ha.

Vid skådespelarens sida sitter en ung kvinna med en sky av mörkbruna lockar som ramar in ett tämligen alldagligt ansikte som sminkats till någon form av stjärnglans. Hakan slutar i hjärtform, kinderna blankrosa som på ett litet barn. Kroppen är yppig och knappt skyld av en svart klänning som mest ser ut som ett nattlinne med volanger och tunna axelband. Hon sitter lätt lutad mot Jack Rappe och han har en arm över hennes axel, handen hänger nonchalant bara någon centimeter från kvinnans bröst.

– De nominerade är...

Kameran zoomar in hennes ansikte och bilden klipps sedan ihop med närbilder på tre andra kvinnor i olika åldrar.

Tv:n visar en kort scen ur filmen *Kyss mig igen* där den unga kvinnan syns stampa i golvet och ryta till mot sin motspelare. Hon sätter händerna i sidorna, står med benen brett isär och andas häftigt. Avslutningsvis ser man bilden i slow motion. De uppuffade brösten rör sig långsamt i takt med andningen under ett enkelt vitt linne. Ögonen gnistrar av återhållen vrede.

– Och vinnaren av priset för Årets Bästa Kvinnliga Huvudroll är...

En känd teateraktör står med kuvertet i handen. Sprättar och håller andan i några passande långa sekunder.

– Ingrid Thammer!

Tv-rutan fylls av en medelålders skådespelerskas ansikte, eller snarare av händerna som hon sätter framför sin förvånade mun. När hon stiger upp ur sin stol för att gå upp på scenen och ta emot sin Guldbagge syns samtidigt bilden på den unga kvinnan vid Jack Rappes sida. Hon ler tappert och klappar i händerna, hon håller dem högt så att alla ska kunna se. Rappe böjer sig fram och viskar något i hennes öra och hon nickar.

– Visst är det roligt att de alltid ska försöka se ut som om de inte bryr sig ett dugg?

Alexandra pekar på tv-bilden. *The winner takes it all* hörs från högtalarna ovanför scenen.

– Men det är hennes första roll. Hon får fler chanser.

– Är de ihop? Jag har hört att de är det. Eller läst.

– Tror du? Ja, kanske. Men hon kan väl inte vara mycket äldre än du.

– Men han är ju snygg.

Madeleine vet inte riktigt vad hon ska svara. I en sextonårig flickas begreppsvärld verkar det räcka som förklaring till det mesta.

Madeleine gör i ordning en bricka med kvällsfika. Ostmackor som utan tvekan innehåller alla de kalorier hon tidigare i kväll bränt, men kvartövernio-hungern suger i magen. Duktiga mamman i henne vill egentligen skicka upp Alexandra på rummet till läxorna, men stämningen ikväll är god och tämligen ovanlig.

– Vi tittar en stund till. Sen förhör jag dig. Okej?

– Okejrå.

Från tv:n hörs en röst ropa ut Jack Rappes namn och jublet från publiken stiger. Han banar sig fram genom den svenska skådespelareliten och höjer själv nävarna över huvudet och klappar ihop dem, en fotbollsspelares segergest.

Jack Rappe lutar sig fram över pulpeten när han talar till publiken, och till tv-tittarna. Han har ett fast grepp om den fula bumlingen till statyett med ena handen och med den andra handen håller han mikrofonen så nära läpparna att han nästan har den inne i munnen.

– Jamen… tack då. Det var på tiden.

Jack Rappe tystnar, han verkar inte ha så mycket mer att säga. Han ler milt och håller den tunga guldbaggen ut mot publiken.

– Emma. Du borde fått den. Det finns sån många fittor i den här branschen att det är skönt att träffa en kvinna med lite kuk.

Madeleine suckar men inser att den tiden är för länge sedan förbi då hon kunde skydda Alexandras öron. På tv:n tar Jack Rappe ett steg bort från mikrofonen och bugar sig djupt, sveper chevalereskt med handen genom luften. Det är knäpptyst i salongen, en och annan hostning hörs från långt bak på läktarna.

– Vet du, ska du ta och gå upp och hämta den där historieboken?

– Ah men…

– Kom igen nu. Inga men.

Madeleine sträcker sig efter fjärrkontrollen och trycker bort bilden av Jack Rappe som återigen lyfter händerna över huvudet och applåderar sig själv. Han får några spridda handklappningar till svar.

Trängseln på dansgolvet är så stor att ingen egentligen dansar, de bara rör sig tillsammans i något slags allomfattande kram. Kroppar trycks mot varandra. Armbågar hamnar i ryggslut och magar. Män, och kvinnor, passar på att känna efter lite extra på den som inte vet vems hand det är som klämmer.

Emma känner inte sina fötter längre. Hon rör sig över dansgolvet på sina höga klackar, hon hoppar och studsar och sveper fram i armarna på Jack, men smärtan har övergått i att allt nedanför knäna har domnat bort.

Jack och Emma gnuggar sig mot varandra i skydd av alla människor runt omkring. Hela hon bultar i takt med musiken och känner beviset på att åtrån är ömsesidig. Jack kysser henne på halsen, dold av hennes utsläppta hår, och hon känner hur han biter till.

Hon drar sig undan och han håller henne skrattande en bit ifrån sig. Tittar på henne, under luggen som nu hänger i två stora svepande flikar på var sida av ansiktet. Smokingflugan är uppknuten.

Jack släpper taget om henne och dansar fritt, han gör sig plats genom att helt sonika knuffa undan några av dem som står bakom honom. Han har armarna i luften och juckar med höfterna. Sjunger med i låten de spelar. *Kung, kung, kung i baren.* Emma himlar med ögonen, tycker egentligen att han är både skrattretande och smaklös. Eller också är han bara packad och glad. Fan, låt honom hållas, han har en Guldbagge som ligger och väntar på honom i garderoben.

Märkligt nog sörjer hon inte förlusten av sin egen vinst. Hon hade nog i ärlighetens namn aldrig väntat sig det.

Lite ledsen blev hon kanske. Den känslan försvann dock i taxin från Cirkus hit till Café Opera.

De hade klämt ihop sig i en bil tillsammans med den där flabbande producenten och två manliga vänner till honom. Det var så trångt att Emma fick sitta i knäet på Jack under resan. De andra tre skrattade och berättade historier, höll hög nivå.

Men Jack lyckades vrida sig bort från dem, så att han och Emma hamnade för sig själva på sin kant. De hade sina huvuden tätt ihop, de såg på varandra i bilfönstret, reflekterade vita månar till ansikten. Deras andetag immade igen glaset och Jack skrev hennes namn i fukten. Hon såg stockholmsnattens alla lyktor och lampor svepa förbi genom sitt ångande namn. Som skrivet i neon. Jack ritade ett hjärta runt. Skrattade och svepte med handflatan över det, suddade bort. Smekte med kalla fingrar över hennes kind.

– Det är skit att förlora. Det gör ont. Låt det göra ont. Och vet att för mig är du ändå en vinnare.

Det räckte för henne. De orden betydde mer än alla Guldbaggar i världen. Hon känner det nu igen där hon står på dansgolvet, med sin kropp pressad mot en man som är ett år äldre än hennes egen far. Än en gång försvinner tvivlet i takt med hans puls mot hennes.

Emma ser aldrig smällen. Hon bara känner hur greppet runt hennes midja lossnar, sedan ser hon hur Jacks kropp sveps genom den sammanpressade massan och försvinner ner mot golvet. Någon skriker till, så högt att det skär genom Abba-låten som spelas och på någon sekund har folk bildat en ring runt slagsmålet. Hon kan omöjligt se vad som sker. Vem som slår, vem som leder, vems armar som gör vad. Hon trycks bakåt mot hopen, ryggar undan när den andre mannen kommer farande med höjd näve. Han snubblar till och någon får tag i honom. Jack hålls tillbaka av någon annan, hans armar låsta bakom ryggen. Står så en kort stund, han flämtar och spänner ögonen i en man bredvid Emma. Hon vet inte vem han är, har aldrig sett honom förut.

Dancing queen ebbar ut, takterna som tar över är tunga och lugnare, musiken verkar lägga sig över situationen. Hon ser hur Jack får loss sina armar, håller upp dem framför sig som för att visa att han har stillat sig nu. Den andre mannen borstar av sig på knäna, drar en hand genom håret och tittar skuldmedvetet på människorna runt omkring sig. Rycker på axlarna och flinar. Människor börjar dansa igen och folkhopen sluts kring mannen som gick till attack. I nästa stund är han borta.

– Vad fan var det där? Vad hände?

Jack skakar på huvudet åt hennes fråga. Slickar sig i mungiporna som för att känna om han blöder, drar med ena handen över munnen och tittar på fingrarna. Skjortan hänger utanpå, flugan är borta men annars ser han oskadd ut.

– Nåt as. Jag hade väl råkat trampa honom på tån eller nåt.

– Vem var det?

– Ingen.

– Vadå ingen. Vet du vem det var?

– Nej.

Emma tror honom inte.

– Vem var det?

– Ingen säger jag ju. Nu dricker vi.

Han tar ett fast tag om hennes underarm och drar henne med sig bort till baren. Drämmer näven hårt i bardisken, som vore det den okände mannens käft han slog på och vrålar.

– Champagne!

Han ser blåljusen, men hör inga sirener. Genom den svarta natten, genom den fallande snön anar han det vispande blåa skenet. Lars Leopold har nästan slumrat till där han sitter, med ansiktet vilande mot den svala fönsterrutan. Han har vevat ner den nästan till hälften, även om januariluften är svidande kall. Han mår illa och det snurrar i huvudet. Det enda som hjälper då är frisk luft. Kanske en ordentlig dusch när han kommer hem.

Varje gång taxichauffören växlar, gasar eller tar en kurva för häftigt suger det till i magen och han tappar liksom taget om sig själv. Bara för någon sekund, men ändå. Så här full har han inte varit på många, många år.

Han har blicken fäst på vägrenen som ett åksjukt barn men anar blinkande blå lyktor i taxibilens backspegel. Han sträcker på sig och tittar ut genom bakrutan. En ambulans närmar sig, snabbt. Den måste ha bråttom, men det har de väl alltid. Han förvånas över att sirenerna inte är på, men det kanske de inte är på natten. Värmdöleden är nästan tom på bilar, det är bara en och annan taxi som trotsar snön och den sena timmen.

Lars Leopold lutar huvudet bakåt, mot nackstödet, men det funkar inte. Det snurrar fortfarande för mycket. Plötsligt tycker han att det luktar fruktansvärt illa i bilen. Under backspegeln hänger den obligatoriska doftgranen och Lars Leopold är säker på att det är doften från den som sticker honom i näsan. Lavendel? Sandelträ?

Han vevar ner rutan en bit till och hänger ut med huvudet genom fönstret som en svettig hund. Snön piskar honom i ansiktet men det är skönt. Det hjälper.

Lars Leopold minns med rodnande kinder den sista kvarten innan han gick från efterfesten på Café Opera. Hur dramachefen och en producent demonstrativt vänt honom ryggen vid bardisken. De beställde nya drinkar, men bara till sig själva.

Han stod där som ett fån.

Leopold drar ett djupt andetag av luften som viner mot hans ansikte. Det är som ett spjut av is ner i svalget. Han rycker till av plötslig klarhet och i nästa sekund ser han blåljus. Igen. Nu vrider han på huvudet utanför bilfönstret och ser nästa ambulans. Den kommer närmare. Nej, det är en polisbil. Oj fan. Måste ha varit en trafikolycka utåt Ingarö. Det är ofta det.

Taxibilen passerar över Skurubron. Nedanför dem ligger sundet svart med lysande ränder över vattenytan från de omgivande husens alla noggrant utplacerade lampor och ljusslingor. Han hör det svaga tickandet när chauffören slår på blinkersen och i samma stund blir de snävt omkörda av polisbilen. Också den blinkar höger och svänger av mot Björknäs. Bilen susar ner för avfarten och stannar inte vid stoppskylten utan tar kurvan i hög hastighet.

Lars Leopold hinner tänka att det nog inte är en bilolycka innan han ser polisbilen försvinna runt hörnet vid Björknäs centrum.

– Vi ska också upp där. Mot Talludden.

Taxichauffören säger inget. På instrumentpanelen sitter gpssändaren och visar exakt hur han ska köra, markören blinkar och visar var de befinner sig nu.

– Undrar om det har hänt nåt.

Taxichauffören är fortfarande tyst. Växlar ner och svänger vänster mot Talludden. Bilen kränger till. Magen rör sig oroligt och Lars Leopold sväljer saliv.

Nerför backar och kurvor kör de och den slingrande vägen är en plåga. Med handen för munnen ser han hur polisbilen kör en bit framför dem. Lite långsammare nu mitt i bebyggelsen. Vart ska den? Det måste ha hänt något här i närheten. Det är väl inte varvet som brinner nu igen? Nej, då borde de ha sett brandbilar.

– In här?

Chauffören yttrar sina första ord och pekar på skylten med namnet på Lars Leopolds gata. Han nickar bara, får inte ur sig ett ord. Han ser bara blåljusen. Ambulansen står med bakdörren öppen knappa hundra meter från hans hus.

Han slänger till chauffören trehundra jämt och kommer ur bilen. Helvete!

Det är inte sant!

Lars Leopold kommer på sig själv med att le när han närmar sig polisbilen. Han samlar ihop ansiktsdragen och harklar sig.

– Jag bor här bredvid. Har det hänt något?

– Ursäkta. Vi hinner inte just nu.

Poliskvinnan ger honom ett snabbt ögonkast och går bort mot det stora vitputsade huset, över den stenlagda uppfarten. Ytterdörren till huset står öppen. Med ens känner sig Lars Leopold spiknykter.

Så kommer ambulansförarna ut genom dörren. Ja, jävlar.

Det är Jack Rappe. Självaste Jack Rappe.

Vad är det som har hänt?

Ambulansförarna får ner hjulen under båren och arbetar med kroppen samtidigt som de småspringer bredvid. En bredaxlad sjukvårdare pumpar hårt med sammanflätade händer mot bröstkorgen på kroppen som ligger där. Han tar i, även på långt håll kan Lars Leopold se ansträngningen i ambulanskillens ansikte. Hans händer är blodiga en bra bit upp på armarna. Han har muskulösa underarmar och han verkar veta vad han gör. Men det ser inte ut att hjälpa. Desperationen lyser ur hans ögon.

Lars Leopold tänker knappt, han bara agerar.

Han kör ner näven i ytterrocken och får upp mobiltelefonen. Ingen kan säga till honom att han borde ringa 112 istället. De är ju redan här.

Han väljer Ta foto. Han väljer Filmkamera. Så håller han upp mobilkameran mot dramat som utspelar sig framför honom och trycker på Spela in.

– Lever han eller?

– Det är knappt. Du får kolla med akuten.

– Var?

– Södersjukhuset.

– Var det många hugg, vet du det?

– Svårt att säga. Buken. Det såg illa ut. Det var en jävla sörja.

– Och vapen?

– Vet inte faktiskt.

– Nåt mer du kan bjuda på?

– Så gott som naken. Bara morgonrock på.

– Var hittade ni honom?

– Nere vid bastun.

– Nere?

– Han har ett helt spa nere på bryggan.

– Han har det ordnat för sig.

– Skojar du eller? Men just nu är det väl inte så kul.

– Så det kan gå. När inte brallorna är på.

De flinar, polismannen och journalisten. De känner varandra ganska väl vid det här laget, även om de aldrig skrattar och pratar så här när någon annan ser på.

Journalisten höjer handen till tack och hejdå när han trampar iväg från Jack Rappes uppfart. Han lämnar kvar fotografen.

– Kommer du sen eller? Så vi får tankat över bilderna. Vi får nog ta en sväng förbi Sös på vägen.

Huttrande i morgonkylan går han en bit bort på vägen och

ringer på hos grannen Lars Leopold. En man i femtioårsåldern, ovanligt muskulös för sin ålder och med en hopplöst omodern blond hockeyfrilla, öppnar. Han är den tidiga timmen till trots klädd i svart kostym, slipsen hänger löst över en uppknäppt ljusrosa skjorta.

Han ser ut som en tysk porrskådespelare, men journalisten känner snarare igen honom vagt från någon såpa. Det var säkert tio–femton år sedan.

– God morgon, god morgon. Det var du med mobilkameran, eller hur?

Han fick en check. Verkligen, bara så där. Pengarna i handen. Tack för tipset. Tack för att du filmade.

Lars Leopold stirrar på checken. Lägger den ifrån sig och dricker upp sista slurken av morgonkaffet. Det ligger en kantbit av frallan kvar på tallriken, brödet var lite gammalt och ganska hårt. Nu stoppar han den i munnen i alla fall, tuggar utan att tänka på det torra brödet. 11 000 kronor. Helt otroligt. Mer än han tjänade på sitt senaste reklamjobb. För fem minuters arbete.

Han går fram till fönstret i det lilla kombinerade köket och vardagsrummet. I sanningens namn använder han det också som arbetsrum och sovrum. Där uppe på loftet är det för kallt och dragigt att sova nu på vintern, och friggeboden är inte mycket till kontor. Sist han var där, strax före jul, hittade han råttskit och en söndergnagd kudde.

Det är ett förbannat ruckel han har, det vet han. Den som hade en kamin, tänker han och sneglar bort mot kökshörnan och ugnen som står på max med öppen lucka. Det värmer när han sitter vid bordet, men syns rejält på elräkningen.

Men utsikten kan ingen ta ifrån honom. Han blickar ner över Skurusundet från sitt örnnäste, den lilla sommarstugan som byggdes på tjugotalet och som Lars Leopold köpte för några hundra tusen för snart tjugo år sedan. På den tiden hade han storstilade planer, han skulle riva, bygga nytt, kanske till och med en pool. Hur det nu var blev det inte så.

Rollerna sinade. Telefonen tystnade. Lönen sjönk. Ibland uteblev den helt och hållet. Och den stora kåken med pool förblev en dröm.

Ända tills Jack Rappe flyttade hit.

Leopold vrider på huvudet så att han slipper se schabraket. Han tittar istället söderut, åt bron till. Isen ligger i hela sundet nu, förutom en bred ränna som skär som ett svart öppet sår genom den vita ytan. Termometern visar på minus fem grader och den kalla luften gör att det ångar från vattnet i rännan. Isrök. Tunna gråa moln dansar över vattenytan, letar sig över den frusna isen in mot land. Marinan där nere står vintertom och öde, alla brygghus igenbommade och mörka.

Mitt över sundet ligger den finare delen Skuru som värms upp av tidiga morgonstrålar från öst. Träkåkar och grosshandlarvillor från förra sekelskiftet som renoverats tillbaka till originalskick av ivriga gördetsjälvare klänger på sundets stupande klippor, sida vid sida med nybyggda arkitektritade hus, vitrappade och fyrkantiga. Gammalt möter nytt i en säregen blandning.

De äldre husen brukar se ut som tomtelyktor på kvällen, upplysta av kristallkronor, eldstäder och levande ljus bakom de munblåsta glasfönstren med spröjsar. De nybyggda funkisvillorna liknar tv-apparater med sina enorma upplysta fönsterpartier och lågt hängande danska taklampor, som om husens invånare vill leva inför öppen ridå. Även på långt håll brukar han kunna se svarta silhuetter av människor röra sig genom rummen, som leksaksfigurer i ett dockskåp. Från husen letar sig osannolikt branta trappor ner mot bryggor och sjöbodar. Granar och tallar av närmast gigantiska proportioner reser sig mot den ljusnande himlen, gnistrande vita av rimfrost. Som ett vykort är det.

Men han har aldrig fattat det där. Att stockholmsöverklassen alltid tyckte att det var den andra sidan som var den finaste. Det är ju nordöstligt läge. När kvällssolen smeker hans fönster och alla de andra husen här på Talludden ligger de gamla fina punschverandorna och trädgårdarna på Skurusidan i skugga. Men det var väl det som var fint förr. Att kunna komma hem från sommarnöjet lika blek som när man åkte. Visa att man både hade råd med hus på landet och kunde hålla sig i skuggan, sysslolös.

Men nu är det på väg att ändras. Husen på den här sidan sundet blir dyrare och dyrare. Leopold vet att han sitter på en guldklimp. Han skulle kunna sälja sin nedgångna sommarstuga för många miljoner till någon som är ute efter tomten och utsikten, och köpa sig något riktigt fint inne i stan för pengarna. Men inte. Han kan inte leva utan den här vyn. Morgonens älvor som rör sig över svart vatten och vit is. Nattens stilla kluckande mot klipporna. Han måste ha det.

Han vandrar med blicken över vattnet, obönhörligt dras den till brygghuset nedanför. Nu är bilden annorlunda än andra morgnar. Nu fladdrar polisens blåvita avspärrningstejp runt det vitmålade trähuset nere vid vattnet.

Ibland funderar han på varför han hatar brygghuset mer än Rappes betydligt större kåk här uppe. Är det att hans egen fria vy ner över vattnet har störts av bygget, som är så uppenbart emot alla strandskyddsregler och föreskrifter? Eller det faktum att skådespelarkollegan och grannen har byggt sig en bastu nere vid vattnet som bara den är större än hela Leopolds sketna lilla stuga? Eller är det allt som har hänt i det förbannade brygghuset?

Lars Leopold ryser till, ofrivilligt, vid minnet av synen som mötte honom inatt utanför Jack Rappes hus. Så slår han ifrån sig känslan, fokuserar på den enda sanna känslan. Skadeglädjen. Jack Rappe fick vad han förtjänade.

Det tar hus i helvete direkt. Verkligen hus i helvete. Mats Hjörne har aldrig varit med om något liknande. De är som galna. Han har stängt av telefonen, både den mobila och den fasta. Han måste, men han gillar det inte. Han vill ju kunna bli nådd, av dem som behöver få tag på honom. Men så fort han släpper igenom ett samtal så är det en journalist.

– Vad har hänt? Har ni gripit någon? Vem gjorde det? Var det någon av hans kollegor? Vi har hört att ni misstänker flera välkända skådespelare? Är någon delgiven misstanke? Stämmer det att han har fått sitt könsorgan avskuret? Kommer han att överleva?

– Nej, vad har ni fått allt ifrån?! Vad är det här?!

– Skulle du beskriva det som en kallblodig avrättning?

– Men han är ju inte död! Jag vill inte beskriva det som någonting innan vi vet mer. Och det lär vi väl aldrig göra heller så mycket som ni stör mig i mitt arbete.

– Vad var det för vapen?

– Låt mig vara...

Mats Hjörne grymtar och lägger på luren. Han får för sig att han fortfarande hör journalistens ettriga frågor i huvudet fastän samtalet är över. Eller också är det bara att han ställer sig exakt samma frågor. Utan att ha några bra svar att ge.

Sedan pratar han med vakthavande som berättar att en överläkare har ringt från akuten. De behöver förstärkning. Mats har aldrig hört på maken. Vakthavande skrockar sorglöst som om det vore veckans roligaste händelse.

– De har nästan lika många journalister som patienter i väntrummet just nu. Vi kan inte ha det så här, pep överläkaren. Så de fick dit en patrull.

– Hur var det med honom?

– Rappe?

– Nej, överläkaren.

Vakthavande befälet skrattar igen. Han verkar vara på gott humör idag.

– Ja, Rappe.

– De sa bara att han opereras fortfarande.

– Klarar han sig?

– Vad vet jag. Du vet hur det är med skärskador i magen. Det brukar sluta illa.

– Jo, jag vet.

De tystnar bägge två. De tänker på utrikesminister Anna Lindh, de jobbade båda två den dagen. Det lät så ofarligt till en början. Tills de hörde de ödesdigra orden ”upprepat stickvåld mot buken”. De inre skadorna brukar vara omfattande.

De säger hej för stunden och lägger på.

Mats Hjörne klickar mellan bilderna på datorskärmen som kriminalteknikern precis har mailat över till honom. Först en bild på brygghuset taget utifrån. Huset är vitmålat med liggande panel och ett runt skeppsfönster i mässing på dörren, som är marinblå. På väggen bredvid sitter två korsade åror uppspikade.

Inomhus visar bilderna ett lyxigt badrum med stora ljusa klinkerplattor på golven och två däckstolar i teak. Stolarna står vända ut mot fönstren, på dynorna ligger tjocka fårskinnsfällar. I ett hörn en öppen spis och på en kaklad bänk som löper utmed väggen ligger en hög med vita handdukar. Det känns som relaxavdelningen på något exklusivt hotell, inte en privatpersons brygghus. Och vad Mats förstod av kollegorna som var där inatt var ändå bastun ingenting jämfört med huset i övrigt.

Han verkar ha gjort sig bra med pengar. Mats Hjörne har alltid hört att folk i film- och teaterbranschen har det så tufft ekonomiskt, men det verkar inte gälla för den här herren. Men så har han ju gjort ett decennium i Hollywood också. Det är väl helt andra pengar där, kan man tänka.

Just nu ser det inte ut att vara frågan om ett rån, inte heller något överfall. Jack Rappe lyckades själv larma ambulans från sin mobil, men när de kom fram hade han redan förlorat medvetandet, förmodligen av blodförlusten. Eller smärtchocken. Det sägs att det är fruktansvärt plågsamt att bli knivhuggen i magen, men Hjörne tänker att det gör väl ont var huggen än träffar. Att döma av hur ambulanspersonalen fann honom är angriparen antagligen någon som Rappe kände. Han hittades inne i brygghuset, utanför bastun. Endast iförd en vit morgonrock. Bastun var påslagen och på ett bord stod flera urdruckna ölflaskor.

Den rödfläckade morgonrocken ligger kvar på klinkergolvet på bilderna som Hjörne betraktar.

Just vitt i kombination med blod är bland det värsta han vet. Inte bara för att det syns så tydligt mot det bleka. Kanske för att vitt på något sätt är oskuldens färg.

Ändå är det just detta Mats Hjörne har sett gång på gång. Blodstänk på vita väggar, spåren av ihjälskjutna människor på vita lakan, blod i vita snödrivor, sönderrivna trosor med blodiga spår efter just förlorad oskuld.

Han sväljer den fadda smaken av brott och smärta och klickar för en stund bort bilderna från bastuhuset. Just nu har han sett tillräckligt. Just här i livet har han sett mer än tillräckligt.

Han tittar på klockan. Kanske hinner han förbi polishusets gym och pool, det skulle vara skönt. Släppa tankarna.

Samtidigt är hela hans medvetande uppfyllt av Jack Rappe när han tar träningsväskan som alltid står under en besöksstol.

Med en stigande känsla av raseri tänker han på bilderna han har sett på löpsedlar och nyhetswebbar hela förmiddagen. Något äckel till granne stod på Rappes uppfart och plåtade honom när han låg på båren. Dessutom stod grannen nästan i vägen för sjukvårdarna när de kom rusande med båren på väg mot ambulansen.

Kanske är det så med en person av Jack Rappes kaliber, tänker Mats Hjörne. En folkets ägodel som alla anser sig ha rätt till, också i nödens stund. Inte ens när han kämpar för sitt liv får han vara i fred. För bilderna publicerades förstås i samma stund som de nådde tidningsredaktionerna. Privatlivets helgd överskuggas utan tvekan av det stora allmänintresset.

Chefsåklagare Mårten Hansson skakar på huvudet där han står bredvid kaffeautomaten på sjätte våningen på åklagarmyndigheten. Han pekar på Madeleine Edwards med sin kaffekopp.

– Jag förstår fortfarande inte varför vi överhuvudtaget har den här diskussionen. Det är väl självklart att du ska ha målet.

– Jag är smickrad, men samtidigt… det är en av landets mest kända personer vi talar om här. Hårdbevakat. Mycket prestige. Är det inte bättre att du…?

– Ett: tacka aldrig nej till ett riktigt bra erbjudande när någon kastar det i ansiktet på dig. Två: jag kan inte. Hela nästa vecka sitter jag i rätten med rånarligan.

– Och de har ingen misstänkt än. Ska vi verkligen stiga in så här tidigt från åklagarmyndigheten? Det finns en polisiär förundersökningsledare.

– Jag anser ändå att det här fallet är av en sådan beskaffenhet att vi bör vara med från start.

Madeleine försöker en sista gång. Hon är på väg att protestera och säga att det inte precis är fråga om något ministermord, men biter sig i tungan innan orden hinner ut.

Madeleine inser hur märklig hon måste te sig. Man tackar bara inte nej till Årets Fall.

– Det blir ditt första som vice chefsåklagare. Vad kan passa bättre?

Madeleine nickar stilla och försöker vinna tid genom att ta sig en kopp vattnig cappuccino. Hon klickar gång på gång på knappen för att öka kaffestyrkan och tittar på sin kollega och chef. Han är den som har förordat henne till tjänsten, han har alltid stöttat henne genom åren. Också då det har blåst hårt kring Madeleine Edwards.

Klart att hon inte kan börja sitt nya jobb med att försöka slingra sig ur att leda en uppmärksammad utredning om mordförsök på skådespelaren Jack Rappe. Det gör man bara inte.

– Räkna med mig. Det är klart att jag tar det. Och jag ska verkligen göra mitt bästa.

– Toppen.

De går sida vid sida bort i korridoren, Madeleine är på väg in på sitt rum när Mårten Hansson kommer med en sista fråga. Som om han ändå kände på sig varför hon var så svårövertalad.

– Och så är det ju Mats Hjörne som håller i utredningen. Visst känner du honom?

– Lite. Han är duktig.

Madeleine Edwards sätter sig tungt i sin nya pompösa chefsstol med hjul, spakar och gud vet vilka finesser. Rummet är detsamma som tidigare, hon ville inte byta, men plötsligt var det okej att få ny både datorskärm, hårddisk och stol. Hon har bett om det i flera år utan att bli bönhörd men när hon tillträdde sin nya tjänst fanns pengarna.

Hon fäster blicken på den för ett chefsrum ganska okonventionella U2 affischen som hänger på väggen. Hon har inte kommit sig för att ta ner den, och varför skulle hon egentligen det? En gåva från en polis efter ett långt och krävande uppdrag, klart att den kan sitta kvar.

Det är väl bara det att den kom att symbolisera en hel del. Förhoppningar som aldrig uppfylldes.

Madeleine sitter med blicken fäst på Bonos ansikte samtidigt som hon spelar upp scenen för sina ögon.

Det har gått snart två år, men hon minns det som om det vore igår. Det var på senhösten efter att hela bomben med den före detta polismannen Joakim Lind hade exploderat. Hon hade dessutom knappt hunnit andas ut efter hovrättsförhandlingarna i det så kallade hedersmordet på vinden förrän hon var igång med ett nytt arbete som förundersökningsledare för en utpressningshärva med kopplingar till den kriminella sammanslutningen Original Gangsters. Den gången jobbade hon inte med Mats Hjörne, utan med en annan grupp på Rikskriminalens utredningsrotel.

Utredningen hade, som så ofta när man hade med den organiserade brottsligheten att göra, gått fullständigt i stå. Madeleine Edwards hade kallats till en dragning där de inblandade utredarna skulle redogöra för var de befann sig och försöka hitta nya infallsvinklar.

Fem minuter in i mötet damp en kvinnlig polis ner på en ledig stol bredvid Madeleine Edwards och ursäktade sig lågmält. Hon var fuktig i håret och andades fortfarande häftigt som efter en språngmarsch.

Hon vände sig till Madeleine och räckte fram en senig hand. Viskade lågt för att inte störa utredaren som stod framme vid whiteboard-tavlan och pratade.

– Förlåt mig, jag tror inte vi har träffats. Jessica Brännemo.

Madeleine hälsade och inspekterade den fascinerande kvinnan, som var kanske tio år yngre än hon själv och hade en påtaglig pondus. Likt många andra kvinnliga poliser Madeleine träffat genom åren sände hon ut tydliga signaler att hon hade muskler och kunskap om hur hon skulle använda dem, ett slags självklart innehav av manliga attribut som inte alls påverkade hennes feminina framtoning. Håret var långt och klippt i en smickrande frisyr, hon bar en lätt make-up och kläder som framhävde kurvor och biceps, men samtidigt kändes hon lika naturlig i uniform och med hölster som vilken storväxt manlig polis som helst skulle göra.

Jessica Brännemo vände sig därefter till en poliskollega på sin andra sida som väsande frågade henne var fan hon hållit hus.

Madeleine Edwards rådde inte för att hon tyckte att de båda kvinnornas samtal verkade betydligt mera intressant än utredarens långrandiga föreläsning om Original Gangsters uppgång och fall. Hon kunde inte hjälpa att hon tjuvlyssnade. Men hon ångrade att hon gjorde det.

Jessica hade en kraftfull röst, fastän hon viskade. Den hade spår av småländska.

– Sorry. Det blev en låååång morgon.

– Hade du besök nu igen?

– Han ger sig ju inte.

– Jag tycker du ska ge fan i Hjörne. En vacker dag måste ni jobba ihop och då blir det trubbel.

– Jag vet, jag vet. Är du min morsa eller?

Madeleine såg hur Jessica Brännemo snärtade till kollegans överarm. De fick en skarp blick av kommissarien framme vid tavlan och tystnade.

Madeleine kom på sig själv att sitta och rita en rund cirkel mitt på sitt viktiga underrättelse-pm, en cirkel som blev större och större. Svartare och svartare. Hon försökte lyssna under resten av mötet, men det gick inte så bra.

Vad hade hon trott? Ärligt talat, vad hade hon egentligen fått för sig att det var mellan Mats Hjörne och henne? Han hade bjudit henne på plankstek en gång. Masserat en öm punkt bak i nacken när de var ute och körde i jobbet.

Han hade sett henne gråta. Medlat mellan henne och dottern Alexandra. Strukit bort en tår från hennes kind. Skrattat åt hennes skämt. Ringt lite oftare än de flesta andra utredare. Gett henne en affisch. Det var allt.

Under det där mötet blev Madeleine Edwards plågsamt medveten om att hon hade börjat få känslor för Mats Hjörne. Känslor som uppenbart inte var besvarade. Känslor som han snarare fick utlopp för tillsammans med en vältränad och skarpskjutande kriminalinspektör Brännemo.

Tron och hoppet. Det förbannade lilla hjärtat. Hur det stack iväg, levde ett eget liv, fantiserade, skapade illusioner. Så pinsamt, så fruktansvärt pinsamt.

Boom, sa det.

Sedan smällde Madeleine Edwards igen dörren inombords och från den dagen var kommissarie Mats Hjörne en duktig, pålitlig och ytterst kompetent brottsutredare.

Inget mer.

Mats Hjörne sitter bakom ratten med kriminalteknikern Jon Lukas på passagerarsätet bredvid sig. De passerar över Skurubron och Mats visslar till.

– Vilka kåkar, va.

– Jo du.

Kylan från igår har börjat släppa taget. Eftermiddagssolen gör ett barmhärtigt försök att värma hustak och vägar innan den försvinner igen bortom skogarna i väster. Tegelpannor och murade skorstenar glimrar i gyllene färger. Himlen är vintrigt ljusblå med lätta stråk av vita moln utåt Värmdöhållet, men vägbanan är förrädiskt hal.

Stillheten ligger över sundet. Hjörne har passerat genom där många gånger med motorbåten på väg ut mot skärgården. När ungarna var små, när livet lekte. När Josefin levde.

De kommer fram till Jack Rappes hem och möts av ett reportageteam. De står bredvid sin bil som pryds av en stor tv-logga. Fotografen filmar in mot huset. Reportern har ställt sig precis framför polisens blåvita avspärrningsband som sitter runt grindstolparna och verkar öva på en text. Fotografen tar en närbild på skylten med texten *AVSPARRAT jämlikt Rättegångsbalken 27 kap 15 § Överträdelse medför straffansvar.*

De verkar åtminstone respektera lagen, tänker Hjörne när han stiger ur, även om han ifrågasätter det moraliskt riktiga i att tillbringa sin arbetsdag med att filma en allvarligt skadad mans hus. Å andra sidan är ju det här också hans levebröd.

– … vet alltså för närvarande inte fler detaljer kring den blodiga attacken mot en av Sveriges mest folkkära skådespelare. Det har också kommit uppgifter om ett slagsmål på efterfesten till Guldbaggegalan mellan den skadade Jack Rappe och en ännu okänd man.

Reportern övar texten om och om igen samtidigt som Mats Hjörne och Jon Lukas närmar sig grinden. Hon sneglar ner i sina papper, harklar sig, tar om och ger slutligen fotografen klartecken att köra igång.

Hon viftar till poliserna.

– Har ni lust att gå in?

– Jo tack, det vore bra. Men vi kan vänta. Kör på ni.

– Ja, alltså, jag tänkte, för vår del… ni får gärna gå in. Medan jag pratar, menar jag.

Hon ler sött. Hjörne skakar bara på huvudet. Den gubben går han inte på.

Reportern rycker på axlarna och börjar prata med ett angeläget tonfall in i kameran. Hon klarar ståuppan på andra försöket och stiger sedan åt sidan.

Hjörne lyfter upp avspärrningsbandet och kliver in på Rappes ägor, väl medveten om att han blir filmad. I ögonvrån ser han reportern stå bara någon halvmeter ifrån honom med sin mikrofon redo. Han tittar inte upp.

– Du kan lika bra ta bort den där för jag kommer inte svara på några frågor.

– Jag skulle bara höra med dig…

En stor hand upp i luften. Hans myndigaste röst.

– Inga kommentarer i nuläget. Ni får vända er till pressavdelningen.

Kvinnan håller tydligt fram mikrofonen samtidigt som hon stänger av den genom att trycka på en minimal knapp på fästet. Hon räcker tillbaka micken till fotografen och ber honom gå och ta lite avståndsbilder på huset, kanske ner mot vattnet och bastun nere på bryggan?

Hon håller avväpnande händerna framför sig mot Hjörne, som om hon lagt ifrån sig sina vapen. De står på var sin sida om det blåvita plastbandet som vrider sig i vinden.

– Okej. Kan du snacka nu?

– Faktiskt inte.

– Kom igen. Det här är årets story.

– Just därför.

– Ni tror inte att det var någon annan skådis, eller hur? Bråket på Café Opera?

– Vi tror ingenting just nu.

– Det borde finnas hur många misstänkta som helst.

– Så kan man förstås se det.

– Det finns mycket att ta av. Han är en sån som det alltid har pratats mycket om.

Mats Hjörne går rakt i fällan.

– Jaså? Vadå menar du?

– Men det måste ni väl ha hört?

– Nej, jag rör mig inte så mycket i filmvärlden. Det kanske syns.

Reportern skrattar pliktskyldigt åt hans bleka skämt.

– Jack Rappe har alltid varit den svenska filmens *bad guy*.

Hon har fått honom att stanna. Hon har fått honom att börja lyssna. Nu är det han som är nyfiken.

– Hur menar du? Vadå *bad guy*?

– Jamen du vet. En bråkstake. Alkoholproblem. Fast förstås, det har väl många.

– Droger också?

En axelryckning.

– Inte så att det har blivit några rubriker.

– Vad har det blivit rubriker om då?

– Det vanliga. Kvinnoaffärer. Nån otrohetsskandal på en filminspelning för många år sen. Pucklat på någon annan hanne på krogen. Känd för att vara svår att ha att göra med. En diva på inspelningsplats, än mer sen han kom tillbaka från Hollywood.

– Det har gått mig förbi. Och hur pass mycket sanning ligger det i sådana där rykten då?

– Svårt att veta. Men han är ökänd.

– Vad är det ni brukar säga? Kolla aldrig en story för noga. Den kanske spricker.

Kvinnan svarar honom med ett syrligt leende och Mats lägger demonstrativt handen på grinden. Samtalet är över nu. Reportern ger sig inte.

– Kom igen. Jag bjöd dig på allt det här. Ge mig nåt nu. I gengäld.

– Du har en väldigt snygg kappa på dig.

Mats slinker in genom en glipa i grinden och dra igen den bakom sig.

Uppfarten är stor och lagd i bågmönster med gråspräcklig gatsten. I mitten en upphöjd plantering. Vintergröna växter draperade i ljusnät, hundratals smålampor glimmar svagt i dagsljuset.

– Ska vi gå in?

Jon Lukas nickar och räcker Mats ett par engångshandskar. Låscylindern har bytts ut men Lukas har nyckel. Han låser upp och de stiger in. Jon Lukas knackar honom på armen och Mats får ett par blå skoskydd att dra över sina snösöliga kängor.

Bor folk så här? Tydligen.

De blir stående i hallen och glor ut genom det enorma glaspartiet över vattnet och sundet. Himlen hänger över vardagsrummet och gapar. Det är tre, kanske fyra, meter upp till det vita taket. Närmast under taknocken finns trekantiga fönster som får rummet att påminna om en kyrka.

Vintersolen bländar och slår rakt in över en lurvig orange matta som täcker större delen av golvet. Två stycken låga ljusgrå, nästan löjligt stora soffor står mittemot varandra, på sidoväggen har en eldstad byggts in i väggen. I en murad öppning ligger staplad ved.

Bredvid spisen står en vacker kungsgran, klädd i silver och med tänd belysning. Den är tät och mörkgrön, men slokar något i grenarna.

– Han har inte hunnit slänga ut granen.

– Det är inte Tjugondedag Knut förrän imorgon.

– Och nu lär den bli stående.

Mats Hjörne kliver försiktigt in i vardagsrummet och över den skimrande mattan, orolig för att plasttossorna ska läcka. Inte egentligen för att han ska besudla brottsplatsen och få skäll av Jon Lukas, utan för att detta hem är så tillrättalagt att det känns som en skymf att han kliver in här med sina urtvättade jeans och gamla kängor från en Din Sko-rea.

På kortväggen finns inbyggda bokhyllor från golv till tak, tätt packade står böckerna i rad efter rad. I färgordning.

Mats tänker på sitt eget krypin, sina knappa kvadratmeter där han lever sitt liv. Han älskar det. Det är inte snyggt, inte färgkoordinerat för fem öre. Men det är hans, det är hans borg. Låt vara att det ter sig som en leksaksborg i jämförelse med detta, men vadå?

Han drar ut en bok, på måfå. Det är en bok från det vita partiet i hyllan, bara böcker med ljusa omslag står här. *Farväl lammunge*, lyder titeln. På omslaget en svartvit bild föreställande Marilyn Monroe. Det var en oväntad bok i en mans bokhylla, men kanske ändå inte med tanke på att han är skådespelare.

Mats Hjörne löper med fingrarna utmed bokryggarna, det är Guillous Coq Rouge-serie blandat med *Tjänstekvinnans son* och *Doktor Glas*, poesi av både Dan Andersson och Karin Boye. Lundells *Jack*, förstås. Och en bok som heter *Kärlekens nöjen*. Lockad av titeln drar Mats ut boken och låter den falla upp. Tecknade samlagsställningar och utförliga beskrivningar. Franska termer han aldrig hört talas om. Feuille de rose. Postillionage. Pattes d'araignée.

En smula generad pressar Mats tillbaka boken bland de andra.

– Hittar du nåt?

Jon Lukas har begett sig till köket som är en integrerad del av det enorma vardagsrummet. Inga andra dörrar än ytterdörren syns här, rummet verkar spänna över husets hela övre våningsplan. Mellan köket och soffdelen försvinner en trappa neråt mellan stålvajrar och träräcken.

– Här skulle man stå och laga mat. Skulle till och med vara roligt att diska om man hade den här utsikten.

Jon Lukas nickar kort, han verkar inte fullt lika imponerad av huset som Mats. Han är väl alltför fokuserad på sina arbetsuppgifter. Eller också är han blasé, det är knappast den första mångmiljonvillan han besöker i egenskap av kriminaltekniker. Jon Lukas öppnar skåpet under vasken. Han knyter ihop plastpåsen i sophinken och lyfter ur den. Tar ett smutsigt glas som står ensamt i diskhon och för varsamt ner det i en papperspåse.

– Jag skulle vilja gå ner till brygghuset, jag måste kolla ett par grejer till där. Det verkar inte vara så mycket här uppe.

– Sovrummet?

– Har redan kollat och plockar med mig lakanen, får se om det ger något.

De kommer ut och Jon Lukas pekar vid sidan av huset. Utmed gaveln löper en stenlagd gång som leder utåt klippan och trappan ner till brygghuset.

– Pass på bara, det kan vara halt. Det är inte grusat.

De passerar en trädäckad altan med en övertäckt pool. Alla utemöbler verkar ha ställts undan för vintern. Hela trädgården är ljussatt på gränsen till det smaklösa. Ett Disneyland med ljusglittrande granar och enar, spotlights på tallarna och infälld belysning i de murade trappstegen.

Hjörne står stilla ett ögonblick och betraktar utsikten över vattnet och sundet. Två holmar ligger där ute, där sundet övergår till Saltsjön och farleden in mot Stockholm.

– De kallas Danmark och Sverige de där två öarna, visste du det?

Jon Lukas pekar dit ut.

– Nej. Varför det?

– Det sägs att det har att göra med när den danske kungen Kristian Tyrann försökte återta Stockholm på 1500-talet. Gustav Vasa hade ju slängt ut honom 1521. Kristian Tyrann ska ha belägrat den ena holmen och haft sin flotta liggande där. De stred i vattnet runt här, svenskarna höll till på den andra holmen och ja, så blev de kallade Sverige och Danmark efter det.

– Men Kristian Tyrann?

– Nej, han fick inget Stockholm han inte.

Också nere vid brygghuset är dörren avspärrad, här bara med den rödgula varningsskylten. De går in.

Blodet är fortfarande kvar. Det är mycket. Men inte mer än vanligt, tänker Hjörne. Det har torkat in ordentligt, det ligger nog golvvärme under klinkerplattorna. Sanerarna kommer få ett slitigt arbete att göra rent här inne när brottsplatsundersökningen är klar. Intorkat blod. Mats har ofta undrat hur de orkar, killarna de brukar ringa in när de är klara med en mordplats. Sanera bort blod och exkrementer, vilket jävla jobb. Han är glad att han slipper.

Mats slår ut med armarna i en frågande gest.

– Okej, vad letar vi efter?

– En trasig glasflaska.

– Varför det?

– För att det med största sannolikhet är vapnet. Jag hittade glassplitter här inatt men tänkte inte så mycket på det då. Att det inte var en hel flaska, bara splitter.

– Det visste jag inte. Varför har du inte sagt det?

– De hittade glasflisor inne i magen på Rappe under operationen idag. Så det är inte en kniv som vi trodde först. Snitten var så fina. Skadorna i buken ser inte ut att ha orsakats av ett eggvasst verktyg som en kniv.

En våg av äckel sköljer genom Mats. Blotta tanken på glasbitar inne i magen...

– Jag hittar troligen inga avtryck på splittret, det är för smått. Vi skulle behöva hitta en större del av flaskan nu.

– Du kunde kläckt ur dig det här tidigare.

Jon Lukas rycker på axlarna och lägger sig raklång på klinkergolvet. Tittar in under den väggfasta bänken som löper utmed kortväggen.

– Näpp. Inget där.

Mats Hjörne muttrar och går ut på bryggan.

Trots att han är irriterad på Lukas som har hållit på informationen om vapnet i ett par timmar, så kan han inte låta bli att stanna till. Att fantisera sig själv ner i den jacuzzi som ligger nedsänkt i bryggans trädäck, omgiven av fackelhållare i rostfritt stål. Han kan riktigt känna en sval bris mot ansiktet, tyngdlös i det heta vattnet. Han kan föreställa sig hur gott en iskall öl skulle smaka här, direkt ut flaskan och med blicken på solnedgången över sundet.

Isen är vitblå och ser tjock ut, ändå skulle han inte våga sig ut på den. I synnerhet inte en dag som denna då temperaturen tickar uppåt allteftersom solen värmer på, och inte vid bryggan där det är svag is runt pålar och fäste.

Han går fram till kanten och tittar ner. Tar ett tag om badstegen som försvinner ner i isen, räckets kyla stinger till genom de tunna engångshandskarna. Och så får han syn på något, en grön reflex. Försiktigt, försiktigt kliver han ner två trappsteg och sträcker sig efter det lilla föremålet. Han når det med nöd och näppe och får tag i den centimeterstora spetsiga glasbiten. Den är grön och den glimmar som en ädelsten i hans hand.

– Lukas!

Han får ropa tre gånger innan kriminalteknikern hör honom och kommer ut på bryggan.

– Var det Heineken?

– Va?

– De andra flaskorna, de som stod på bordet?

– Ja.

– Då har du resterna av ditt vapen här, tror jag.

Han håller upp glasbiten mot Jon Lukas och svär inombords. Han måste ut på isen, det vet han. Han måste hitta resten av den sönderslagna flaskan.

Åtta bitar har de hittat. Det är omöjligt att veta om det finns fler, det är för riskabelt att ge sig längre ut på isen. Den som har slängt iväg den blodiga, sönderslagna flaskan från bryggan har inte varit någon vidare kastare. Den verkar ha slagit i isen bara någon meter från badstegen och splittrats. De flesta bitarna låg framför eller strax under bryggan. En eller annan bit kan ha försvunnit ner i vattnet också, runt pålarna under bryggan kluckar vattnet upp genom några centimeters öppning i isen. De har hittat flaskhalsen och en rejäl glasbit som var alldeles blodig, alla bitar ligger nu noggrant placerade i Lukas papperspåsar.

– Garaget, om du ville kolla där också. Sen är vi nog klara tror jag.

Om Mats Hjörne känt ett sting av avund förut är det ingenting mot vad som drabbar honom när han stiger in i den separata garagebyggnaden och takbelysningen tänds automatiskt av en rörelsedetektor. I det uppvärmda garaget glänser en svart Hummer Luxury, V8-motor med 400 hästkrafters makalös råstyrka under huven. Den är gigantisk, till och med Mats har svårt att se över taket.

– Har du nyckel till den här också?

Jon Lukas sträcker sig på tå på andra sidan bilen och ger honom en dunkel blick.

– Glöm det.

– Nej, nej. Jag menar inte så.

– Vi har redan tömt den.

– Något intressant?

Mats Hjörne trycker näsan mot den tonade rutan vid förarsidan. Anar skinnsätet och en vackert designad växelspak där inne. Han känner än en gång hur han i tanken byter plats med Jack Rappe, hur han sätter sig bakom ratten på Hummern och glider ut på vägarna i tvåhundra kilometer i timmen. Avundsjukan får honom att känna sig barnslig och lite illa till mods. Bilens dörr blippar till när Jon Lukas trycker på nyckelns automatlås.

Mats Hjörne öppnar dörren och sticker in huvudet. Doften av sätets nappaskinn når hans näsborrar. Plötsligt ekar några rader ur en Eminem-låt som hans son Johan brukade lyssna på inne i hans huvud. *I want a girl I can fuck in my Hummer truck.* Lukas pratar på där utanför.

– Du vet hur det är med bilar. En massa jox. McDonaldsmuggar, gamla servetter, parkeringsbiljetter och hur mycket cd-skivor som helst. Och ett par strumpbyxor på golvet i baksätet.

– Kan vara något. Har SKL fått dem eller?

– Mmm. Knappast hans egna i alla fall.

– Man vet aldrig.

Kylan biter i kinder och sinne i den tidiga morgontimmen. Allt klarnar, dimman i skallen skingras likt gryningsdiset som lättar bortåt Saltsjön. Lars Leopold har stigit upp vid sex, var ute strax efter. Långkalsingar under träningsoverallen och tjock luva, flåset har han redan fått upp. Han följer strandpromenaden utmed hamnen och börjar klättra uppåt längs grusade vägar och igenvuxna stigar. Passerar en sedan länge igenbommad ångbåtsbrygga som hänger över vattnet, armeringsjärnen sticker ut ur den sönderluckrade betongen och en skylt varnar för att beträda piren.

Här har hundratals, kanske tusentals, sommargäster från Stockholms innerstad stigit iland under förra och förrförra seklet, på väg till sina stugor och hus. Här fanns förr pensionat, trolska skogsgläntor och småstugor. Nu stiger byggställningar och lyftkranar upp ur grönskan och river upp historien. Skapar nytt och skriver om.

Från bryggan löper en låg stenmur som försvinner in i en övervuxen trädgård. Rosensnår med rimfrosten glimmande på grenarna, en risig syrenhäck och ett i det närmaste fallfärdigt hus med snickarglädje och spröjsade fönster. Många har försökt köpa tomten, som är en av områdets finaste, men det är ett gammalt original som bor här och trivs med förfallet och stöket.

Skönt att inte allt är tillrättalagt, nyrenoverat och vitputsat, tänker Lars Leopold.

Stegringen upp för berget känns skönt i låren och han vevar

med armarna över huvudet för att få igång blodcirkulationen också i skuldrorna. Drar ett djupt andetag och börjar jogga.

Han passerar ett stort nybygge, de polska byggarbetarna är redan på plats trots att klockan inte ens är halv sju. De dricker kaffe ur termosens lock, skickar koppen mellan sig. Röken från deras cigaretter blandas med värmeångorna från det heta kaffet. De skrattar och mumlar lågt, lyfter en hand till hälsning när han passerar förbi.

Vid snart sagt varje hus står jättesäckar med gatsten, betongblandare och pickup-bilar med virke på flaket. Travar av klinker och ekgolv uppallrade utmed terrasserna, polacker, ryssar och balter i varenda trädgård. Kvällstid är detta ett oerhört homogent och etniskt svenskt område, men dagtid surrar det i varenda kåk och på vartenda bygge av språk från andra sidan Östersjön.

Lars Leopold sticker inte under stol med att han avskyr det. Inte polackerna, tvärtom, de är så trevliga jämt. Utan vad rikingarna gör med hans område. Vad byggboomen ställer till med. Snart finns inte mycket kvar av det gamla sommarstugeområdet. Mitt emellan två nybyggda hus med räta linjer, nyfunkisstil och grandiosa fönsterpartier hukar sig en liten stuga i eternit med en eftersatt trädgård. Som en fattig trasunge som hamnat ensam på en skolgård mellan stora grabbar från fina gatan som ser ner på honom och flinar.

Lars Leopold tänker på Jack Rappe och hans bygge. Han hörde på nyheterna igår att han inte har dött än och det är väl bra. Även om Leopold skiter i vilket. Den saten har onekligen gjort så att det räcker för ett helt liv.

Han skulle i vart fall inte sakna Rappe.

Rappes hus hade stått klart lagom till skådespelarens flytt tillbaka från Hollywood för fyra år sedan. Han hade köpt det via sin agent tillika juridiska ombud och allt hade skötts snyggt på avstånd.

Men i grannskapet snackades det.

Om hur agenten hade närmat sig en sextonårig kille, bara några månader efter tsunamin i Thailand. En sextonåring som återvänt från sin drömsemester på bår, ensam på flyget hem. Mamma, pappa och lillasyster borta i jättevågen. En sextonåring vars enda tillgång i livet var en vinterbonad sommarstuga med ett av Nackas bästa lägen och en utsikt som tog andan ur de flesta. Klart att han var lätt att övertala. Klart att en ensam sextonåring inte kunde ta hand om ett slitet gammalt hus alldeles själv.

Innan sommaren kom var killens barndomshem jämnat med marken och Jack Rappes gigantiska funkisvilla med vidhängande tiometerspool, brygga med segelbåtsdjup och lyxigt spa vid vattnet kunde ta form. Ett år senare stod alltihop klart och stjärnan återvände till Sverige.

Kort därefter började festerna. Gästerna anlände i taxibilar, kända ansikten, stjärnor. Mediefolk och filmchefer. De hetaste popartisterna. Och mängder av småbrudar.

På klippan bredvid satt Lars Leopold och muttrade. Surnade till av bitterhet. Såg avundsjukan rakt i dess gröna ansikte och svalde. Iakttog och memorerade. Hatade och förfasade sig.

Men han gjorde inget. Han bara tittade och höll käften.

Han tänker på tjejerna och känner ilskan dunka i bröstet i takt med fötternas trummande mot den frusna marken.

Mats Hjörne stiger ur hissen på sjätte våningen. Möts av en tyst marinblå heltäckningsmatta och en stor mässingsstatyett på en pelare. Den föreställer ett förvridet kvinnoansikte, käken är stor på gränsen till överdimensionerad och ögonen djupt liggande, högt uppe på axeln syns vad som måste vara ett kvinnobröst. Det är en ganska ful sak. Undrar vad åklagarmyndigheten vill säga med den här presentationen av sin tredje kammare?

Han tänker att det var länge sedan han såg Madeleine Edwards, han har inte ens haft tillfälle att gratulera henne till den nya tjänsten. Han har väl hållit sig undan också. Tystnaden efter allt skit med Jocke Lind, trots Hjörnes egen tydliga invit med U2-planschen han lämnade på hennes rum. Han har sett att hon satte upp den, han passerar ju förbi här ibland.

Men vad betyder det? Hon hörde aldrig av sig och tackade.

Fast det förstås. Vad skulle hon tacka honom för?

Han bär på en sjuhelvetes skuld till henne. Hur hon riskerade hela sin karriär för att skydda honom. Väl medveten om att det var han som hade sett till att Jocke Lind blev felaktigt dömd för mord i första skedet. Hur hon tog på sig hela ansvaret, ställde sig som en skyddande mur framför honom. Blundade för hans uppenbara tjänstefel.

Det är bara tack vare Madeleine som han fortfarande har sitt jobb kvar.

Som man, stor och bullrig och van att reda sig själv, var det inte alldeles angenämt att bli räddad så där av en kvinna. Stoltheten fick sig en törn. Han påmindes ännu en gång om hur underlägsen henne han är. I allt. Madeleine Edwards, vice chefsåklagaren. Säkert kommer hon att bli landets första kvinnliga riksåklagare en dag.

Vad ska hon med honom till? En polis med en hyrestrea i Gröndal och två ungar. En änkeman med sammanlagt fjorton pocketböcker hemma i bokhyllan, och då har han inte ens läst alla. Socialt skulle det vara en katastrof för henne att komma släpande på en uniform.

Jodå, han hade lekt med tanken. Den förbannade fantasin som spann iväg.

Men hur det nu var så vågade han inte. Sanningen var så enkel, och så besvärande. Han vågade inte räcka ut handen och riskera att bli nekad. Inte av henne. Av alla människor.

Den där gryende passionen han hade känt hade ackompanjerats av en inte riktigt sund beundran. Han hade satt henne på en piedestal, det visste han. Han visste bara inte hur han skulle kunna få ner henne därifrån. Kompetenta kyliga kvinna.

Han både skrämdes och attraherades av henne. Irriterade sig en smula på att han hade svårt för hennes styrka, det var ju samtidigt det han uppskattade hos henne.

Dessutom tog det ett tag att vänja sig av med älskarinnan och kollegan Jessica Brännemo. Nu var det över, men det höll på ganska länge. Bekvämt, inom räckhåll. Som en påse chips man har hemma i skåpet.

Men så fanns där något mycket viktigare. Madeleine påminde honom om hans sedan tio år döda fru Josefin. Skärpan, sårbarheten under ytan, något i blicken som han inte riktigt kunde sätta fingret på. Till utseendet var de varandras motsatser, men Mats kunde ändå ana släktskapet mellan de två kvinnorna.

Och Madeleine Edwards var inte typen man satte på och lekte

lite med. Med henne skulle det vara frågan om ett seriöst förhållande. Så kändes det i alla fall för honom.

Handen på hjärtat så visste han inte om han var redo att byta ut Josefin ännu.

Och nu står hon framför honom, här i korridoren. Han skulle precis rätta till frisyren så gott det gick på vägen fram till hennes rum, men hon förekom honom. Här är hon. Långa ben virade om varandra, en högklackad sko med ren undersula vilar mot vaden. Hon har axeln lutad mot dörröppningen in till chefsåklagare Hanssons rum och en tjock lunta papper under armen. Läsglasögon uppdragna i håret som vore de solglasögon.

Vad fin hon är när hon drar bort luggen från ansiktet, tänker han och ler fånigt. Drar in magen.

– Det var länge sen.

– Det var det. Tiden går. Redan ett nytt år igen.

Hon fäller ner glasögonen, lägger dem långt fram på näsan och förvandlas till skolfröken på en sekund. Munnen liten och inte så lockande.

– Jag har en del jag undrar över. Det är många frågetecken.

Hon hytter med fingret i luften åt honom. Han finner det störande och oemotståndligt på samma gång.

– Det är ju det.

– Ska vi köra igång då?

Affischen sitter kvar på hennes vägg. Hjörne tittar på Bono och ska precis säga något om den, om U2:s musik, om deras bilfärd till Gävle för så länge sedan, om den märkliga midsommarnatten. Men han avbryts av Madeleines uppfordrande röst bakom skrivbordet. Det är stort och bågformat, i något brunrött träslag. Bredvid datorskärmen står en bukett utslagna tulpaner i olika färger.

Hon visar på en gäststol.

– Slå dig ner.

Kompetent, men en isdrottning lik förbannat.

– Okej. Vad sker härnäst?

– Jag ska träffa hans ex-fru om en timme. Petra Mascagni heter hon, jobbar också med film.

– Har du kollat upp henne?

– Vem?

Madeleine undslipper sig en suck.

– Rappes före detta fru.

– Nej. Jag fick precis hennes namn, ringde henne på vägen hit.

– Och?

– Hon är mitt uppe i en filminspelning men jag ska dit på lunchen.

Madeleines fingrar rasslar över tangenterna medan hon söker sig till belastningsregistret och skriver in sitt lösenord.

Det går en halv minut.

– Näpp. Inget på henne. När skilde de sig?

– Jag vet inte riktigt, det ska tydligen vara ganska länge sedan.

Suck igen. Den är liten, men den undgår honom inte. Hon öppnar en ny domän på datorn, skriver in ett nytt lösenord. Folkbokföringen.

– 2003, nästan sju år sen. Rappe verkar ha varit skriven i Sverige i alla år, trots USA-flytten. Först olika adresser på Södermalm sedan födseln 1964, och sen Nacka från maj 2006. Har du kollat honom?

Hjörne sträcker på sig. Klart han har. Belastningsregistret har han redan sökt i.

– Finns inget på honom. Inga domar, inte ens en fortkörning.

– Och misstankeregistret?

Hjörne sjunker ihop igen.

– Varför då? Det är ju han som är offret här.

– Och vi har just nu inte en aning om vem som kan vara gärningsman. Det kan finnas nåt... ja, jag tycker i alla fall att vi ska kolla.

– Ja. Jamen så gör det då.

– Jag kommer inte in. Det vet du.

Madeleine ställer sig upp. Loggar ut och erbjuder honom sin stol. Hjörne sätter sig tungt framför datorn och tar sig in i polismyndighetens datasystem med hjälp av både kort och kod. Misstankeregistret får inte vem som helst söka i, det ska mycket till för att man ska gå in där och rota i människors historia. Det är som sagt bara misstankar det bygger på, alla de utredningar som inte har gått hela vägen till åtal. Som kan vara byggda på lösa grunder, som kan vara ingenting.

Mats vet att hans sökning loggförs, att varje enskild sökning i misstankeregistret kontrolleras noga gentemot den utredning han håller på med. Varje år åtalas poliser för tjänstefel för att de har suttit och letat i misstankeregistret utan att ha skäl till det. På flickvänner, på dotterns pojkvän, på nya grannar. Sökt på kriminella, åt andra kriminella. Dumma som spån, om han får säga vad han tycker. De åker ju nästan alltid fast.

Hjörne får träff direkt.

Madeleine lutar sig fram över honom och knackar på datorskärmen. Jotack, han ser bra att läsa med egna ögon. Misstanke om sexuellt utnyttjande. 2003. Samma år som Jack Rappe och Petra Mascagni skilde sig.

Mats Hjörne är häpen. Och skäms en smula. Han borde ha tagit reda på det här. Inte Madeleine Edwards. Det pinsamma i situationen lägger sig som ett lock över hans tidigare ganska goda humör. Samtidigt försöker han vara tacksam för att just hon är förundersökningsledare i det här röriga fallet. Tänka att det är märkligt hur de på bara några minuter har fallit tillbaka in i effektivt samarbete.

De är ett bra team. Men hon har blivit väldigt mycket chef.

Han frågar ändå.

– Kan du kolla med åklagaren som hade fallet?

– Men vänta. Det är något.

Madeleine håller upp ett finger i luften. Hon böjer sig fram över honom och trycker på piltangenten, scrollar ner i texten.

– Titta. Uddevalla åklagarkammare. Är inte det konstigt, de bodde väl här i Stockholm?

– Vad kan det vara?

– Vänta, låt mig se. Förlåt, får jag…?

Madeleine sätter sig nästan i knät på honom och han ålar sig ur hennes stol. Hon lyfter luren och ber att få bli kopplad till åklagarkammaren i Uddevalla. Knappa minuten senare har hon avverkat växeln, registratorn och en sekreterare och har fått ett direktnummer till en åklagare. Mats Hjörne häpnar över hennes hastighet och iver, hon är ju mer utredare än han. Han ska precis föreslå att kanske han ska ringa till den där åklagaren, det är ju ändå han som… Madeleine har ett finger lyft mot honom igen. Han tystnar som en tillrättavisad elev hos rektorn.

– Hej, god förmiddag, det här var Madeleine Edwards, vice chefsåklagare, tredje kammaren i Stockholm. Jag är förundersökningsledare för ett fall gällande mordförsök på en Jack Rappe. Du har också hört det? Ja, visst så är det ju ofta. Mmmm. Och i alla fall, så undrade jag om du minns ett gammalt fall som ska ha legat på ditt bord. Riktigt gammalt, men du kanske kommer ihåg det i alla fall. Det gäller sexuellt utnyttjande.

Några minuter passerar. Hon sitter med ryggen mot Mats så han kan inte se Madeleines ansiktsuttryck. Hon nickar, ställer några följdfrågor, antecknar. Tackar för hjälpen. Så får han se hennes ansikte igen.

– Jag kände det på mig.

– Säg.

– Skäligen misstänkt för sexuellt utnyttjande i februari 2003. Ett halvår före skilsmässan från Petra Mascagni.

– Vad hade han gjort mot henne?

Madeleine skakar på huvudet.

– Inte mot henne.

– Inte?

– Fallet gällde en nittonårig tjej, någon praktikant på en filminspelning. I Trollhättan, det var därför det hamnade hos åklageriet i Uddevalla.

– Bodde han inte i USA då?

– Vad jag förstår gjorde han fortfarande grejer i Sverige. Rollen som rektor Hulth du vet. Den serien har hållit på i hundra år känns det som.

Hjörne nickar. Är det något folk känner till om skådespelaren Jack Rappe så är det att det var han som gjorde den träffsäkra och numera nästan klassiska rollgestaltningen av gymnasierektorn Fredrik Hulth i den långlivade och omtyckta tv-serien *Läroverket*. År efter år hade tv-publiken följt elever, lärare och den diaboliske rektor Hulth på den påhittade gymnasieskolan Allmänna Södra. Det var en serie som skapades i ett försök att göra en svensk tv-följetong med tydliga referenser till *Ally McBeal* eller *Boston Public*. Kvalitetssåpa, kallades det. Mats Hjörne minns att han blev ganska förtjust i de nonchalanta elakheter som rektorn brukade få ur sig och hur Hulth med bara en kolsvart blick kunde trycka till sina motståndare. Det fanns inte en scen där inte Jack Rappes karaktär Hulth fick sista ordet, och publiken älskade honom för det.

– Men? Inget åtal?

– Nej. Hon tog tillbaka anmälan.

– Vad sa han, åklagaren?

– Hon. Åklagaren. Det är en hon.

– Okej. Vad sa hon?

– Tjejen hade polisanmält Jack Rappe tillsammans med sina föräldrar. Ganska motvilligt, vad jag förstod. Han skulle ha tvingat sig på henne efter en utekväll, hon hade varit för full för att göra motstånd.

– En klassiker.

Madeleine ger honom en hård blick.

– I alla fall så var det väl svårt med bevisen. Det hade gått någon månad när hon anmälde. Sen tog hon själv tillbaka alltihop, och åklagaren lade ner. Hon verkade lika glad för det, sa att det hade varit svårt att få fallet att hålla hela vägen till domstol.

– Kanske ska tala med henne. Vad heter tjejen?

Madeleine tittar på sin klocka på armen.

– Du börjar få bråttom nu om du ska hinna till tv-huset och ex-frun. Tjejen heter Isabella Karlsson. Ska jag hjälpa dig?

– Är det så bråttom?

Madeleine rycker på axlarna. Ja, vad tycker du, verkar hon fråga honom med sin oskyldiga min. Elva och fyrtio visar hans armbandsur. Det blir tajt i lunchrusningen.

– Försök hitta henne är du snäll. Ska se om jag hinner ringa idag, om vi måste åka dit ner. Sen måste vi gräva i alla rykten om honom.

– Ta fram pressklipp kanske?

Madeleine kastar fram frågan. Det är inte din sak, vill han säga, men hon ser så ivrig ut. Och det är en bra idé. Det måste finnas hur många artiklar som helst om Rappe. Ibland vet journalisterna mycket mer än polisen.

– Och så har jag Rappes mamma i eftermiddag. Fan också. Kan du?

Hennes ansikte är vänt upp mot honom, öppet och med pigga ögon. Hon har glidit ner på stolen där hon sitter, kjolen har åkt upp en bit ovanför knäna. Hon ler och han önskar med ens att han inte hade så bråttom. Att han var hennes överordnade och inte tvärtom.

Eller snarare att de inte ens jobbade ihop, utan bara var... vänner.

Madeleine lägger handen på telefonluren på skrivbordet.

– Inga problem. Jag kan ringa.

– Tack för hjälpen.

– Äsch. Det är inget. Skynda dig nu.

Mats Hjörne känner sig som ett fån där han står i utkanten av filminspelningen. En assistent tog emot honom i tv-husentrén och följde honom till Studio 2. När de kom fram lyste en röd lampa med texten *Inspelning pågår* och assistenten la ett finger framför munnen. De blev stående där utanför i närmare fem minuter, tysta och skrapande med fötterna på betonggolvet som fortsatte bort i oändligheten utmed raderna av studioportar. Bredvid honom stod en vagn med kulisser. Rader av väggar med olika typer av tapeter, fönster och dörrar uppställda och noggrant märkta på baksidan. Svensson, Svensson. Bolibompa. Livet i Fagervik.

När lampan släcks släpps han in i studion, men får än en gång en anvisning att vara tyst och ställa sig i ett hörn. Han tittar irriterat på klockan. Hon är ju tio över tolv, han har stressat hit. De ska ha lunch nu, sa de.

Han får syn på en kvinna med en osannolikt lång fläta utmed ryggen, den slutar först nere i svanken. Hon reser sig ur en stol som står placerad framför en liten tv-monitor och går fram till en av skådespelarna som står i ett uppbyggt kök. Hon lägger armen om den unge mannen och pratar med honom så ingen annan hör. Ger honom en kamratlig klapp på bröstet och återvänder till sin plats.

Hon nickar åt en annan kvinna med headset och en plastklappa med röda digitala siffror i handen.

– Pass på. På era platser för scen 87.

Alla fryser till i sina positioner. Ett kollektivt djupt andetag. Skådespelaren lyfter en disktrasa från köksbänken och blundar ett kort ögonblick.

– Tystnad tagning... och... varsågod och börja.

Skådespelaren står still ett kort ögonblick, lystrar som hörde han något ljud och går fram till en vägghängd telefon. Lyfter luren.

– Det är Tommy. Nämen hej.

Han byter öra, lägger ifrån sig disktrasan.

– Menar du? När då? Hur gick det till?

Ansiktet ser bestört ut, munnen öppnar sig medan han låtsas lyssna på en röst i andra änden av linjen.

– Jag kommer med en gång.

Han hänger tillbaka telefonluren och går ut genom en dörr i en kulissvägg med randiga tapeter som utgör en del av det uppbyggda rummet. Dörren slår igen.

– Tack.

Alla väller fram. Kvinnan med flätan slår sig på knäna och släpper ur sig en rejäl suck. Kvinnan med headset meddelar att lunchen blir trettio minuter exakt och på mindre än en minut har studion tömts på folk. Mats står där han står, ingen har sagt till honom att göra något annat.

– Petra Mascagni. Ledsen att du fick vänta.

Kvinnan räcker fram höger hand åt Hjörne samtidigt som hon med vänster hand lyfter fram sin långa fläta och låter den vila över vänster axel, ner mot midjan. Hon är jämnårig med honom och har olivfärgad hy och mörkgröna ögon. Hon bär en skråsydd lång kjol och en stickad lång tröja med trumpetärmar. Inga smycken och plattbröstad som en ung flicka. Hon tuggar på nariga läppar och slänger en blick på klockan på ärmen innan de slår sig ner i ett hörn av studion och börjar prata.

Assistenten som hämtade Hjörne kommer till dem med varsin inplastad baguette fylld med någon ljusgul röra med klumpar i, troligen currykyckling.

– Du kan gå på lunch nu. Stäng efter dig.

Mats tar ett bett från mackan, tuggar frenetiskt på det kompakta brödet för att kunna svälja och börja prata.

– Det här är bara ett första... vi kanske behöver kalla in dig senare, till stationen. Men nu behöver vi bara något att gå på.

– Vi umgås inte längre. Jag och Jack.

– Jag har förstått det.

– Vi har varit skilda i sju år.

– Det vet jag också. Varför skilde ni er?

Kvinnan biter i sin lunchsmörgås och rycker på axlarna. Svarar med munnen full av kycklingröra.

– Vi växte isär. Som man gör.

– Och mer?

Axlarna igen.

– Det vet ni nog. Om inte annat kan nog en sökning i skvallerpressens arkiv upplysa er om det.

– Hur menar du?

– Han var otrogen.

– Med vem?

Petra Mascagnis magra axlar åker upp och ner.

– Någon brud. På någon inspelning. Som det brukar vara.

– Var det någon i Trollhättan?

– Det var väl det enda han gjorde i Sverige det året, ja.

– Och du, bodde du kvar i Sverige under åren han var i Hollywood? Var ni gifta då?

– Vi träffades på en inspelning här i Sverige, han åkte ju fram och tillbaka hela tiden under de åren. Jag regisserade, han spelade. Det var precis innan millennieskiftet, vi gifte oss ganska direkt.

– Men varför följde du inte med över till USA?

– Jag hade mina jobb här. Han hade sina där, men han hade basen i Sverige hela tiden.

Det lät ju väldigt romantiskt, tänker Hjörne. Men vad vet han? Det kanske var praktiskt.

– Och den här flickan vi pratar om. Var det bara otrohet?

– Bara? Är det så bara?

– Nej, förlåt. Vad jag menar...

– Om han blev kär eller något? Det brukar han inte bli. Han säger väl det till dem, men nej...

– Vi har hittat en gammal polisanmälan om sexuellt utnyttjande mot Rappe, från just den sommaren. Kan det vara samma tjej?

Petra Mascagni ser inte ut att reagera nämnvärt på de laddade orden om att hennes ex-man anklagats för att vara sexualförbrytare.

– Det kan det ha varit. Jag vet bara att han hade ihop det med någon. Och att jag fick nog.

– Varför just då?

– Det var väl droppen.

– Har det varit många? Innan?

Petra Mascagni tar en stor tugga igen och nickar tyst till svar. De gröna ögonen omges av ett vackert ansikte, men bristen på underhudsfett får henne att se gammal ut. Huden drar runt mun och näsa, ögonen står nästan ut från sina hålor. Det finns värme där under, djupt där inne. Men bitterheten får blicken att se hård ut när hon tittar på Mats Hjörne. Varför stannade du så länge hos ett sådant svin, vill han fråga, men vet att frågan inte hör hemma här och nu.

Det finns annat han måste få veta.

– Och ni? Hur var ert samliv?

– Har det verkligen med saken att göra?

– Kanske inte. Kanske ändå.

– Vad vill du veta?

Mats Hjörne harklar sig. Han kan det här, han är utbildad, har gått kurser och övat på mängder av tidigare offer. Ändå är det alltid lika svårt, lika känsligt.

– Utsatte han någonsin dig för… ja… för sexuella övergrepp?

– Nej.

Hon drar fram tröjärmarna över sina händer, de tunna fingrarna med omålade naglar försvinner in under det stickade tyget.

– Hur var det då? Ert sexliv? Fanns det inslag av förnedring? Våld?

När Petra Mascagni ler rör sig knappt ansiktet. Den smala munnen blir något bredare, men ansiktet förändras inte. Det bara drar lite i huden runt mungiporna.

– Du menar håll käften och sära på benen-sex? Som finns i alla äktenskap?

Gör det? tänker Mats. Men han nickar bara åt Petra Mascagni att fortsätta.

– Vi var ju gifta. Som du vet.

– Det har egentligen inte med saken att göra. Vad jag undrar var…

– Det var hans rätt. Lika fullt som min, kan man tycka.

– Och om du inte ville?

– Hur då menar du?

– Sa du nej? Någon gång?

– Jo. Eller snarare, det ingick i spelet. Han föreslog nästan bara sådant jag sa nej till först. Övertalningen var en del av själva leken. För Jack.

– Och vad hade hänt om du hade vägrat?

– Men det gjorde jag ju inte.

– Men om.

Hon rycker på axlarna. Drar fram handen ur tröjärmen och tittar igen på klockan. Hon ger honom fem fingrar i luften som vore det pass på tagning som gällde för honom.

– Fanns det våld med i bilden ändå?

– Som sagt. Mitt motstånd och hans övertag var liksom en del av hela sexakten.

– Vad kunde det vara? Slog han dig? Tvingade han dig?

Hon skakar på huvudet.

– Nej. Absolut inte.

– Inte så? Fanns det inslag i era sexuella aktiviteter som gjorde ont? Tillfogade han dig smärta?

– Ja.

– Var det frivilligt? Var det, så att säga, sadomasochistiskt?

Hon skakar på huvudet. Hon gör det inte lätt för honom.

– Jag tar frågan igen. Slog han dig någonsin?

– Nej.

– Vad var det då?

– Det var…

Hon tystnar. I handen ligger den kladdiga plastfolien efter den uppätna smörgåsen. Hon rullar ihop den till en hård liten boll.

– Vet du. Det är svårt att förklara ett förhållande. Kärlek är komplicerat. Det är så mycket. Som ingen annan kan förstå. Som ingen riktigt har med att göra heller.

Hon rycker till av ett ljud bakom Mats. En dörr öppnas och assistenten är tillbaka. Bakom dem hörs sorlet från resten av teamet som är på väg tillbaka från lunchen. Petra Mascagnis gröna ögon stannar vid Mats Hjörnes, ser på honom och nickar. Han inser att samtalet är över, trots att han inte känner sig mycket klokare än innan han kom. Vad hade hon och Rappe egentligen för relation? Går det ens att förstå för en utomstående?

När han går bort från inspelningen i den långa studiokorridoren tänker han på att Petra Mascagni inte frågat honom något om Jack Rappes tillstånd.

Hon frågade inte ens om han fortfarande var vid liv.

Kvinnan sitter i soffan mittemot Mats Hjörne och vrider sina händer. Hon rör inte sitt te och hon stirrar på honom med klotrunda ögon. Jack Rappes mor är bedövande vacker och äldre i verkligheten än han trott.

Mats Hjörne sitter i en blanksliten Lamino-fåtölj och dricker teet hon hade gjort i ordning innan han kom. Han har en besynnerlig känsla av déjà vu.

Han har sett skådespelerskan Amelia Rappe så många gånger. På teater, förr om åren när Josefin släpade med sig honom, och på tv. Och ofta just så här. Sörjande. Stillsam men med känslorna som skrivna i de fina linjerna runt ögon och läppar. Han har sett henne kvida som drottning Macbeth, han har hört henne hulka trovärdigt och äkta i olika tv-dramatiseringar över de döda och förlorade, han har sett hennes tårar falla för andra världskrigets många offer. Den upphöjda aktrisen Amelia Rappe har mer än någon annan gett den ångestladdade sorgen ett ansikte.

Det gör att Mats Hjörne nu har svårt att komma ifrån känslan av att hon bara spelar, trots att hennes sorg känns äkta och naken. Förstås, det är ju hennes son det gäller.

Det är på riktigt den här gången.

Men det är väl kanske så, säger han sig. Att det privata jaget och det spelade jaget inte alltid är tydligt åtskilda. Hon kanske beter sig så här när hon är riktigt ledsen för något och hämtar inspiration till sina karaktärer från sig själv. Ändå känns det fullständigt absurt.

Han inser att han aldrig har sett Amelia Rappe i annat än uppsatt hår förut. Alltid med håret i knut, svinrygg eller något annat stilfullt arrangemang.

Men nu har Amelia Rappe det långa håret utsläppt. Det känns märkligt privat att se henne så här. När hon gick före honom från hallen till vardagsrummet förut såg han hur håret räckte en bra bit ner på ryggen. Tunt, som det ofta är på gamla människor. Men det var kvinnligt och sensuellt på ett sätt som Mats Hjörne nästan fann opassande. Amelia Rappe måste vara en bra bit över sjuttio.

Men som sagt. Hon är en skönhet. Håret hålls tillbaka från ansiktet av ett brett sammetsdiadem och i hennes öron hänger enkla guldringar. Hon har tre ringar på fingrarna och både armband och klocka på höger arm. Fingrarna är långa och en smula krokiga, det syns att hon lider av någon form av åldersreumatism. Huden fläckig och tunn. Hon bär nästan ingen make-up och hon andas bohem och kosmopolit. Sådan har Mats Hjörne aldrig uppfattat henne förr. Men vad vet han? Han känner inte Amelia Rappe, förutom att hon är ett av landets mest kända ansikten.

Han ber henne berätta om sin son. Inte om de senaste dagarnas förehavanden, dit kommer de i sinom tid. Utan om vem han är, i ett i stunden tafatt försök att se om där kan finnas svar på frågan vem eller vilka som vill honom så illa att han attackerats. Ingen kan väl känna Jack Rappe bättre än hans egen mor.

– Han är min idol. Konstigt, inte sant?

– Ja. Eller nej. Jag vet inte.

– Han har alltid agerat, förstår du. Han är i praktiken uppvuxen i logerna på Dramaten och Stadsteatern, alltid med olika barnvakter i form av sminköser och regiassistenter. Och ibland, när jag gick av scenen, även om det var sent på kvällen, så satt han och väntade. Trots att han skulle upp till skolan dagen därpå. Men då satt han där bakom mig när jag tog bort mitt smink, och reciterade ur pjäsen vi precis spelat. Han var bara elva år när han frågade om han fick leka Jean. Och jag skulle vara Julie.

– Julie?

Amelia Rappe ler milt mot Mats Hjörne. Inte överseende, eller förlöjligande. Bara milt.

– Fröken Julie. Det är en väldigt känd pjäs av Strindberg. Huvudrollerna heter Jean. Och Julie.

– Okej. Jag förstår.

– Och han var... han var lysande. Bara elva år, och redan... Han kunde spela man. Förstår du?

Hon betonar ordet man som vore detta det svåraste en skådespelare kan gestalta. Kanske har hon rätt i det.

De runda ögonen blinkar frenetiskt, och Amelia Rappe gråter igen. Tårarna stannar till och lägger sig i de många vecken i hennes ansikte.

– Det var ju inte många som såg det. Hur duktig han är. Vilken aktör han är. Han är så mycket mer än det de gjorde honom till.

– De? Vilka?

Amelia Rappe rycker på axlarna.

– Regissörerna. Filmbranschen. Alla tidningar. De ville att han skulle vara en läckerbit som de kunde dra upp stort på filmaffischerna.

– Jaha?

Mats Hjörne vet inte riktigt om han förstår. Jack Rappe har alltid varit sinnebilden för en filmstjärna. Redan för tjugo år sedan, när han började dyka upp i olika tv-serier, var han en sådan där man som många kvinnor i hemlighet drömde om. Och som männen anade att deras fru såg framför sig när hon blundade.

– I Sverige har det alltid funnits en motsättning mellan utseende och anseende. I många andra länder, inte bara i Hollywood, där kan man vara både och. Se på Tom Cruise. Brad Pitt. Marlon Brando, för Guds skull. Men här i Sverige, här är det antingen eller. Bara om man är så kallat fulsnygg får man spela de utmanande och krävande rollerna.

– Men du...?

Amelia Rappe var ju utan tvekan en skådespelerska som både var en skönhet och erkänd som en av de stora.

Hon tittar en smula irriterat på Mats Hjörne.

– Nu talar jag om manliga skådespelare. För kvinnor gäller andra regler. Där är utseendet alltid det viktigaste. Oavsett vad så ska man vara vacker.

– Okej.

– Men Jack... Jag sa alltid till honom att han var för snygg för sitt eget bästa. Då brukade han kontra med att säga ”Jamen, morsan, var du tvungen att skaffa barn med pappa dårå?”

Hon skrattar till och Hjörne fascineras av hur träffsäkert hon härmar det omisskännliga tonfallet. Rösten släpig, med lite rasp och med tydliga spår av en uppväxt på Södermalm.

Hon harklar sig och skrattet är som bortblåst ur rösten när hon fortsätter.

– Hade han varit ful... Jag menar, han hade inte behövt se ut som Ringaren i Notre Dame, men om han hade haft några fel. En mor tycker förstås alltid att just hennes barn är det allra vackraste på jorden. Men Jack är onekligen snygg som ögat. Och det diskvalificerade honom från en hel del roller. De kunde inte se bortom det där. Han är och förblir nog alltid en... ja, en hunk kallas det väl?

– Och så i måndags fick han en Guldbagge. Var det hans första?

– Ja tänk, till slut. Det har ju aldrig varit aktuellt tidigare, inte alls.

– För att han är en… hunk?

– Just så. Tjugoåtta år i branschen. Så länge har han hållit på. Och det är klart att han har gjort roller som mest har varit för levebrödet. Det kan till och med jag tillstå. Och vad han inte riktigt insåg då för många år sedan när han började var att han startade i fel ända. Han lockades av filmen, machorollerna, uppmärksamheten, pengarna. Men då ska det mycket till om Dramaten gläntar på dörrarna efter det.

– Och den här rollen han fick en Guldbagge för?

– Det var en drömroll. Shakespeare. Om än förändrad till oigenkännlighet om du vill ha min åsikt, men jag är ju bokstavstroende. Jag tycker kanske inte att den här nutida filmatiseringen som de gjorde var så lyckad, lite för mycket diskbänksrealism och höghus, men Jack var förstås bra. Ända sedan Richard Burton gjorde Petruchio i *Så tuktas en argbigga* på sextiotalet så har det varit en paradroll för manliga män.

– Manliga män?

– Ja. Riktiga karlar.

Mats Hjörne tycker att det känns olustigt att sitta och prata om Jack Rappes filmkarriär och framgångar när mannens liv samtidigt hänger på en skör tråd. Det sista han hörde på förmiddagen var att de skulle operera honom igen och att det kunde ”gå i princip hur fan som helst”.

Amelia Rappe borde inte sitta här. Och bli förhörd. Hon borde få vara på sjukhuset och… vadå? Vaka i ett allmänt väntrum tillsammans med lystna ögon och påträngande journalister? Gråta inför tv-kamerorna? Mats förstår varför hon är hemma.

Han harklar sig. Lutar sig fram och lägger händerna på knäna. Harklar sig igen. Detta hatar han.

– Om vi… hrm… om vi pratar nutid. Nu, den sista tiden, före måndagen. Har du några idéer om vem som kan ha gjort det? Några fiender? Hade han ovänner?

– Oh ja. Mängder. Jack var tämligen avskydd i branschen.

– Av vilka? Och varför?

– De senaste tjugo åren har Jack medverkat i sexton svenska långfilmer. Utöver de tre tv-serier och fem filmer han gjorde i Amerika. Han tog mångas roller. Dessutom var han en av de få som tjänade riktigt mycket pengar på sitt skådespelaryrke. De flesta kan knappt leva på det. Och kommissarien har kanske haft tillfälle att se Jacks fina villa i Nacka.

– Jag har förstått att han hade det gott ställt, ja. Men finns det någon som skulle vara beredd att döda honom på grund av att han tjänade mer än alla andra?

Amelia Rappe rycker på axlarna.

– Vad vet jag. I min värld har avundsjuka och svartsjuka alltid varit de stora motiven. Det har fått många att ta till kniven.

– Kan han ha haft skulder? Lånade han pengar?

– Nej. Det var ordning på hans ekonomi, det är i alla fall min uppfattning. Han hade alltid pengar. Alltid. Det var han som tjänade de stora pengarna. Jag försökte säga det när han rasade över att han alltid sågs som persona non grata av vissa kultursnobbar. Jag menar, jag har harvat på i alla år med min lön från Dramaten, och den räcker inte till mycket mer än det här.

Hon sveper med armen över vardagsrummet i sin hyrda bostad. En bostad som förvisso ligger i ett falurött timrat kulturhus från tidigt 1700-tal på Katarinaberget med utsikt över båtarna som tuffar in i Stockholms inlopp, flottans gamla magasin på Skeppsholmen och örlogsflaggan som vajar på Kastellholmen. Här på gatorna utanför vandrade Per Anders Fogelströms Henning och Lotten över kullerstenarna, till de här husen köar stockholmarna i en livstid för att få tillträde. Från sitt fönster ser Amelia Rappe Gamla stans gyllene fasader, glittret från Saltsjön och den grönskimrande NK-klockan bortom hustaken. Ovanpå det har Amelia Rappe en bevarad takmålning i kurbitsmönster i sitt vardagsrum, som flyter ut över träplankorna med fantasiblommor och knippen av blad. Men det verkar inte slå henne hur motsägelsefull hennes kommentar låter.

I kvinnans röst finns till och med ett drag av avundsjuka. Också hos henne, hans egen mor.

Men det är väl så, tänker Hjörne. Det är på den andra sidan som gräset alltid ter sig grönare. Det är lätt att förblindas av det andra har, och inte se det man själv har fått eller begåvats med.

– Och kvinnor? Kvinnoaffärer?

Amelia Rappe ger honom en trött blick. Drar samman läpparna i ett bistert leende och nickar.

– Vad vill du veta?

– Var det många kvinnor?

– Det var många kvinnor. Det känner nog till och med du till.

– Ja. Jo. Kan det ha funnits fiender? Svikna äkta män, avundsjuka och hämndlystna? Kan någon ha försökt mörda din son på grund av det? Kan någon ha hatat så mycket att han slog sönder en flaska och attackerade Jack?

Amelia Rappe möter hans blick. Med ens ser hon oerhört gammal ut. Ansiktet ser torrt och skröpligt ut, som gammalt pergament. Under ögonen djupa skuggor och munnen bister och med neddragna mungipor. Av skönheten finns inte ett spår.

Framför honom sitter en sörjande mor. Inget annat. Mats inser att han har uttryckt sig klumpigt.

– Förlåt. En sista fråga bara. Det här med Hollywood. Hur länge var han där?

– Det var väl nästan tio år.

– Och vad var det som gjorde att han åkte? Du får förlåta mig att jag inte riktigt kan hans karriär i detalj. Någon drömroll där också, eller?

Amelia Rappes blick far iväg. Hon är en av landets skickligaste skådespelerskor, men detta förmår hon inte dölja för Mats Hjörnes tränade öga. Här finns något.

– Inte först, kanske. Det var en chansning, det är alltid vanskligt att försöka slå i Hollywood. Men det bar frukt. Han har haft många fina roller i USA.

– Som till exempel?

– Vet du. Jag skulle vilja åka upp till sjukhuset nu. Jag behövs där. Han opereras nu, jag vill...

– Självklart. Jag förstår.

Mats erbjuder sig att skjutsa henne, men Amelia Rappe vill absolut ta en taxi. Kanske har hon fått nog av kommissarien och hans nyfikenhet.

När de står ute på den bumliga stenlagda gränden och ser taxin svänga in mot dem försöker Hjörne en sista gång.

– Om det är något. Vad som helst. Något namn, någon som har sagt något du har reagerat på. Det kan verka obetydligt, men... Ring mig då.

Hon tar emot hans visitkort när hon stiger in i taxins baksäte. Han ser att hon bara släpper ner det i handväskan när taxin backar ut från gränden. Blicken i fjärran.

Madeleine Edwards inser att det vanliga namnet Isabella Karlsson gör det svårt att hitta ett telefonnummer, också i en liten stad som Trollhättan. Ett samtal till med åklagaren och hon får ett mobilnummer som hon ringer. Flickan, som numera är en tjugosexårig kvinna, svarar direkt. Madeleine presenterar sig själv och sitt ärende. När hon nämner Jack Rappe bryts samtalet. Tryckte hon av? Madeleine ringer igen, men det tutar upptaget. Nästa gång går telefonsvararen igång.

Hon skickar ett sms. Avslutar med ett hot om förhör på station om kvinnan inte ringer tillbaka, skyndsamt.

En knapp minut senare ringer Isabella Karlsson.

– Hej.

– Vill du inte prata om Jack Rappe?

– Helt ärligt, nej. Helst inte.

– Men du förstår kanske att vi måste. Jag antar att du har hört vad som har hänt honom.

– Mmm.

– Jobbar du?

– Ja, jag har en lektion som börjar nu precis.

– Vad jobbar du med?

– På en skola, inne i Trollhättan. Lärarvikarie, i SO.

– Ring mig när lektionen är slut. Så pratar vi då.

– Jag slutar då.

– Ännu bättre. Då hinner vi prata. Okej?

En liten suck.

– Okej.

Sedan ger sig Madeleine Edwards ut på nätet. Sökningen på Jack Rappe ger 324 000 träffar. De första sidorna på Google handlar nästan uteslutande om mordförsöket i måndags natt och skriverierna därefter.

Hon söker sig bakåt i tiden och hittar snart en längre intervju med skådespelaren, från ett livsstilsmagasin för män.

Överst på sidan tronar ett svartvitt fotografi på Rappe, ansiktet är fotograferat på extremt nära håll. Varje por, varje hårstrå av skäggstubben är synligt på den kontrastrika bilden. Läpparna nästan kvinnliga till formen, lätt krökta och med distinkt amorbåge. Utstrålning som ett rovdjur. Snygg, men samtidigt osmaklig. För mycket.

Hon skummar igenom den minst sagt hyllande texten, skriven inför Rappes flytt tillbaka till Sverige några år tidigare. Artikeln dryper av imponerad förtjusning över skådespelarens manliga framtoning, hans coola levnadsvanor, hans år i Hollywood och, förstås, hans rykte som svensk films *scandal beauty*. Om nu just det epitetet passar på en man, tänker Madeleine medan hon läser vad Jack Rappe har sagt.

"Vet du vad jag hatar? Folk som snackar skit. Som ringer till pressen och berättar om vad två överförfriskade glada kändisar gör ute på krogen bara för att få lite tipspengar och kunna bjuda frugan på en fin middag. Det är nog det vidrigaste jag vet."

Madeleine gör en minnesanteckning om att be Hjörne kolla upp eventuella nedlagda förundersökningar om misshandel i restaurangmiljö som Rappe kan ha varit inblandad i och ser att just ordet skitsnack återkommer ofta i intervjun. Rappe säger själv att det var skitsnacket som fick honom att tröttna på Sverige, dra till USA och Hollywood. Men det som började som ilska över alltför många braskande löpsedlar utvecklade sig så småningom till en veritabel succé.

Madeleine har någonstans läst att Rappes stora genombrott i

USA kom härom året då han spelade en kolerisk militärläkare vid namn Hilton i HBO-serien *War on terror*, en skildring av invasionen i Afghanistan som redan närmade sig 70-talsserien M.A.S.H.:s kultstatus. Dessförinnan hade han tydligen gjort flera uppmärksammade roller i actionfilmer och tv-serier.

”Skitsnack är som ett virus. Det räcker att man hostar så blir det en löpsedel. Jack Rappe försökte döda motspelare, heter det väl då”, läser Madeleine och undrar om tidningarna verkligen alltid är så hemska som omskrivna kändisar försöker få dem till.

Artikeln fortsätter sedan med långa utläggningar om skådespelarens imponerande fysik, det flashiga hem som han just höll på att bygga ute i Nacka, och inte minst hans manliga attribut. ”Auran kring honom, som andas både aggressivitet och virilitet, är påtaglig”, skriver tidningens reporter och citerar sedan Rappe igen:

”Det här med manlighet och allt snack om det, det slipper man ju i USA. Där är det fortfarande så att riktiga män är en självklarhet på duken.”

Madeleine fortsätter läsa men hittar inte mycket av intresse för utredningen, annat än att bilden av den skandalomsusade men omtyckte skådespelaren klarnar något. Han konstaterar belåtet att ”i Hollywood finns inga feminister”, och det låter inte som att han har saknat dem under sina tio år där borta. Han berättar vidare om hur han omsorgsfullt förberett sig för att spela maffiakung i en ”hårdkokt deckarfilm”, men knappast så omsorgsfullt att det finns anledning att tro att Rappe haft något samröre med maffian.

Madeleine gör en kort notering bara, hon ska be Hjörne kolla med sina kontakter på Span. Det viktigaste för Rappe verkar ha varit att få till en trovärdig serbisk brytning.

Rappe pratar länge om Det Svarta Hålet, om mörkret han

måste gå in i för att kunna skapa en vederhäftig ondskefull rollkaraktär.

Och det där svarta? Vad gör du med det sen? frågar reportern.

"Det lever med mig. Länge. Det är svårt, inspelningsperioden jag har framför mig nu. Det svarta äter en, så är det ju. Men jag måste gå ner i det, för rollen, för att den ska bli sann. Man ska inte förneka det mörka vi alla har inom oss, utan snarare lära sig att ta fram det."

Madeleine hajar till inför formuleringarna. Reportern har trots allt gjort ett bra jobb, som har fått Jack Rappe att berätta så naket om hur han använder sin egen ångest, sina personliga trauman och sorger för att bli riktigt bra på vita duken.

Vad kan det vara han har varit med om, tänker hon och skriver ordet Trauma. Tvekar en smula och lägger till Mörker.

Madeleine kastar en sista blick på en bild av skådespelaren där han står med utsträckta armar och ett stolt flin i ansiktet på bryggan nedanför sitt husbygge. Bakom skymtar bastun där han fyra år senare hittades med sönderskuren mage. Madeleine klickar bort bilden och tittar på sina anteckningar.

Fyra ord sammanfattar vad hon hittills vet om Jack Rappe. Krogslagsmål. Maffia, skrivet med ett stort skeptiskt frågetecken efter. Trauma. Mörker. Hon lägger till ordet Våldtäkt, också denna gång tätt följt av ett frågetecken.

Fyrtiofem minuter senare ringer kvinnan som en gång för sju år sedan polisanmält Jack Rappe för sexuellt utnyttjande tillbaka på Madeleine Edwards telefon. Isabella Karlsson är något mer pratsam när hon inte befinner sig i klassrummet, men Madeleine måste ändå dra svaren ur henne.

Isabella Karlsson fick aldrig fler jobb i filmbranschen. Trots att det var förhoppningen om en framtid inom filmen som gjorde att hon tog tillbaka sin anmälan mot Jack Rappe, så blev det aldrig mer än det där sommarjobbet som inspelningsassistent på tv-serien *Läroverket*.

Kanske berodde det också på att filmsverige började förlägga inspelningar på andra håll än i ”Trollywood” och att bruksortens storhetstid som filmmetropol lite grann var förbi.

Men det berodde också på att när snacket tystnat, när ryktena om Jack Rappes eventuella skuld slutat surra, så var Isabella Karlsson fortfarande den projektanställda nobodyn som skvallrat och skapat skandal.

Det var hon som stod med skammen.

Isabella Karlsson flämtar en aning när hon svarar på Madeleines frågor. Hon promenerar, säger hon, och verkar inte vilja sätta sig ner. Den underliggande vreden går inte att ta miste på.

– Jag var kär i honom vet du.

– I Rappe?

– Precis.

Tonen i luren är kärv, inte ett spår av förälskelsen finns att skönja nu.

– Rent juridiskt är det förstås ingen skillnad. Det kan vara precis lika mycket ett övergrepp oavsett dina känslor för gärningsmannen. Det handlar snarare om tillvägagångssätt och uppsåt.

– Men det kändes inte så. Inte då. Och jag vet inte riktigt om jag ser på det som en... våldtäkt.

Det sista ordet uttalar hon försiktigt. Som vore det ett ord en kvinna inte ska säga högt.

– Det var inte du som anmälde, förstod jag det som?

– Nej, det var mina föräldrar. Jag tyckte mest det var jobbigt.

– Men de ville ändå?

– De såg hur jag mådde och trodde att det bara var att gå till polisen så skulle hela apparaten rulla igång och han skulle gripas och allt skulle bli toppen. Riktigt så funkar det inte. I alla fall gjorde det inte det för mig.

– Hur träffades ni?

– På inspelningen. Jamen, du vet. Så klyschigt så det skriker om det, när man ser på det nu i efterhand. Jag har blivit äldre, klokare sen dess. Hoppas jag i alla fall. Men då var det värsta grejen. Dels att få jobba på en sån inspelning, även om mitt jobb mest bestod av att koka kaffe, skära upp fikabröd och torka smulor från bordet där alla i teamet suttit. Även om halva lönen var en del av något arbetslöshetspaket och skamligt låg, så vara jag ju där. Och ovanpå det så såg han *mig*.

Hon säger det sista ordet som vore det ett mirakel som inträffat.

– Han höll sig ofta för sig själv under inspelningen, ville väl egentligen inte sitta ihop med alla de andra skådisarna, med statister och så. Men i Sverige är det inte så vanligt med egna loger, som han sa att alla jämt har i USA. Utan här ska alla sitta tillsammans. Vi brukade ha något rum på location, där de spelade in. Där gjorde vi i ordning med tidningar, fika och så. Han satte sig alltid bakom en uppslagen tidning, löste korsord, pratade inte med de andra. Men ofta var han kvar sist av alla, övade på repliker, tog det lugnt. Så började vi prata.

Madeleine kunde se det framför sig. Kunde känna den unga flickans beundran, bubblande mage och klappande hjärta. Det var inte så svårt att föreställa sig. Det har skett tusen gånger förr, det ska ske tusen gånger igen.

– Sen var det slutfesten då. Bara att få gå på den, det var en av de häftigaste grejer jag gjort i hela mitt liv. Alla skådespelarna var där, och de var så glada och avslappnade för att de var klara, för att de skulle få åka hem. Alla längtade ju härifrån, förstås. Alla hatar Trollhättan. Så det var sprit, sång, karaoke och dans hela natten. Flera hånglade öppet och det var en helt vild stämning, jag har aldrig varit på sådana fester förut. Så är det inte här, liksom.

– Var det där på festen det skedde eller?

– Nej, nej. Det var ju det att... jag menar, jag följde själv med honom. Han bodde på hotell, hela tiden de var här så bodde han på Kung Oscar inne i stan. Så ja, vi smet in där på natten han och jag, och...

Isabella Karlsson tystnar. Det raspar och skrapar i telefonen av blåsten mot mikrofonen. Madeleine får anstränga sig för att höra vad den unga kvinnan säger.

– Jag ville faktiskt ligga med honom. Jag visste att det var fel, att han var alldeles för gammal för mig och att han skulle åka hem dan därpå och säkert aldrig komma ihåg mig eller höra av sig. Men jag tänkte inte så. Jag ville ha honom. Jag var skitfull, det var jag, fyllekåt du vet.

Madeleine säger inget, låter Isabella fortsätta.

– Det är det som har varit svårt. Både för mig själv, och när jag anmälde och så. Jag ville ju. Men inte så.

Madeleine sänker rösten. Försöker så gott hon kan över en dålig telefonlinje skapa något slags förtroende mellan henne och Isabella Karlsson.

– Hur? Vad menar du? Orkar du berätta för mig?

– Vi hade börjat ta av oss kläderna. Jag tror jag drog av mig toppen själv och att han knäppte upp mina byxor. Vi kysstes. Och så pang. Han puttade ner mig i sängen och jag slog i huvudet i gaveln, det var en hög träskiva bakom sängen och jag dängde huvudet hårt i. Först började jag skratta för att jag trodde att han skojade, jag hamnade på mage. Jag skulle precis vända mig om och säga något i stil med, aj, vad gör du. Men han höll ner mig. Jag vred på huvudet och såg honom stå där.

Skrap och sus igen. Tystnad.

– Ja?

– Nej, men alltså. Förlåt mig, men det här är väldigt pinsamt. Jobbigt. Jag går i en park. Det var liksom inte så. Det var det inte.

– Men du följde ändå med dina föräldrar och polisanmälde honom för att ha förgripit sig på dig. Hittade du på, menar du?

– Nej, nej. Men jag sa aldrig nej. Det gjorde jag faktiskt inte.

– Men du ville inte?

– Nej. Eller jo. Inte så.

– Vad är det du menar med ”inte så”?

– Inte analt.

– Du ville inte att ni skulle ha samlag på det sättet?

– Nej.

– Men det hade ni?

– Ja.

– Mot din vilja?

Madeleines inre röst säger till henne att sluta upp med de ledande frågorna, men hon vet inte hur hon ska få svar annars.

Isabella Karlsson hummar jakande.

– Men du ser det ändå inte som ett övergrepp?

– Jag vet inte. Vad är en våldtäkt?

– Menar du rent juridiskt?

– Eller vad ska man säga? Han tryckte in den och jag låg där. Jag skrek inte, fastän det gjorde så jävla ont att jag trodde jag skulle gå av på mitten. Jag minns att när jag reste mig upp så såg jag avtrycket efter mina tänder i överkastet. Jag bet ihop. Det var vad jag gjorde.

Madeleine känner sig som en repig skiva när hon upprepar för kvinnan att det rent juridiskt ändå kan ha varit fråga om ett sexuellt övergrepp. Att då, 2003, rubricerades det som sexuellt utnyttjande och inte våldtäkt eftersom Isabella hade varit kraftigt berusad och som lagen då uttryckte det ”försatt i vanmakt av egen förskyllan". Idag hade brottet kallats våldtäkt, men vad hjälper det Isabella Karlsson nu?

Sedan tänker Madeleine, men det säger hon förstås inte, att det kanske var lika bra att Isabella Karlsson aldrig orkade stå fast vid sin polisanmälan. Fallet hade med största sannolikhet lagts ner ändå, i brist på bevis. Någon rättsmedicinsk kroppsbesiktning gjordes aldrig. När Isabella Karlsson på inrådan av sin mamma polisanmälde vad som hänt på hotellrummet hade det gått nästan tre veckor och alla eventuella sprickor eller blödningar i ändtarmen hade förstås läkt, så polisen hade inte ens tyckt att det var mödan värt. Någon husrannsakan gjordes inte på hotellrummet. Jack Rappe kallades inte ens till förhör.

Ord stod mot ord. Det som skett var en typisk paragrafernas gråzon.

Det andra övergreppet stod Isabellas chefer för. De fick fullständig panik när hon hade polisanmält och gjorde allt de kunde för att tysta ner historien, för att den inte skulle nå riksmedierna och kasta skugga över Trollhättans sköra och av Stockholm så beroende filmverksamhet.

– De sa det aldrig rakt ut, men det var lätt att förstå ändå. Att jag fick skylla mig själv. Och att jag skulle hålla käften. Projektledaren kom till mig, en kvinna, och hon sa till mig att hon inte kunde tänka sig att det skulle kunna ske en våldtäkt på en filminspelning som hon ansvarade för. Det var det sista jag hörde från dem.

Madeleine får ur sig några medkännande klyschor innan de avslutar samtalet. Hon lägger sina anteckningar åt sidan. Hennes uppgift som åklagare är inte att återuppta en gammal nedlagd förundersökning om sexuellt utnyttjande, utan att lagföra den som försökt mörda Jack Rappe. Just nu känns det som att det finns många som haft motivet.

Madeleine Edwards märker först i hissen upp till tekniska roteln vad hon håller på med. Handen har liksom omedvetet letat sig ner i handväskans innerfack och fått upp läppstiftet. När hon målar sig framför spegeln i hissen möter hon sin egen blick. Stoppar hastigt undan läppstiftet och pressar hårt ihop läpparna, gnider dem mot varandra för att ta bort färgen. Hon är inte precis på väg till en date.

Hon tittar in på Jon Lukas rum men det är tomt. I hans fönster hänger fortfarande en adventsstjärna. Samtidigt står ett gammalt påskägg på kriminalteknikerns skrivbord bakom travar av undersökningsprotokoll, så julpyntet lär bli kvar ett tag. På väggen rader av fotografier på lik som alla visar olika våldsamma sätt att dö. Bredvid hänger några vykort föreställande en norsk fjord, en sandstrand i Söderhavet samt en kattunge med en ljusgul rosett under hakan.

En harkling hörs i Madeleines öra och hon vet med ens med hela kroppen vem det är som står där bredvid henne och brummar. Automatiskt far handen upp i håret och rättar till luggen, hon byter fot och ställning.

– Mats. Hej.

– Bra att du kom.

– Självklart.

Hon kastar ett öga på klockan, både hon och Mats är några minuter tidiga till mötet med Lukas. Hon passar på att ge Mats anteckningarna från igår. De känns med ens lite väl fåordiga. Det ser inte så genomarbetat ut med fem ord på ett papper.

– Ja, och det med maffia får du allt ta med en nypa salt. Det var bara en bunt lösa trådar från när jag läste någon artikel. Jag har mailat över en länk.

– Just nu vänder vi på alla stenar. Tack.

Han säger det som att han verkligen uppskattar det, men hon vet att det inte riktigt är hennes uppgift att kolla offrets historik. Hon byter snabbt spår och sammanfattar vad samtalet med Isabella Karlsson gav.

– Jag tror knappast att det är hon som har gjort det, men det kan väl vara bra att kolla.

– Hur verkade hon?

– Bitter. Mer uppgiven än arg och hämndlysten om du frågar mig.

– Ännu en desillusionerad ung kvinna som har tumlat runt i rättsapparaten.

– Lite så ja.

I samma stund kommer Jon Lukas mot dem i klapprande träskor.

– Mats. Madeleine. Jag är klar.

Han håller en bunt papper i handen. De ser på mannens hela uppsyn att undersökningen har gått enligt planerna.

– Ska vi ta en lunch sedan när vi är klara?

Det är Mats som kastar ut frågan. Jon Lukas skakar på huvudet och tränger sig förbi dem in på sitt rum.

– Men se det har jag inte tid med. Däremot har jag…

Mats lyssnar inte utan vänder sig till Madeleine. Lägger en hand på hennes arm och hon bryr sig inte för ett ögonblick om att han inkräktar på hennes annars så omsorgsfullt vaktade revir, inte ens att det sker inför Jon Lukas.

Hon nickar innan han ens har ställt frågan.

– Men då kanske vi kan? Vad säger du? Står du ut med lunch i polishusrestaurangen?

Jon Lukas hostar. Markerar.

– Om jag får… Vad jag skulle säga var att jag är klar med undersökningen av glasflaskan. Från igår. Men ni kanske inte är så intresserade att få reda på vad det gav?

Retfullt leende. Madeleine blossar röd där hon står.

– Jo. Det är därför vi är här.

Mats fyller i.

– Nej nej, för fan. Vad – berätta.

– Om gärningsmannen är samma person som drack ur flaskan och sedan slog sönder den för att köra in den i magen på Rappe… Och vi får väl anta att det var ungefär så det gick till, så… då är gärningsmannen en kvinna.

– Va?!

– Ja, alternativt en man som har smetat in läpparna med… nu ska vi se…

Jon Lukas följer med fingret i ett papper.

– … ett läppglans av märket Lancôme Juicy Tubes. För att vara exakt: färgnyansen heter nr 14 Framboise. Det betyder hallon.

Taxichauffören Miguel Gonzalez backar försiktigt in bilen på återvändsgatan i det lilla radhusområdet i Akalla och stannar i höjd med sin brevlåda. Han slår av motorn och går in i huset. Ropar inåt huset för att se om någon är hemma. Han hör ett halvkvävt ”tja” inifrån dotterns rum på övervåningen. Det är eftermiddag och hon har kommit hem från skolan och hunnit parkera sig med telefonen där uppe.

Miguel går till kökets diskbänk och fyller en hink med hett vatten. I förrådet hämtar han lådan med svamp, bilshampoo och den numera ganska nötta sämskskinnduk han brukar polera sin grafitgråa Mercedes med. Han har batteriet igång och från stereon hör han ljudet av gitarr från Carlos Puebla-skivan som han har lämnat på.

Miguel Gonzalez nynnar med och knäpper den svarta skinnjackan mot kylan. Han låter de bara händerna försvinna ner i det löddrande varma vattnet. Hans fru Yolanda tycker han är tokig som tvättar bilen för hand också på vintern, men hon förstår inte att den här stunden handlar om något mer än att börja arbetsdagen imorgon med en skinande bil.

Detta är den renaste formen av avslappning. Sinnet klarnar och allt gaggande han har tvingats lyssna på från färdtjänstgubbar och kostymnissar hela dagen försvinner tillsammans med skummet som han spolar bort från motorhuven och framrutan.

Fastän det bara är några dagar sedan han senast dammsög

bilen går han till förrådet och hämtar den lilla rostfria handdammsugare som hänger på laddning på väggen bredvid häcksaxar och sågar. Folk skräpar ner så mycket att det inte är klokt. Framför allt drar de med sig mycket grus så här på vintern, han måste skaka av golvskydden efter varje arbetspass.

Han öppnar dörren och låter Carlos Pueblas hesa och sorgesamma stämma och tonerna av *Y en eso llegó Fidel* framkalla minnen från förr, från heta somrar i Havanna när han var ung. Han minns den ljusgula gryningen över hamnen, hur han tog emot fiskarna som hans pappa fångade med kastspö och hur han med darrande händer lade dem i en korg vid sina fötter, under skriande måsar utmed strandpromenaden Malecón.

Miguel Gonzalez drar tag i den snösolkiga gummimattan som ligger på golvet för att komma åt att dammsuga, men känner hur den liksom har fastnat. Han kryper ihop, förbannar sin med åren alltmer omfångsrika mage som hamnar i vägen och lyckas kika in under förarsätet. Förvånat drar han fram ett par svarta kvinnoskor. De ser mycket exklusiva ut med skyhöga klackar, tunna remmar och en stor blomma i något tunt tyg som prydnad framtill. Han skakar på huvudet och undrar vad det egentligen är för fel på kvinnor, som frivilligt trycker ner fötterna i sådana här. Själv bär han snörade svarta gymnastikskor oavsett om det är vardag eller fest, och hans fötter har aldrig klagat.

Han hör sin dotter prata med honom från dörröppningen. Han ropar att han inte hör och hon kommer ut på trädgårdsgången. Hon drar sin kofta hårt om sig och pratar med munnen full av äpple. Klart att han inte kan höra vad hon sluddrar då.

– ... mjölken?!

– Que dices, mi amor? No te oigo.

Han hör fortfarande inte. Hon verkar vara arg över något med mjölken, den är väl slut igen.

Miguel Gonzalez reser sig och vänder sig om för att tala öga mot öga med tonårsdottern. Be henne tugga och svälja innan hon pratar, till exempel.

Han hör hur hon drar efter andan. Hostar till och äntligen sväljer hon äppelbiten hon tuggat på.

– Är du inte klok?! Var har du fått tag på de där?

– Vad menar du? Estos?

Han håller fram skorna och hon sträcker sig efter dem som vore de en dyrbar skatt. Hon tar dem i sina händer och vänder på dem, stirrar på sulan. Hon nästan viskar, vördnadsfullt.

– Det är Christian Louboutin, papá. Såna som Carrie har.

Hon pekar på den röda sulan som är blank som nagellack. Också Miguel Gonzalez gör stora ögon när han tittar, men inte åt samma sak som dottern.

Han ser istället de mörka fläckarna under skornas trampdyna. Det ser precis ut som intorkat blod.

Mats är precis på väg att peka på isterbanden när Madeleine Edwards närvaro vid hans sida i polisens personalmatsal får honom att ändra sig. Utan att ha en aning om vad det är han beställer ber han istället om en GI-sallad med quinoa och snubblar på den märkliga bokstavskombinationen.

– Åh nej, isterband tar jag. Det som är så gott.

Madeleine tar tacksamt emot en tallrik med stuvad potatis, rödbetor och två ångande rökta korvar.

De slår sig ner vid ett fönster i Restaurang Plommonträdet och Madeleine ser sig intresserat omkring. Hon verkar inte ha varit i den bullriga polismatsalen förut. De byggde om den för ett tag sedan, men akustiken har inte blivit bättre. Snarare tvärtom. Stolarnas stålben skrapar hårt mot golvet och borden står så tätt att ingen människa kan föra enskilda känsliga samtal. Madeleine drar ut sin stol, den är ljusgrön men färgen flagar.

– Vad repiga de är? Är det inte ganska nytt här?

Mats ler och pekar på en uniformklädd kollegas hölster. Vapnet, handklovarna, ficklampan, mobiltelefonen, komradion. Alla polisaccessoarer som redan förstört de nya stolarna. Runt omkring dem stiger sorl och skratt mot taket i en nästan outhärdlig kakofoni.

Mats önskar att han hade föreslagit en promenad ut i friska luften mot restaurang Bergamott på Kungsholmstorg istället. Han önskar att han burit svarta jeans istället för sina pösiga ljusblå med plånboksbak och snusrand på framfickan. Han ångrar att han inte ansade skägget imorse. Han ångrar att han aldrig sa till Madeleine förra sommaren hur mycket hennes agerande kring Jocke Lind-fallet betydde för honom.

– Vet du. Jag har aldrig sagt tack.

– För vad?

– Jocke Lind. Att du tog smällen. Det kunde gått åt helvete för oss allihop.

Madeleine viftar med en gaffel. Äsch, så du pratar.

– Det är lugnt. Det är borta. Utagerat.

– Trots det jag gjorde?

Hon låser honom med blicken. De vet båda vad han menar. Hur han medvetet mörkade de spår som visade på att en misshandlad kvinna hade tagit sitt liv, inte blivit mördad av sin man. Mannen, polisen Jocke Lind, dömdes till tio års fängelse. För att sedan frikännas när en reporter nosade rätt på historien.

Samma reporter, Maria Allende, satt själv kort efter Linds frigivning i tingsrätten som målsägande mot samma man. Jocke Lind hade tagit sig in i hennes hem och misshandlat och försökt våldta henne det första han gjorde när han kom ut från fängelset. Också ett sätt att visa sin tacksamhet.

Mats Hjörne har läst att hon har tagit sin familj och flyttat till Skåne. Han har sett henne på tv, hon ledde något debattprogram som sändes från Malmö. Gapigt och med studion full av antagonister, men hon var säkert nöjd.

Men det var Madeleine som höll honom bakom ryggen. Utan hennes osjälviska räddning hade Mats kanske mist jobbet. Det märkliga var att trots att han skämdes inför Madeleine, för att hon visste alla detaljer i hans högst tveksamma agerande som polis, så ångrade han sig inte. Jocke Lind bar skulden för sin hustrus död, det tycker han fortfarande.

Madeleine nickar som om hon läser hans tankar och håller med honom.

– Ja. Jag har tänkt mycket på det. Och jag tycker att du gjorde rätt. Trots allt.

Hon har vackra ögon. Hon måste bära linser idag för det är en av de första gångerna har ser henne utan glasögon. Hon ser ung ut. Så unga de nu är mitt i livet.

– Och Jocke Lind är väl snart ute igen.

– Men här behöver ni aldrig se honom igen.

– Nej, nej, det förstås. Tack i alla fall.

Mats betonar tacket, så mycket han kan med. Hon ger honom en varm blick tillbaka. Han tar sats.

Mats tuggar ur, sväljer ordentligt och sveper med tungan över tänderna. Drar efter andan och ska precis säga det han har tänkt på så länge, när han känner ett par drillande fingrar på sin axel. Långa naglar, en rörelse han känner igen alltför väl. Helvete också.

När som helst, men inte nu.

– Jessica.

– Nämen, hej. Förlåt om jag stör.

– Jag vet inte om ni har setts?

– Nej, det tror jag inte.

Madeleine reser sig halvt upp ur stolen när hon hälsar. Av artighet eller kanske för att markera sin högre befattning.

– Vi har nog träffats. Vice chefsåklagare Madeleine Edwards. Jag var förundersökningsledare i Original Gangsters-målet förra året.

– Javisst, nu vet jag. Trevligt. Och nu har ni nya saker på gång?

Mats ger Jessica en stram blick. Gå nu, vill han säga.

– Precis.

Han säger inget mer. Madeleine vandrar med blicken mellan de båda poliserna. Jessica är snabb på att fånga upp stämningen.

– Jamen, lycka till då. Ha det.

Jessica Brännemo ger Mats en grabbig klapp på axeln och försvinner. Han möter Madeleines blick, den är frågande, avvaktande. Han inser att raka besked är lika bra, spelens tid är förbi. Han har inte lust att sumpa den här lunchen också.

– Det var en gammal... ja, en gammal flamma kan man säga. Det är slut. Sedan länge. Det var egentligen aldrig så allvarligt.

Mats sträcker sig efter vattenglaset, tar en stor klunk. Isvatten och quinoasallad, han känner redan hur magen kurrar efter mer. Han får ta en macka senare. Inte nu. Vattnet kyler ner honom ett ögonblick och han försöker läsa Madeleines blick.

Hon ger honom det lilla leendet nu. Det professionella.

– I alla fall. Vad jag skulle komma till var att jag gärna ser att du sätter någon på att ta reda på mer om detta med Rappes flytt till USA. Det är många år sedan och kanske långsökt, men det kan finnas något där. När jag läste klippen om honom så verkar han inte ha fått sin första roll förrän 1998, alltså två år efter det att han gav sig iväg.

– Okej. Visst. Fast prio ett måste väl ändå vara att ta reda på vem kvinnan är som druckit ur flaskan. Det mest troliga är ju ändå att det är hon som är vår man.

– Och SKL har inte blivit klara med strumpbyxorna än?

– Det kommer, ta det lugnt. Det är inte ens säkert att det har med det här att göra. Han körde ju inte sin bil hem från Café Opera.

– Och om han tog taxi? Har ni hittat den som körde honom?

– Vi jobbar på det. Allt tar tid.

Han hör själv hur grinig han låter.

Mats skrapar ihop de sista kornen av quinoa och knaprar håglöst på en gurkbit. Det var då själva fan.

Ett vrål väcker henne ur drömmen. Eller kom det inifrån huvudet, från andra sidan sömnen? Hon blinkar där hon ligger och lyssnar noga.

Det är tyst i lägenheten. Hon är ensam.

Hon sluter ögonen och i samma sekund susar det till i skallen och vrålet tar vid igen. Hon håller för öronen, men det blir bara värre.

Hon öppnar ögonen igen, och det klingar av.

Hon stirrar mot den vita väggen, ser varje millimeterstor upphöjning och skiftning i den spacklade ytan. En fettfläck i huvudhöjd som säkert kommer från alla gånger hon krupit ihop mot väggen med smutsigt och sprayat hår. Ett s-format hårstrå som någon gång fastnat i målarfärgen och blivit ett med underlaget. Ett gammalt spikhål som aldrig fyllts igen.

Hon vågar inte blunda igen och stirrar stadigt på väggen utan att egentligen se. Istället framträder hennes eget ansikte för hennes tredje öga, den halvseende punkten mellan ögonbrynen, den hon brukar framkalla vid yoga eller djupavslappning.

Men idag infinner sig inget lugn.

Idag ser hon bara sig själv, och nu ser hon istället vrålet. Hon hör inga inbillade ljud i huvudet längre, men bilden av sitt panikslagna och förvridna ansikte kommer hon inte ifrån. Till slut klarar hon det inte längre och ögonen faller ihop av ren utmattning.

I drömmen som kommer över henne ekar skriken.

När hon vaknar igen så ler hon. Det känns konstigt, nästan opassande, och hon lägger omedvetet handen för munnen. Försöker dra bort lättnaden som skymtar fram i de uppdragna läpparna, skäms nästan för friden som böljar genom kroppen för första gången på flera dagar. Hon känner sig utvilad och för en gångs skull har hon inte ont någonstans.

Hon reser sig ur sängen på ostadiga fötter, lyfter lätt på hälarna och låter trampdynorna ta tyngden när hon tassar fram till garderoben och den hängande morgonrocken. Den är kall när hon sveper den om kroppen, men bättre än nakenheten.

Fönstret har stått på glänt dag som natt och hon undrar varför hon inte har frusit mer. Hon undrar vilken dag det är idag.

Lägenheten är tom och tyst. Varför skulle den inte vara det? Hon bor ju själv här nu. Hon är ensam. Hon är tyst. Gör inget väsen av sig. Gör sitt bästa för att försvinna in i mörkret.

På diskbänken står kladdiga spår av mat hon har stoppat i sig de senaste dagarna, men hur hon än tittar på de intorkade resterna av filmjölk och flingor så kan hon inte minnas att hon har ätit det. Har hon suttit här i köket? Stått vid köksbänken och ätit?

Minnet är tomt. Allt annat än skriken känns overkligt.

Hon fortsätter ut i hallen. Fyra tidningar ligger i en hög innanför inkastet och hon petar på dem med foten. Den senaste är från fredag, det måste vara idag. Hon böjer sig ner och viker upp tidningarna, lägger dem på rad vid sina fötter. Verkligheten kommer över henne som en obeskrivlig tyngd över axlar och rygg, får henne att nästan vika sig dubbel där hon står.

Hon vrider bort huvudet för att slippa rubrikerna. Hon, det jagade djuret. Han, ett offer.

Men han lever.

Hon lägger händerna för öronen, men det hjälper inte den här gången heller.

Och djupt där under hör hon hans rop. Förvåningen. Vreden och smärtan. Kanske också rädsla.

Amelia Rappe suckar när hon långsamt ställer tillbaka den blekgröna Kobra-telefonen på bordet. Hon sätter sig tungt i korgstolen vid fönstret. Inget svar där heller. Var kan han finnas?

Hon vilar blicken på den bekanta och alltid lika slående utsikten över Stockholms vatten nedanför klippan där hon bor. Finner ro inombords genom att rikta blicken utåt. Ett gnistrande vitt kryssningsfartyg med brittisk flagga är på väg att lägga till utmed Stadsgårdskajen och svänger runt med fören i det strömma vattnet vid Slussen. Djurgårdsfärjorna pilar fram och tillbaka, små i jämförelse med de smaklösa kolosserna med destination Helsingfors och Mariehamn. Strax nedanför fönstret svänger en röd SL-buss i kurvan nedför Katarinavägen och skymmer sikten mot Saltsjöqvarn, Finnboda varv och Nacka långt där bortanför. Fågelvägen ut till hennes sons örnnäste vid Skurusundet har alltid varit kortare än vägarna, i tanken har hon ofta flugit dit bort för att förvissa sig om att han har det bra. Som om hon skulle ha haft en aning.

Hon försöker igen. Hon bläddrar i sin tummade och fläckiga telefonlista. Det är en liten bok med ljust rosa pärmar och en tryckt Monet-bild med näckrosor på framsidan, hon har haft den sedan åttiotalet. De senaste åren har hon fått stryka många namn. De gamla vännerna dör ifrån henne, en efter en. Åren går så fruktansvärt fort nu på slutet.

Hon slår upp H, följer namnen med fingret tills hon hittar Hansen. Ulrik och Mette. Deras namn och nummer är skrivet med blyerts, för säkert trettio år sedan. Amelias snirkliga handstil har suddats ut och hon får kisa för att se de många siffrorna. Hoppas de har kvar sitt nummer. Hoppas de vet var hon kan få tag på Karsten.

Signalerna ekar ut i tomma intet. Ingen svarar. Hon försöker igen, drar långsamt fram de tolv siffrorna till deras lägenhet i Köpenhamn på telefonens omständliga nummerbricka. Men de kanske inte är hemma? På den femte signalen klickar det till i luren.

– Mette Hansen.

Amelia har inte talat med den danska skådespelarkollegan på närmare femton år. Hon anstränger sig för att återhämta det hon en gång kunnat av språket och uttalet från långt bak i minnesbanken. Småorden som hon alltid brukar använda för att visa danskarna lite god vilja. Hvorledes går det? Selvfølgelig. Slet ikke. I lige måde.

Mette Hansen i sin tur svarar med att göra sin breda jylländska så svensk som möjligt. Två kvinnor som försöker visa varandra respekt över grannlandsgränserna.

– Hur är det med honom, min vän? Vi har hört, och läst.

– Det är forfærdelig. Hans bevilling är mycket allvarlig.

– Kan vi göra något? Ulrik och jag…

– Jag må få tag på Karsten.

– Hans telefonnummer?

– Nej, han svarar ikke. Eller om det är ett gammelt jag har. Vi… har inte haft så meget kontakt de senaste åren. De senaste femten–tyve åren eller så.

Amelia skrattar till, generat och ursäktande. Det strider egentligen mot allt förnuft. Mannen som är far till hennes enfödde son, mannen som hon älskat, han som avgudade henne en gång. Hon har inte pratat med honom sedan mitten av nittiotalet.

Sist hon träffade Karsten Gravesen öga mot öga var i juni

1989. Jacks tjugofemårsdag. De firade den tillsammans på en god väns sommarhus ute på Runmarö i Stockholms skärgård.

Karsten och Jack brakade ihop redan när tårtan bars in och innan solen hade försvunnit ner bakom de höga tallarna var Karsten så full att han slocknade i en hammock. Jack, berusad han också och full av sårad manlighet, ringde en båttaxi sent på kvällen och åkte tillbaka till Stavsnäs.

Amelia följde honom ner till hamnen, hon vred sina händer i moderlig förtvivlan och gjorde desperata försök att förmå honom att stanna. Hon försvarade det tragiska fyllot som en gång i tiden var hennes älskade, försökte få Jack att förlåta de dumma kommentarerna, de hårda orden om hans bristande skådespelartalang, de ständiga avvisandena och besvikelserna. Varför visste hon inte, Karsten var inte värd det egentligen.

Men hennes hjärta brast den natten när hon hörde hatet i sin sons röst. Hon borde ha hållit tyst. Bara låtit honom löpa.

– Han är och förblir ett as, mamma. Jag förstår inte hur du någonsin kunde ha med honom att göra.

– Men Jack...

– Jag kommer aldrig förlåta dig för att du lät honom göra dig med barn.

Med de orden tog han ett lätt men bestämt hopp från bryggan till fören på den väntande taxibåten. Han hade väskan över axeln och kvällsbrisen i håret. Han var skrämmande lik Karsten där han stod, den Karsten hon en gång förälskat sig i. Inte den ruin till man som låg utslagen i deras vänners trädgård några hundra meter därifrån. Utan den nästintill maniske konstnären, han som gav allt för yrket, för skapelsen, för publiken.

De hade träffats en sommar i början av sextiotalet. Karsten Gravesen regisserade *Hamlet* på Den kongelige i Köpenhamn och lyckades förmå den lovande svenska skådespelerskan att resa över sundet för rollen som Ofelia. Vem som spelade Hamlet minns hon knappt, det var någon hetsig dansk skådespelare som agerade med mer skrik och spott än verklig känsla och hon träffade honom aldrig igen. Regissören hade däremot hamnat i hennes säng innan den första repetitionsveckan var över och där blev han kvar.

Karsten gjorde henne snabbt med barn och i slutet av spelperioden fick de sy om Ofelias klänningar för att den växande magen inte skulle synas.

Amelia Rappe hade i hemlighet fantiserat om att Karsten Gravesen skulle fria till henne när de hade spelat föreställningen till ända, när deras förhållande kunde bli offentligt, när hon äntligen kunde få visa sin gravida kropp och vara stolt. Istället firade han Hamlet-finalen med att inleda ett nytt förhållande med huvudrollsinnehavaren i *Ett dockhem*, en annan svenska som han lockat över till Danmark och sin säng.

Kvinnan som spelade Nora blev senare en nära väninna till Amelia, med logen vägg i vägg på Dramaten, men Karsten Gravesen förblev en diffus dröm. En glimt av något som hade kunnat bli fick hon varje gång hon vilade ögonen på sin son.

Efter att Amelia fött Jack på Rigshospitalet i Köpenhamn, återvände hon till Stockholm så fort hon kunde. Genom åren försökte de återuppta kontakten och de var nog att betrakta som tämligen goda vänner under ett par decennier. Amelia talade aldrig illa om Karsten Gravesen, och han svallade alltid över i beröm och hyllningar så fort han fick tillfälle. Han förblev en gigant i den danska film- och teaterbranschen, både som regissör och manusförfattare. Han banade väg för en ny, kompromisslös men ändå prestigebefriad, skola inom den numera så världsberömda danska regitraditionen.

De arbetade dock aldrig ihop igen, och sin skådespelande son ville Karsten Gravesen inte ta i med tång.

– Du försöker för mycket, Jack. Det är nästan det värsta. Och vem om inte din egen far ska säga till dig att du inte håller för alla typer av roller?

Amelia kan fortfarande, mer än tjugo år senare, minnas det vidriga leendet på Karstens läppar där han satt i en solstol ute på Runmarö, med tänderna lilafärgade av rödvin och med cigaretten som fastklistrad i mungipan. Simmig blick och den hänsynslösa ärlighet som så många hyllade honom för.

Ändå måste hon få tag på honom nu. När Amelia har avslutat samtalet med Mette Hansen slår hon numret hon fått av sin gamla kollega. Tretton siffror nu, det ska gå till ett hus strax utanför Nerja i södra Spanien. Karsten lever ihop med en spansk konstnärinna sedan tio år, berättade Mette Hansen.

– Sí, digame.

En bekant röst fyller luren. Spanskan låter naturlig, men hon känner ändå igen hans danska uttal där bakom.

– Karsten? Det är Amelia.

Han skrattar till, lågt. Precis som Jack. Hon ser sin sons ansikte framför sig, så som han såg ut senast hon såg honom. Slangarna in i näsan, de slutna ögonen. Den dödsbleka hyn.

– Det är Jack. Har du inte hört?

– Vad är det nu då?

Ditt gamla as. Du tror alltid att det är Jack som har gjort något. Hon minns senast hon bad honom om hjälp. Då, 1995. Hon förstår Karstens ohövliga fråga. Trots allt.

Jack fick aldrig veta att det var Karstens förtjänst den gången. Att det var till honom hon ringde när sonen behövde hjälp. Hade han vetat så hade han aldrig tackat ja. Skulle han få reda på att flytten till USA och rollerna i Hollywood blivit verklighet tack vare hans far... Han skulle aldrig förlåta henne det.

Ibland förbannar hon sig själv. Att hon berättade för Jack om Karsten. Att hon ansträngde sig så, gjorde allt för att far och son skulle ha en fungerande relation. Som om det var hennes ansvar.

Om hon bara hade låtit bli att säga vem det var, tänker hon då. Karsten hade inte brytt sig och Jack hade kunnat vara faderlös, på riktigt.

Inte som nu, faderlös men ändå med en ständig skugga över sig från den far som aldrig riktigt brytt sig. Som fanns där, som gjorde sig påmind genom tidningar, rykte och berömmelse, genom sporadiska inhopp med några års mellanrum. Istället för att inte finnas alls så var han en erinran om att Jack inte riktigt dög, inte var tillräckligt intressant för att hans pappa skulle vilja ha kontakt med honom. Han fanns där, men ändå inte. Det var nästan värre.

Därför är det nästan med en känsla av skadeglädje som hon meddelar Karsten.

– Din son är allvarligt skadad. De vet inte om han kommer att överleva.

Det är Josefins födelsedag idag. Mats är på väg till graven, ensam. Det är första gången som inget av barnen är med. Kanske är det bra. De har fullt upp med sitt, de har gått vidare på något sätt.

Anna har flyttat till Lund för att plugga juridik, hon vill bli advokat säger hon. Eller åklagare. Mats hoppas på det senare. Anna ringde igår kväll för att försäkra sig om att han skulle gå till graven. Köp tulpaner från mig, sa hon.

Johan är med sin nya tjej, han har inte ens sovit hemma inatt. Mats vet att hans son är väl medveten om vad det är för dag idag, men det är Johans egen sak vad han vill göra av den. Jag har sörjt klart, sa han en gång för några månader sedan. Hon kommer inte tillbaka ändå, sa han sedan och gick hemifrån. Slutdiskuterat, åtminstone på ett tag.

Mats vet inte ens själv om det är sorg han känner idag. Snararc saknad, längtan och den alltid lika närvarande vreden över att hans fru togs ifrån honom i en bilolycka.

Han travar på knarrande snö mellan svarta tallar som reser sig mot skyn, Skogskyrkogårdens svårgripbara skönhet omsluter honom. Många gånger har han stannat mellan parkeringen och dungen där Josefins grav ligger. Vilat benen och själen på en parkbänk, fäst blicken högt upp på någon uråldrig gran som strävar mot himlen och samlat mod till att gå vidare.

Ibland har han ställt sig framför portarna till Uppståndelsekapellet, sökt stöd i stenängelns blick. Men aldrig gått in. Inte igen. Han har varit där en gång, det räcker.

Idag går han lätt. Han tar djupa andetag av ren januariluft och håller två buketter med tulpaner i sin ena hand. Orangeröda, rosa, mörkt cerisa med vita toppar och klargula med många bladlager. Josefin älskade starka färger, men under åren har han gång på gång köpt vita blommor till hennes grav. Som vore det begravning varje gång han gick hit. Hon skulle ha skällt på honom, det vet han. Ändå har allt annat än vita rosor, nejlikor eller tulpaner känts fel. Anstötligt. Han inser att det var början på något nytt när han för en stund sedan bad floristen hos Richardssons blommor att binda honom två buketter med färgsprakande tulpaner.

Han läser den enkla texten på gravstenen, lånad av Astrid Lindgrens rövare Mattis, och orden stämmer lika väl idag som dagen då hon försvann. Du fattas oss.

På vägen från graven sätter han sig en stund. Inte för att vila, utan för att tänka. Han hör granarnas grenar röra sig som tunga armar runt omkring honom, några hundra meter bort dånar den ständiga trafiken på Nynäsleden. Solen skiner in mellan de många träden och skapar fantasieggande skuggspel över gravstenarna. Först far tankarna iväg och han börjar fundera kring Jack Rappe-fallet, men han vet att det bara är en hjärnans skyddsmekanism.

För en gångs skull är de privata tankarna betydligt snårigare än de utredningstekniska. Allt är en enda röra. De fortfarande väldigt starka känslor han har för sin döda fru. Vetskapen att de känslorna har han inget för tillsammans med insikten om att det börjar bli dags att gå vidare.

Josefin kommer alltid att finnas där ändå. Det är inget konstigt. Det är så det är. Det är inte bittert, det är inte oanständigt. Det är livet självt som ritar kartan. Ibland är det bara att resa sig och börja gå dit vägen leder.

Rebecca Levin tittar upp på mannen som kommer mot henne med två pappersmuggar med kaffe. Hon mumlar ett tack och ler mot Per Lundell när han slår sig ner mittemot henne vid barbordet i den bullriga cafeterian på Arlanda flygplats. Han smeker hastigt Rebeccas hand och räcker över tre små mjölkförpackningar. Hon vill alltid ha mycket mjölk i sitt kaffe, han missar det aldrig. Hon behöver inte ens be honom om det.

Ibland är Per nästan för perfekt. Allt stämmer. Han gör inga fel. Uppmärksam. Förekommande, en gammaldags kavaljer utan unkna fördomar. Allt hon säger är intressant. Allt hon gör är enastående. Ibland till och med nyskapande, revolutionerande, livsavgörande. Han lider aldrig brist på superlativ. Ibland blir hon nästan trött på det.

Två kvinnor en bit bort vid barbordet böjer sig närmare var andra och sänker sina röster. Men Rebecca hör ändå.

– Det är väl Per Lundell?

– Lika snygg i verkligheten som på tv.

Den andra kvinnan nickar instämmande.

– Nästan ännu stiligare.

Nyhetsankare som han är och med närmare tjugo års erfarenhet av ett liv i offentligheten så visar inte Per för ett ögonblick om han märker kvinnornas tisslande. Och ja, han är stiligare i verkligheten än då han sitter uppsminkad och stram i nyhetsstudion. Idag ledigt klädd i grå pullover över vit t-shirt, svarta jeans och boots. Han dricker en espresso och drar bort skyddsplasten från en morgonfralla. Skrapar diskret bort så mycket smör som möjligt med en plastsked innan han äter den. Han tänker ju på midjemåttet.

Rebecca Levin känner sig alltid vacker tillsammans med Per. Trots all uppmärksamhet från omgivningen underlåter han aldrig att ge akt på sin kvinna, skjuter henne alltid lite framför sig var de än är. De är ett snyggt par. Han rågblond och kantig, hon med krusigt mörkt hår och mjuka drag. Fem år kvar till femtio och tämligen nöjd med livet.

Rebecca Levin känner sig själv väl vid det här laget. Klentroget granskar hon sitt beteende och vet mycket väl vad hon håller på med. Per Lundell har uppvaktat henne till och från under åren. Redan några veckor efter skilsmässan från Jonas Wahl och hans flytt till London kom det första mailet med en lunchinbjudan från Per. De har båda jobbat i tv-huset i dryga två decennier men aldrig arbetat tillsammans. Länge höll hon Per på avstånd, tills i höstas då hon plötsligt bestämde sig för att öppna sitt hjärta och släppa in den ivrige mannen.

Det var inte svårt att bli kär i Per Lundell när hon väl bestämde sig för det. Det är som sagt inga fel på honom, och det blir bara bättre. De tycker om att spela golf båda två och han har en våning strax utanför Cannes, dit de är på väg nu för några dagars hastigt planerad semester. Han är varsam och omtänksam i sängen och gör det han ska, lämnar inget åt slumpen. Han är fin mot barnen men inte påstridig, han har själv två utflugna barn i tjugoårsåldern.

Och nu börjar det bli seriöst, de är att betrakta som ett stadigt par efter fyra månaders förhållande. Precis lagom till att Rebecca Levins ex-man Jonas Wahl flyttar tillbaka till Stockholm.

En skyddsmur? Det behöver inte vara så. Ett alibi? Ja, kanske.

Per slänger ett öga på klockan på armen. Ställer sig upp och kollar efter numret på gaten på flygplatstavlan över deras huvuden.

– Go to gate. Är du klar med kaffet?

Rebecca svarar inte. Hon sitter med mobiltelefonen i handen och vet att hon borde stänga av den snart, innan de går ombord på flygplanet. Hon vet också att hon inte ska vara en sådan hönsmamma. Vet att navelsträngen måste klippas förr eller senare.

Tittar på namnet som hon har klickat fram från senast uppringda nummer. Emma. Hon säger sig att det inte är första gången dottern inte svarar i telefonen på flera dagar. Det är drygt ett år sedan hon flyttade hemifrån. Rebecca kan inte längre kräva avrapportering från Emma varje dag. Men idag är det lördag och de har inte talats vid sedan i måndags.

Hon biter sig i läppen. En sista gång bara, säger hon sig.

Hon möter Pers undrande, leende ansikte samtidigt som hon sitter med telefonluren pressad mot örat. Vet inte varför paniken sköljer över henne när hon hör signalerna tona ut i ingenting. Tre, fyra, fem. I samma stund som flygplatsens högtalare ropar ut deras flightnummer och ber passagerarna att bege sig till gaten, klickar det till i telefonen. Rebecca hör Emmas röst och tror för ett enda ögonblick, en kort sekund av lättnad, att det är dottern som svarar. Men det glada hejet som möter henne är förinspelat, det är telefonsvararen som har gått igång.

Per ser bekymrad ut, men Rebecca vet inte riktigt vad som oroar honom. Är det att hon inte får tag på sin dotter? Är det resan till Rivieran som han är rädd ska gå i stöpet? Är det Rebeccas ständiga ringande som stör honom?

– Allt ok?

Vad ska hon svara? Ska hon berätta om suget i magen, känslan av att det rycker i navelsträngen som inte längre finns där mellan henne och dottern? Den inre rösten som säger åt henne att gå åt andra hållet, ut till en taxi tillbaka till stan?

Hon tar Pers hand som han håller fram mot henne, känner den lägga sig till rätta på hennes höft när de promenerar iväg bort mot flygplanet.

Madeleine slår upp ögonen och för en liten stund känns det riktigt bra. Så vrider hon på huvudet, åt fönstret till, där ljuset brakar in. Obarmhärtigt bankar det på och väcker henne utan pardon.

Hon har till och med gått och lagt sig utan att dra ner persiennerna, hon undrar om det någonsin har hänt förut.

Hon kniper igen ögonen och inser att det nog inte alls är så bra. Alexandra? Nej, hon är hos sin pappa. Huset var tomt när hon trillade in inatt. Vad kan klockan ha varit? Ett? Två? Madeleine vet inte.

Hon är bakfull.

Jesus.

Den andra känslan som seglar upp är värken i fötterna, det dunkar och drar i hälsenorna och när hon kröker på tårna skjuter smärtan ända upp i vaderna. Hon är van vid att vara trött i fötterna efter långa dagar i högklackat stående i rättssalen, men det här är något annat. Minnet av timmarna i baren, dansen, börjar klarna… åh… är det så illa?

Jodå. Visst är det så.

Tonerna av Björn Skifs gamla megahit *Hooked on a feeling* drar genom hennes huvud. *Ooga-chaka-ooga-chaka.* Madeleine ser sina egna händer röra sig framför kroppen, i trummande yviga rörelser, vidare upp över huvudet. Hon ser åklagarkollegan Monica Christerssons skrattande ansikte framför sig, studsande upp och ner i baren tillsammans med två manliga kollegor från tredje kammaren. Kroppen minns med ens varje rörelse, varje pinsam vick på rumpan, varje vågat steg åt höger och vänster. Hur kammaråklagare Niklas Johnsson grep om hennes midja under någon schlagervinnarlåt och fick henne att flyga över golvet till gapskratt och gitarrtoner. *Eloise, är vi mer än bara vänner, så visa vad du känner.*

Madeleine gör det enda rätta. Hon ställer sig i duschen under hett vatten och låter strålarna slå hårt mot ansiktet, vänder sig om och låter nacken få sig en omgång. Avslutar med en iskall avrivning som får henne att rysa, men vakna till.

Hon borde ha sagt nej. Hon avböjer alltid annars, när någon frågar.

Nu vet hon varför.

Hon är inte gjord för after work, billigt vitt vin och manliga kollegor som hela tiden beställer nytt. Hon är inte gjord för att hamna på krogen efter en lång arbetsvecka, hon har alltid tålt alkohol dåligt. Oftast brukar hon bli trött och få huvudvärk, igår blev hon istället piggare för varje glas som kammaråklagare Johnsson beställde in. Och alltmer sugen på att dansa.

Hon hade roligt. Jättekul, faktiskt. Bättre än på länge. Och vad härligt det hade varit att dansa, när hände det senast? Det var nog inte bara alkohol som spritte i benen på henne, det var som om kroppen själv gjorde sig fri och ledig där på dansgolvet och shakade loss. För en gångs skull.

Men ändå. Vad ska de tro? Vice chefsåklagare Madeleine Edwards. Hon dansar inte på sunkiga ölhak. Inte med yngre manliga kammaråklagare, inte till tonerna av Arvingarna. Det gör hon bara inte.

Så fruktansvärt pinsamt. Madeleine märker att hon undviker sin egen spegelbild när hon passerar den nere i hallen på väg mot träningsskorna och promenaden. Hon skäms. Fastän förnuftet säger henne att hon inte har något, verkligen ingenting, att skämmas för. De andra dansade ju också. Det var toppenstämning, och det är väl bara bra att hon visar att hon kan blanda sig med de underordnade och ha kul.

Men ändå. Något gammalt, något nedärvt eller inlärt, lurar där inuti. Som säger henne att fulla kvinnor, fulla medelålders kvinnor, inte är något vidare charmigt. Armarna över huvudet och rumpskakningar passar sig för tjejer i Alexandras ålder, inte Madeleines. Att härma gester från någon slutpose av Carola eller Charlotte Perelli. Det känns inte okej.

Vad ska folk säga? Hon är chef. Hon är kvinna.

Hon har inte råd att bjuda på sådant.

Och värst av allt. Hon har massor att göra idag. Hon måste in en sväng till jobbet vid tio fast det är lördag. Hon har bestämt möte med utredarna i polishuset för att gå igenom hur det har gått med alla spår de senaste dagarna. Det verkar stå ganska still.

Hon ska också få en bunt med utskrivna förhör, dem kan de inte maila till henne. Under en pågående förundersökning ligger alla förhör lagrade i en databas hos polishuset. De får inte skickas digitalt över det allmänna nätet, det är för riskabelt med hänsyn till förundersökningssekretessen. Mats Hjörne hade ringt henne igår eftermiddag och undrat om hon kunde komma förbi idag.

Tanken på Mats får hjärtat att hoppa över ett slag.

Nej... Så illa är det väl inte?

Halvt i panik rafsar hon upp sin mobil ur rockfickan bara för att dubbelkolla. Minns hur hon i den mörka taxin hem plockat upp sin telefon, bläddrat fram till Mats Hjörnes nummer och börjat formulera ett sms. På fyllan. Hur omogen får man bli?

Hon klickar sig fram till listan över sända sms. Hon gjorde det väl inte?

Förstås inte. Oavsett vin, drinkar i baren och en odefinierbar längtan som hela tiden finns där. Det är klart att hon inte gjorde.

Tillbaka från motionsrundan möter hon Alexandra i farstun. Hon står med övernattningsväskan vid fötterna och kränger av sig jackan. Hon ger sin mamma en kram som Madeleine en smula förvånat tar emot.

– Vad sliten du ser ut.

– Gör jag? Det har varit mycket den här veckan.

– Hur går det då?

Värst vad hon är trevlig, hinner Madeleine tänka innan hon får syn på en Aftonbladet som sticker upp ur Alexandras väska.

– Är det dagens?

– Ja.

Madeleine vecklar ut tidningen och stirrar på förstasidan.

Här lämnar de festen
–TILLSAMMANS

Omslaget pryds av en stor bild föreställande Jack Rappe tillsammans med den unga kvinnan som han hade vid sin sida under Guldbaggegalan. Den verkar vara tagen utanför Café Opera. Madeleine slår upp tidningen där ytterligare tre fotografier spänner över ett uppslag.

De gick därifrån tillsammans

Att döma av bildtexten har bilderna tagits någon gång efter midnatt i måndags. Där, på nattklubben i Kungsträdgården hölls Guldbaggegalans efterfest och fram tills nu har varken Madeleine Edwards eller polisen haft en aning om att Jack Rappe gick från festen tillsammans med någon.

Varför visste inte vi det här?!

Madeleine drar en hand genom håret, svär tyst för sig själv och läser nyheten om en huvudmisstänkt. Levererad till henne via media, inte från polisen.

Toppen.

De tre bilderna verkar vara tagna med en mobilkamera, längst nere i hörnet syns en logga med tidningens tipstelefon och summan man kan få om man tar dramatiska nyhetsbilder.

Och då är det väl klart att den som har tagit de här fotona inte gör sin samhälleliga plikt och ringer till oss med sina bilder, tänker Madeleine. Polisen betalar ju inget. Klart att det är pressen som har nyheten först.

På den första bilden står de båda skådespelarna strax utanför entrén till Café Opera. Jack Rappe har öppnat sin långa rock, troligen för att värma den halvnakna flickan i kortkort svart klänning och fluffig bolerojacka. Hennes ansikte är uppvänt mot honom och belyst av en gatlampa ovanför. Det är ingen tvekan om att det är de två. Hennes mörka hår, och hans riksbekanta ansikte. På nästa foto kysser de varandra. På sista bilden är de på väg in i en taxi. Hennes överkropp är redan inne i bilen och Rappes hand är mycket strategiskt placerad på hennes rumpa.

Ingen tvekan om var de var på väg någonstans, tänker Madeleine och börjar knappa på sin mobiltelefon.

Hon skummar igenom nyhetstexten i väntan på att Mats Hjörne ska svara. Hon ber honom genast skicka en bil för att plocka in den unga skådespelerskan.

– Och ja, du har mitt tillstånd att göra en husrannsakan hos henne också.

Lars Leopold inser att han måste prata med polisen. Också. Först det här bara. Sedan ska han ringa, det lovar han sig själv.

Han bjuder in reportern att sitta ner i sitt hem. Han lyfter med en ursäkt bort några gamla tidningar från en stol, borstar och slår bort smutsen från sitsen och håller fram en hand.

– Sitt. Förlåt, jag har inte haft tid att städa. Det har varit mycket.

– Det är lugnt, jag förstår verkligen. Ja, vad gör du nu för tiden? Det var länge sen man såg dig i någonting.

Lars Leopold visste att frågan skulle komma. Det gör den alltid. En föredetting tillåts aldrig glömma att han är just detta. Förbrukad. Ute. Bortglömd.

– Jag tröttnade på skådespelandet, det var en känsla som växte fram. Jag kände att mina kvalitéer snarare låg på en annan kreativ del av filmskapandet. Att jag hade mer att ge där, att jag kunde påverka mer. Så jag skriver numera. Manus.

– Jaha. Spännande. Är det nåt man har sett eller?

Lars Leopold undrar om han ska upplysa om att han faktiskt skrev texten till den radioreklam för värmepumpar som gick i höstas, men vet att det knappast är det fem meningar långa manuset som avses med frågan.

– Du vet hur det är. Allt är så hemligt i den här branschen. Men det är en stor grej på gång.

– Okej. Hör av dig när det finns produktionsbeslut eller så, det kanske kan vara något för nöjesdelen att skriva om. Och du och Jack, jobbade ni ihop eller?

Reportern nickar med huvudet mot fönstret till, där Jacks villa syns. Lars Leopold undrar om Jack Rappe ens vet vem hans granne är. Han mumlar något ohörbart till reportern.

– Okej, berätta. Vad har du?

Lars Leopold tänker på checken han fick i tisdags för filmen på ambulanskillarna och Rappe. Och kunde de betala elvatusen spänn för lite bilder så borde de kunna ge en hel del för det han har att berätta nu.

– Hrrm. Alltså, bara innan vi börjar. Jag förstår det som att ni ger tipspengar, med tanke på att ni betalade mig för filmen.

– Ja, visst är det så. Men det beror ju lite på vad det är du har att berätta. Jag kan inte på förhand sitta och säga till dig hur mycket det rör sig om. Det beror på vad det blir av det, om det är en löpsedelsstory, om vi behöver kolla med fler källor och så vidare.

– Men är det en tusenlapp eller är det femton, undrar jag ju. Jag menar, det är ju förstås känsligt för mig också, han är granne och... Man har ett rykte att tänka på. I branschen.

– Räkna med minst tio. Ska vi säga så?

Bra. Då är han nöjd. Då vet Leopold att checken från i tisdags tillsammans med det han får idag kan hålla honom över ytan ett tag. Sist Lars Leopold tjänade pengar som skådespelare var för ett halvår sedan. Då provade han tillsammans med en dokusåpabrud och två andra kändisar kräftor till en söndagsbilaga. Hade dålig mage i flera dagar efter. Lönekuvertet med de symboliska tvåtusen kronorna kom från samma tidning vars reporter nu sitter mittemot honom.

Den här gången borde Lars Leopold snarare tituleras Skvallerbytta eller kanske Tjallare, men vad ska han göra? Nöden har ingen lag. Han behöver pengarna.

Den här storyn har han hållit på länge för sin egen skull. Han hade tänkt använda den mot Jack Rappe, direkt. Gå till den berömde, den folkkäre, visa bilderna och kräva honom på pengar. Klassisk utpressning kanske man hade kunnat kalla det.

Nu blir det så här istället.

– Jag har en del bilder också. Fotografier.

– Ja, då kanske det kan bli mer. Förstås. Vad föreställer de?

– Offer.

– Hur då menar du?

– Jack Rappes offer. Småbrudar. Gråtande. Blodiga. Här.

Han pekar, ut genom fönstret, bort mot uppfarten till Rappes förhatliga hus. Där de har stått. Väntat på taxibilar. Lipat. Hulkat och skakat. Uttrillade ur djävulsgapet. Fullständigt omedvetna om att de har blivit fotograferade. En av dem drog på sig trosorna när hon stod där, innan taxin kom. Det tog han faktiskt inte någon bild på. Även Leopold har sina gränser.

Men han har aldrig gått ut. Aldrig pratat med dem.

En av dem minns han så väl. Hur hon först när hon drog med tröjärmen under näsan insåg att hon blödde näsblod. En annan minns han för att hon betedde sig så märkligt. Hon fnissade hysteriskt. Grät först och sedan började hon ringa på sin mobiltelefon, babblade på oavbrutet tills taxin kom.

Reportern vrider på huvudet dit han pekar.

– Vad säger du? Vill du se bilderna eller?

Om han vill.

Jonas Wahl går rak i ryggen över snötäckta sandade trottoarer på Kungsholmen. Rocken och den Burberry-rutiga halsduken hjälper inte mot kylan, men han sneglar nöjt mot sin egen spegelbild när han passerar skyltfönstren till Apoteket på Scheelegatan. Just idag är det faktiskt viktigare att han ser bra ut än att han är varm. Tjocka jackor är för knegare.

I nästa sekund sätter han sin tunna italienska skinnsula på en fläck is under snö och grus. I vad som känns som en evighet står han och vevar med armarna innan han återfår stabiliteten och han ställer sig genast rak som en fura på trottoaren. Ser sig hastigt omkring, blossande röd under halsduken. Ingen verkar ha lagt märke till hans komiska isdans och han skyndar vidare mot Kronobergshäktets entré på Bergsgatan.

Han är på väg upp till en klient, en finnig och redan efter en natt bakom lås knäckt ung man. Han är med stor sannolikhet skyldig till att ha sparkat en jämnårig man halvt till döds, men är likafullt berättigad till en försvarsadvokat.

Och killen vet inte om sin egen lycka. Att han har tilldelats inte bara en av landets duktigaste advokater, utan också en man som har allt att bevisa.

Inget att förlora, men allt att vinna. Jonas Wahls första klient efter hemkomsten till Sverige ska bli frikänd, så enkelt är det.

Jonas Wahl borstar bort lite snö från rockaxlarna på väg in i polishuset. Då ringer telefonen.

Han tar upp den, bara för att kunna trycka bort samtalet vem det än är. Inget kan vara viktigare än det här.

Precis när han ska klicka bort det susar en tvekan genom honom.

Okänt nummer, står det på displayen.

Han har försökt få tag på sin dotter i flera dagar och svarar.

– Emma. Är det du? Var är du?

Hon svarar inte. Men han hör dotterns gråt leta sig genom telefonledningar och genom luftens alla trådlösa radiovågor rakt in i hjärtat på honom. En osynlig hand griper tag om hans inälvor och vrider om. Så har det alltid varit, så kommer det alltid att vara. Hans dotter. Tårar från hans Emma.

– Vad är det? Vad har hänt?

– Pappa, du måste komma. Du måste hjälpa mig.

– Var är du?

– På… var är jag?

Han hör hur hon vrider sig från telefonen, talar med någon annan i bakgrunden.

– På Bergsgatan, säger de.

– Bergsgatan?

Jonas Wahl vänder sig förvirrat om på gatan där han står. Gatan är tom förutom två poliser som stiger ur en parkerad polisbil ett tiotal meter från honom. Det här är ju löjligt, varför skulle hon vara här av alla ställen?

– Polisen. Hos polisen. De har gripit mig.

– Vad säger du?!

– För att ha försökt döda Jack Rappe.

Amelia Rappe är upprörd. Hon ser hur en annan kvinna hukar vid en sjukbädd bakom det draperi som skiljer av mellan de båda männen i rummet. Hon själv står upp, vid fotändan av sin sons säng.

Hon vill knappt titta på det hjälplösa paket som ligger där under slangarna som löper in och ut ur mun och näsa. På det bleka ansiktet, helt olikt den Jack som är hennes. Som hon har fött och vårdat, stöttat och älskat. Det var inte för att det skulle bli så här.

Detta är absurt. Motbjudande. Bortom allt förstånd. Han borde inte ligga här.

Framför allt inte så här.

Amelia Rappe tar ett fast tag om läkarens armbåge, än finns det mycket styrka i hennes reumatiska nypor. Hon föser ut läkaren i korridoren och stänger dörren efter sig. Så att den andra kvinnan inte ska behöva höra.

– Menar ni på fullaste allvar att han ska ligga här? I delat rum?

– Jag är ledsen, jag förstår er oro. Men vi kan tyvärr inte förmedla enskilda rum till våra patienter. Som ni kanske vet är det ofta platsbrist och här på intensivvårdsavdelningen…

– Det är Jack Rappe vi talar om.

Läkaren lägger armarna i kors över det vita bröstet.

– Jag är verkligen ledsen för det som er son har utsatts för och jag försäkrar er att vi har gjort, och gör, allt som står i vår makt för att han ska klara sig och tillfriskna. Och det gör vi oavsett vem patienten är.

Amelia Rappe tappar tålamodet och hytter åt läkarrocken med sitt knotiga pekfinger.

– Nu är ju min son kanske inte vilken patient som helst. Jag värnar om hans integritet. Något säger mig att ni inte klarar av att garantera honom detta.

Det piper till i en högtalare ovanför deras huvud och på en digital skylt uppe i taket visas några lysande röda siffror. Läkaren tittar ditåt, sedan på Amelia Rappe och ler bistert.

– Jag måste tyvärr rusa. Jag hoppas att er son mår bättre snart. Om ni har några klagomål är det i första hand sjukhusledningen ni får vända er till. Annars... ja.

Doktorn vänder resolut på klacken och går med lätta steg iväg i korridoren.

Amelia Rappe muttrar för sig själv när hon återvänder in till Jack. Nickar igen mot den rödgråtna kvinnan vid sängen närmast dörren och tittar på hennes livlösa son.

Pojkens ansikte är uppsvullet och antagligen omöjligt att känna igen också för en mor. Andhämtningen är tung och det märks att kroppen har svårt att hantera det den har varit med om, vad det nu är. Det ser ut som om han blivit påkörd av ett tåg. Det ser ut som om han aldrig kommer att kunna stå igen.

– De sparkade honom i huvudet. Säkert en fem–sex sparkar, säger doktorn. Hjärnan lossnar från sitt fäste av den typen av våld, säger han. De har ingen aning ifall han någonsin...

Kvinnan tystnar.

Amelia Rappe vet inte vad hon ska säga. Hon bara nickar svagt, men blir stående. Oförmögen att gå de få stegen till sin skadade son, han som också verkar sväva som i en dimma ovanför sin trasiga kropp. Som om själen ännu inte riktigt har bestämt sig för om den ska lämna det världsliga ännu.

Döden andas tunga andetag över hela rummet.

– Jag är ledsen för din skull.

Den andra mamman nickar.

– Och du? Är det också din son?

– Jo. Jack.

– Vad har hänt honom? Om jag får fråga.

– Ja visst. Han blev knivhuggen. Eller nej, förlåt, med en sönderslagen flaska. Han har opererats flera gånger de senaste dagarna. Förlorat mycket blod förstås.

– Har han vaknat?

– Nej. Inte än. De vet inte... inte heller om han kommer att...

Orden försvinner. Hon hittar dem inte. Den unge mannens mamma nickar. De är tysta. Amelia Rappe blir stående, tyst. Mitt emellan de bägge männens sjukbäddar. Hennes slitna men en gång i tiden mycket exklusiva kashmirkappa hänger över armen. Kvinnan på stolen är hennes totala motsats. Hon har några kilos övervikt, men det är alls inte missklädsamt. Kinderna är runda och är nog ofta rosiga, i andra sammanhang. Håret är korpsvart och uppsatt, men flera lockar har lossnat ur klämman. Amelia gissar på något mellanösternursprung, även om hon inte hörde ett spår av brytning när kvinnan pratade. Hon ser gammal ut, fastän hennes son i sjukbädden uppenbarligen är mycket ung.

Amelia Rappe ser sig själv i den svaga speglingen i fönstret ut mot Årstaviken och inser att också hon är mer krum gumma nu än någonsin förr. Sorgen gör oss sådana, tänker hon. I sorgen är vi alla lika. Lika fula och nakna.

Hon drar fram en stol och sätter sig vid Jacks sida. Lyfter hans svala hand från lakanet och lägger den mellan sina båda. Hon smeker med tummen över hans handflata. Denna hand som har vilat i hennes så många nätter och dagar. En gång bebismjuk och rund, nu stor och valkig, men samtidigt svagare än någonsin.

Amelia Rappe flyttar stolen lite närmare. Böjer huvudet närmare Jacks och börjar med låg röst berätta gamla sagor från hans barndom. Hon börjar med *Jack och bönstjälken*, den var förstås alltid hans favorit.

Hon måste ha slumrat till. Hon sitter rak i stolen, men med slutna ögon. Jacks hand ligger fortfarande i hennes. Hon undrar vad det var som väckte henne?

Så känner hon det igen. En darrande rörelse, nästan som ett pulsslag. Det är Jack. Han trycker hennes hand.

Hon tittar på honom. Ögonen rör sig under de slutna ögonlocken, fram och tillbaka som på någon som drömmer djupt. Hon känner hans hand trycka till hennes igen, lite starkare den här gången. Det är ingen tvekan. Han rör på sin hand. Han är på väg att vakna.

Amelia Rappe reser sig mödosamt upp. Över sängen hänger en larmknapp i en vit sladd, hon pressar jublande inombords på knappen. Han är på väg att vakna!

Nästa tryckning är riktigt hård, hon känner igen styrkan från förr. Hon ler och klappar på handen.

– Såja, min älskling. Det kommer bli så bra.

Nästa tryckning får henne nästan att skrika till, så hårt klämmer han till om hennes hand. Hon ser förfärat på hans ansikte. Ögonen är vidöppna nu. Munnen öppnar sig, sonden hänger ur hans mungipa. Ur svalget kommer ett tungt stönande. Det är inte ett försök att kommunicera, det är bortom det. Ljudet är bara ett rop på hjälp, av smärta.

Hon ser hans ben lyftas upp från sängen av kramper.

– Oh Gud, gode Gud, vad är det som händer.

I nästa sekund rusar en sköterska in och Amelia Rappe knuffas åt sidan.

Rebecca Levin samlar ihop anletsdragen innan hon stiger in. Det var inte så här hon ville träffa sin före detta man första gången sedan han kom tillbaka till Stockholm. I vild panik, med gråten i halsen.

Samtidigt är det kanske lika bra. Just idag skiter hon i Jonas Wahl mer än någonsin förr.

Jonas sitter ner i en sliten väggsoffa. Han har en tidning uppslagen i knäet, men den ligger bortglömd. Hans huvud hänger, han får lätt lite gamnacke när han är trött och sliten. Rebecca överfalls av gammal ömhet för mannen hon delade nästan tjugo år tillsammans med. Så vrider han på huvudet och får syn på henne, spricker upp i ett lättat leende och med ens är hennes ilska tillbaka. Ditt svin, tro ingenting.

– Rebecca.

Han stiger upp, sluter henne i sin famn innan hon hinner protestera. Håller henne i ett fast tag och hon är på väg att försöka ta sig loss när hon hör att han hulkar till.

Gråter han?

Hon drar sig bakåt, men han verkar ha samlat sig. Ansiktet är fårat av oro. Innan hon hinner tänka sig för har hon lagt en hand på hans kind till tröst. Bekant och vant, lena kinder. Han rakar dem fortfarande med hyvel, det har han alltid gjort.

– Vad har hänt? Var är hon?

– Åh Jesus. Det här är fan absurt. Det är... de är inte kloka.

– Har du träffat henne?

– Nej, nej. Jag tog hit Shirin Sundin, en gammal kollega. Det är bäst så. Framför allt för Emmas skull. Det blir jäv annars. Hon måste ha den bästa advokaten. Shirin blir bra. Det blir…

Jonas pratar rakt ut i luften.

– Men hur?

Fortfarande kan Rebecca inte få in i sitt huvud det Jonas sa i deras korta samtal i morse, innan hon slängde sig på första bästa flyg hem. Emma, gripen för mordförsök. I polisens förvar för att ha försökt döda en man med en avslagen flaska.

Vad är det här? Ett dåligt skämt?

– Hon har blivit anhållen. Hon…

Jonas tystnar. Han kryper nästan ihop där han står, nävarna hårt inkörda i magen och med sin gamla slitna advokatportfölj vid fötterna. Hon hör hur han hulkar igen, kämpar mot gråten.

– Hon erkände att det var hon som gjorde det.

II

Förra vintern

Sedan filmkonstens början har det knappt gått ett år utan att en mängd filmer uppvisat, antytt eller anspelat på våldtäkt, våldtäktsförsök eller någon annan form av sexuellt våld.

ur Watching Rape av Sarah Projansky

Där möter hon en herre
på en häst med yvig man
han säger: Jag är kungens man,
som tar vad jag vill ha
och du är allt för vacker
för att inte ha nån man
så följ med mig in i skogen
ska jag visa vad jag kan

ur En kungens man
av Björn Afzelius

– Hör här. Är det meningen att jag ska säga så här?!

Emma Wahl ställde sig upp. Drog in magen, rätade på sig och vände sidan till. Skrattet låg precis under ytan i rösten medan hon läste högt ur boken.

Din make är ditt liv, ditt värn, din herre,
ditt huvud, din regent; för dig han sörjer
och för ditt underhåll; utsätter sig
för pinsam möda så till sjöss som lands,
för storm och nattvak, bistra dagars köld,
då du i hemmet ligger varm och trygg,
och kräver ingen annan lön av dig
än kärlek, vänlighet och villig lydnad –
mot sådan skuld en alltför klen betalning!

Emma läste med inlevelse. Någonstans mitt i texten lösgjorde hon sig från läsandet och lät orden ta över. Lät sig tro på det hon sa fastän hela hennes väsen gjorde uppror mot innebörden i Katarinas berömda tal till Petruchio.

Hon la handen för bröstet och kände Katarinas vilda hjärta pulsera där inne, sida vid sida med hennes eget.

Emmas väninna Bea låg i soffan som en utspilld sås och lyssnade, både med intresse och fnysande småskratt som visade på hennes avståndstagande.

Som undersåten lyda bör sin furste,
så bör ock kvinnan lydig vara mannen,
och är hon trotsig, nyckfull, sur och tvär
och icke lydig då han billigt kräver,
vad är hon annat än en stursk rebell,
förrädisk mot sin kärleksfulla herre?

– Lägg av, Emma. Tack, det räcker. Jag fattar grejen. Det låter inte klokt, jag är ledsen. Så fruktansvärt styltigt.

– Det är ju Shakespeare, för helvete! Tror du att det ska vara modernt då eller?!

Emma fräste och slängde boken i soffan bredvid Bea. Hon visste inte riktigt varför hon försvarade de här tramsiga textraderna. Hon skulle inte ens läsa texten ordagrant, det hade de sagt till henne.

– Det kommer ett annat manus. Det är inte den gamla Shakespeare-pjäsen vi ska spela. Det är en modern film, nyskriven. Som bygger på Shakespeare, men utspelas här och nu. Fattar du inte det?!

– Fan vad bitsk du låter. Har argbiggan redan börjat ta över din personlighet eller?

Emma undvek Beas blick och ursäktade sig med att hon behövde kissa. Gömde sig ilsket på toaletten.

Hon visste ju vad det var.

Hon var förbannad på Bea. Hur svårt skulle det vara? Satt det enda lilla ordet grattis så långt in? Var det för mycket begärt?

Emma kunde knappt tro det själv. Att hon, just hon, bara hon, ingen annan än hon, hade fått rollen. Eller ja, det var inte påskrivet än, men i princip så. Ingen annan var aktuell, det hade castingtjejen Mia sagt till henne tidigare idag.

Hon ville ställa sig högst uppe på hustaket och vråla ut sin glädje. Jag ska bli filmstjärna!

Inte heller pappa hade sagt grattis när hon ringde. Juristen Jonas Wahl hade bara en sak att säga.

– Du har väl inte skrivit på något kontrakt innan jag har fått läsa det?

– Men, pappa. Vad tror du att det är? Östtyskland eller?

– Östtyskland finns inte längre, gumman.

– Lägg av, du vet vad jag menar.

– Jag bryr mig, det är allt. Har du skrivit på redan?

– Nej, jag har inte ens fått kontraktet än. Jag ska träffa alla imorgon. Men det är inga konstigheter. Det är liksom inte någon porrfilm jag ska vara med i.

Det blev tyst på telefonlinjen. Så typiskt... Emma bet sig i läppen.

Hennes pappa sa inget på en stund. Han, som satt där på sitt flashiga kontor i London, landsflykting efter ett av de senaste årens mest spektakulära porrklubbsavslöjanden, med honom själv som ofrivillig men ingalunda oskyldig huvudperson.

Till slut skrattade han till.

– Nä, lillmyran, det förstår till och med jag. Men är det något jag kan så är det att läsa det finstilta. Kan du inte skicka över en kopia till mig?

– Visst. Det kan jag väl.

– Hörru. Jag är jättestolt över dig. Det är inte det. Jag bara... Du har inte gjort det här förut och jag vet hur de där asen funkar. Tro mig, de skriver inte kontrakt för att det ska vara bra för dig.

– Whatever. Jag skickar en kopia sedan. Okej?

Hon skulle komma till mötet påläst. För ett par veckor sedan hade hon inte haft en aning om vad *Så tuktas en argbigga* handlade om, annat än att hon hört namnet på pjäsen. Hon hade gått till biblioteket och lånat hem texten till Shakespeares drama, det var ett tummat ex som bibliotekarien hade fått hämta upp från arkivet. Sedan hade hon köpt filmen med Elizabeth Taylor och Richard Burton, och dessutom googlat på den som av många kallats för teaterhistoriens mest kvinnofientliga pjäs. Och den skulle hon spela huvudrollen i.

Hjälp, var hennes enda tanke.

Hon lutade sig närmare spegeln. Svor över Beas ogina kommentarer men försökte skaka av sig dem. Klämde noggrant ut en pytteliten pormask vid näsroten, testade några småfläckar till. Klämde på hakan och funderade över om det verkligen var en så bra idé att låta Bea bo här. Å andra sidan, det var svårt att klara hyran själv. Emmas tvåa på Sofiagatan på Södermalm var lite för dyr för att hon skulle klara den på sin lön som kafébiträde. Kanske efter sommaren. Kanske efter det här.

Fast hon kunde väl inte bara kasta ut Bea på gatan heller. Det var en av hennes äldsta kompisar, och det var oftast mysigt att ha någon att dricka te och snacka med på kvällarna. Inte alla kvällar, men nästan alltid.

Det rådde en stundtals ganska märklig maktbalans mellan väninnorna. Bea som var så förbannat nätt och ljuv med långt ljust hår, rena drag och en total oförmåga att lägga på sig hur mycket hon än stoppade i sig. Bea som spelade så bra när hon låtsades inte märka hur killar vände sig om eller började stamma när de snackade med henne. Men som aldrig riktigt kom loss, vad hon än företog sig i livet. Efter gymnasiet hade hon svävat iväg med ströjobb och långa perioder av sysslolöshet.

För tillfället var Bea springvikarie på en skola i Hägersten och kunde inte alltid betala sin del av hyran. Emma, i sin tur, fick kämpa för allt. Och därför så gärna gjorde det. Killar, jobb, studier. Varje gång hon stod inför en utmaning var själva grejen att se till att göra det Bättre Än Någon Annan. För bara någon månad sedan hade kaféägaren bett henne vara ansvarig för kassan, öppna på morgonen och stänga på kvällen och också höjt hennes lön. Till hösten hade hon kommit in på flera olika studieprogram, både på Södertörns högskola och Stockholms universitet. Just nu lutade hon åt att hoppa på Konstvetenskap, mest för att hon inte visste hur hon skulle känna sig efter sommaren och filminspelningen. Om det skulle dra ut på tiden, om de behövde henne till hösten.

Om det kom fler filmjobb. Tänk om.

I gengäld var Bea pedanten av de två. Lika snygg som hon själv var, lika snyggt ville hon ha det omkring sig. Emma tyckte ibland det kändes som att hon hade en egen hemhjälp, eftersom Bea onekligen betalade mindre. På något vis fanns det en outtalad överenskommelse om vem som plockade och städade deras fyrtiosju kvadratmeter. Emma droppade kläder över hela lägenheten och hittade dem alltid ihopvikta i garderoben när hon kom hem. Hon hade ingen aning om när hon städade toaletten senast, men den var ändå alltid fräsch. Mat handlade hon, eller tog med rester från fiket, men det rena köket var helt och hållet Beas förtjänst. Ibland hade hon till och med kommit på Bea med att sy i knappar på en av hennes kappor och byta lakanen även i Emmas rum, och då tyckte hon det gick för långt.

– Nej, nej, jag gör det för att jag gillar det. Jag lovar.

Och med de orden lät Emma det vara. Förstås. Vem tackar nej till något sådant?

Dessutom var Bea hennes bästis. Det hade hon varit sedan mellanstadiet. Ingen annan stod henne lika nära.

Emma fortsatte granska sitt ansikte. Tänkte på vilka fruktansvärt tajta närbilder det brukar vara på film och fasade redan för att se sig själv uppblåst på en bioduk. Höra sin egen röst, hon som brukade avsky att ens höra sitt eget inspelade meddelande på mobiltelefonen. Rösten lät så tjock, så oartikulerad och med sluddriga s. För att inte tala om hur hon kände inför sina höfter som sköt ut nedanför midjan och alltid såg oproportionerligt stora ut i jämförelse med resten av kroppen. Låren som gick ihop under skötet även då hon stod lite isär med benen. Dubbelhakan som alltid kom fram när hon lyssnade på någon intensivt och glömde bort sig, då hon underlät att lyfta huvudet lite extra och spänna musklerna vid öronfästet och lät kinderna slappna av. Det fick hon öva sig på att inte glömma mer.

Bea hade säkert varit lika bedårande i vilken filmvinkel som helst. Uppifrån, underifrån, stående på huvudet, liggande på mage. Emma skulle vara tvungen att öva olika smickrande poser de närmsta månaderna, det var uppenbart.

Kanske skulle hon fråga Bea om hjälp? Det är väl sådant man har vänner till?

Fast Emma visste inte riktigt om hon ville bjuda på det. Erkänna sig svagare, fulare, mindre kvinnlig. Hon kunde lika gärna iaktta Bea i smyg och testa framför spegeln inne på rummet.

Emma borstade igenom håret och gick tillbaka ut i vardagsrummet. Bea tittade på ett gammalt Seinfeld-avsnitt på tv:n.

– Men Emma. Du får ta och ge dig med det där klämmandet. Fattar du vad sminköserna kommer att säga om du kommer till inspelning med sönderklämd näsa och synliga porer? Du måste verkligen sluta med det.

Senare samma kväll, precis när Bea dragit fram sängen ur bäddsoffan och de två stod sida vid sida inne på toa och borstade tänderna, ringde telefonen. Det var Felipe.

– Kan jag komma över?

– Jag ska gå och lägga mig nu.

– Ännu bättre.

– Jag ska upp tidigt imorgon. Är det inte bättre att ta det en annan dag?

– Jag vill bara gratta dig. Är det okej eller?

Felipes låga skratt i luren. Emma gav med sig. Okej då, om

han absolut ville. Hon sökte inom sig efter någon form av längtan, det var flera dagar sedan de sågs senast. Men nej, inte egentligen. Ändå blev hon glad, av hans omtanke. Och när han dök upp hade han förstås en bukett rosor med sig.

– Det här är hur stort som helst. Grattis!

Bea hade stängt dörren till vardagsrummet och de blev stående ett tag i hallen och hånglade. Hans händer sökte sig upp under Emmas nattlinne.

– Så pass.

– Lägg av.

Emma slog skrattande i luften efter hans envisa fingrar. Satte blommorna i en vas i köket och kröp sedan ner i sin säng. Lakanen var iskalla mot hennes nakna rumpa och hon drog ihop kroppen i fosterställning.

– Kom. Skynda dig och värm mig.

Felipes kläder rann av honom, tröjan ovanpå jeansen i en hög innanför dörren. Kalsongerna och strumporna steg han ur på vägen mot sängen. Han kröp in under täcket vid fotändan och särade Emmas ben samtidigt som han gled uppför hennes kropp. Hon slöt honom i sin famn och lät honom tränga in i henne på en gång. Somnade varm några minuter senare.

Hon blev stående med lappen i handen utanför huset. Tittade uppåt och såg den blå hötorgsskrapan fortsätta in i den jämntjocka marsdimman som låg som ett fuktigt lock över innerstan. Ena dagen kändes det som våren var i antågande med droppande taknockar, vattenpölar på trottoarerna och gnistrande skarpt solsken. Igår hade det kommit flera centimeter snö igen med efterföljande kaos. Idag var det någon plusgrad, slask och dis.

Hon skulle upp till sjunde våningen. Tortuga Film. Hon hade träffat Mia Berntsson som hade castingbyrån och regissören Goran Mladic flera gånger förut, idag skulle hon få träffa producenten också.

I hissen upp drog Emma av sig mössan. Hon hade sitt mörkbruna hår platt och slätt utmed hjässan i mittbena, stort och yvigt runt ansiktet. Hon fluffade upp håret över axlarna en sista gång. Läppglans på, ett djupt andetag och så klar. Hon steg ut på sjuan och möttes av en tjej i sin egen ålder bakom en receptionsdisk täckt med orangefärgat glas och upplysta silverbokstäver på fronten. Tortuga. Bakom receptionisten, på väggen, en stor silhuett av en sköldpadda, också den i silver och belyst bakifrån av dolda lampor. Tjejen, som hade en snillrikt flätad frisyr, gav Emma en frågande blick.

– Emma Wahl heter jag.

– Jamen, där är du ju. Välkommen. Kom med här.

Hon följde med Emma bort i en lång korridor, knackade med

smattrande naglar på en stängd dörr och föste sedan in Emma. Runt ett ovalt högblankt svart bord satt tre personer. Fönstren bakom dem var tonade men bjöd ändå på en utsikt ner över den svartvitrutiga Plattan, bilarna som cirklade runt Sergels pinne och Kulturhusets glasfasad med reklam för kommande och pågående föreställningar.

Tortuga Film tillhörde inte giganterna inom svensk filmindustri, men affischerna som hängde inramade på ena långväggen visade ändå att bolaget, på ett eller annat sätt, hade varit inblandade i en imponerade samling biofilmer det senaste decenniet. Emma insåg att hon hade laddat ner flera av filmerna, och de andra hade hon hört talas om. Någon av dem hade belönats med flera guldbaggar och andra priser. Ingen av dem hade hon dock betalt för att se på bio eller på dvd.

Regissören Goran Mladic satt i mitten, nerklädd i blekblå jeans, för kort t-shirt med Che-tryck på bröstet, palestinasjal virad dubbla varv runt halsen och urtvättad lång cardigan. På hans vänstra sida castingtjejen Mia Berntsson, hon som strax efter nyår gett Emma sitt kort en förmiddag inne på caféet med orden ”jag tror du kan passa på filmduken”. Hon verkade bara äga svarta kläder, också idag var hon klädd i svart från boots till polo. Till och med nagellacket var mörkt purpurfärgat på gränsen till svart.

Till höger om Goran satt en kvinna med skarp blick och reslig hållning som direkt påminde Emma om hennes egen mor. Hon var redan halvvägs uppe ur stolen och hade en näve framräckt över bordet.

– Linda. Vad roligt att få träffa dig till slut.

Filmens producent, Linda Gregers. Enligt Goran en driven kvinna med sylvassa armbågar men ”så säger de alltid om kvinnor i den här branschen”. Hon hade kortklippt rött hår och mycket make-up runt ögonen, som nästan dolde det faktum att hon såg ut att inte sova tillräckligt på nätterna. Solglasögon från Dior uppe i håret, vädret till trots. Smala pojkhöfter i Fornarina-jeans, Odd Molly-kofta och dubbla rader silversmycken från Ole Lynggaard eller Dyrberg/Kern. Ett stenhårt handslag som varade lite för länge.

Linda Gregers mötte Emmas blick en sekund och satte sig sedan igen. La ena handen ovanpå en papperslunta på bordet. Hon öppnade den andra handen och höll den framför sig riktad mot Emma, som erbjöd hon något ur sin tomma hand.

– Det är ju en fantastisk chans det här, för dig. Om det blir du som får rollen, vill jag betona. Det är en del saker som kvarstår, innan vi...

Emma lät blicken löpa mellan de tre ansiktena mittemot henne. Hon sökte efter svar hos både Mia och Goran. Vad var det här? Hon hade uppfattat det som att allt var klart? Goran slog ner blicken i bordet, Mia gav ett skevt leende till svar.

– Nu förstår jag inte. Är det någon annan som...?

– Absolut inte. Vi har sett dina provtagningar alla tre. Många gånger, och vi är extremt nöjda. Du är ett naturbarn framför kameran. En fantastisk närvaro och ett avslappnat förhållningssätt till replikerna. Alla är väldigt imponerade.

Goran bröt in, också han med händerna framskjutna på bordet mot henne.

– Det har pågått förhandlingar ända tills igår kväll om vem som ska ha den manliga huvudrollen och nu är det äntligen klart. Vad det handlar om är att det förstås är oerhört viktigt att kemin funkar mellan er två.

– Okej. Vem är det då?

Linda Gregers lutade sig tillbaka i stolen. Hon korsade armarna över bröstet på exakt samma sätt som Emmas mamma Rebecca brukade göra, med fingrarna lätt trummande mot armbågarna. På båda händerna bar hon stora ringar i silver.

– Jack Rappe.

Emmas blick måste ha varit obetalbar.

– Du skojar med mig?

Linda tog belåtet emot hennes reaktion, den verkade ha varit exakt vad hon hoppats på.

– Nej, faktiskt inte.

Emma tyckte nästan att det susade till i huvudet. Svaret kändes ungefär lika troligt som om de hade sagt till henne att hon skulle spela mot Tom Cruise. Kanske inte riktigt, men större än Jack Rappe fanns inte, inte i Sverige.

– Okej...

– Men han vill träffa dig. Det måste klicka mellan er.

– Vadå, ska han godkänna mig eller?

Goran, Linda och Mia skrattade i kör, ett samfällt stelt hahaha. Linda svarade.

– Nej nej, så går det inte till. Det är vi som bestämmer. Men han är förstås nyfiken på dig. Du är ett oprövat kort och han är betydligt mer erfaren.

Emma nickade stumt. Vad skulle hon säga?

Redan innan det här mötet hade tanken kring filmen fått Emma att gång på gång känna sig i det närmaste svimfärdig. Ibland illamående, ibland jublande glad. En lätt surrealistisk känsla, som att livet självt mer och mer blev som en film.

Linda Gregers klappade på pappersluntan under sin hand. Det var en tjock bunt med A4-papper omslutna av ett brett gummiband, tillsammans med en tunn mapp i ljusblå plast. Emma antog att det var manuset som låg där, tillsammans med kontraktet.

– Goran. Berätta om manuset.

Goran Mladic hade försvunnit ner i sin stora sjal för en stund och sträckte nu på sig innan han började, lade sig fram över bordet och med ens började det glöda i hans ögon. Emma lyssnade fascinerat på hur han berättade om pjäsen, skriven på 1500-talet och spelad på alla stora teatrar runt om i världen i flera hundra år. Hur den fyllde salongerna var den än spelades.

Samtidigt var det en omstridd pjäs, anklagad för att vara manschauvinistisk och konservativ.

Men Goran pratade om hur han ville bjuda William Shakespeare lite motstånd, inte bara sätta sig i knäet på den store dramatikern. Han pratade om Leonardo DiCaprio och Claire Danes i Baz Luhrmanns version av *Romeo och Julia*. Han förklarade att han ville göra filmen till ett debattinlägg om unga kvinnors utsatthet snarare än att följa Shakespeares manus slaviskt. Han fick Emma att förstå varför han ändå älskade pjäsen.

Filmen *Kyss mig igen* skulle inte utspela sig i 1500-talets Padua, utan istället i en svensk betongförort i något slags odefinierad nutid. Huvuddragen av Shakespeares originalhistoria skulle de behålla. Berättelsen handlade om den eldfängda Katarina som skrämde alla friare på flykten och hennes envisa far Baptista som vägrade att låta den andra, yngre dottern Bianca gifta sig förrän Katarina hittat en man.

Bianca var sin storasysters totala motsats – vän, vacker och med en kö av friare utanför huset. Biancas älskade Lucentio insåg att han måste göra något drastiskt för att de skulle kunna gifta sig. Plats på scen för den nedsupne och fattige Petruchio, som gick med på att försöka kuva Katarina, som man ”tämjer en falk”. Hennes stora hemgift lockade förstås, utöver äran i att vara man nog att kunna bemästra vildkattan.

Argbiggan Katarina var i Gorans film omdöpt till Jekaterina och Bianca hette Blanka. Tillsammans med sin familj hade de flytt till Sverige från kriget på Balkan. Goran Mladics eget ursprung i det forna Jugoslavien och hans engagemang i hedersfrågor låg bakom tanken att blanda en klassisk pjäs med brännheta aktuella ämnen.

– Den har ju något. Spelet mellan Petruchio och Katarina, skillnaderna mellan systrarna, den ljuva men ganska bleka Bianca och den bångstyriga men också väldigt livsbejakande Katarina. Man kan se det som att hon faktiskt gör uppror mot allt det där som ansågs vara kvinnans lott, att bara hålla käft och gifta sig med den som pappan hade valt.

– Men de gifter sig ju?

Emma hade hunnit titta på filmatiseringen från 60-talet på morgonen innan hon kom hit. Fått svindel när hon insåg att hon skulle framställas som en modern version av Elizabeth Taylor, samtidigt som glädjen bubblade i kroppen.

Hon visste inte om hon tyckte den var så bra, hon hoppades att det inte var tänkt att hon skulle skrika så där mycket. Det kändes lite... väl teatralt. Dessutom hade hon svårt att förstå allt de sa. Hon hade sett *Hamlet* på teatern för några år sedan och det hade varit samma sak då. Fraserna staplade på varandra, ålderdomliga ord som hon aldrig hört, långa monologer om till synes ingenting. Ändå hade hon gråtit när Ofelia dog.

Hon visste inte riktigt när det var tänkt att hon skulle gråta till *Så tuktas en argbigga*, den var inte drabbande på samma sätt. Hon blev mest arg på hur Petruchio behandlade Katarina, lät henne rida på en åsna i regnet, förbjöd henne att äta och låste in henne. Hur han sprang omkring och spottade och fräste. Vem vill ha en sådan man? Hon fattade verkligen inte slutet på filmen där Katarina plötsligt vek sig för sin makes vilja och erkände honom som sitt överhuvud. Emma trodde att det skulle komma någon knorr efter det, men sedan kom bara eftertexterna.

Goran flyttade fram sina händer över bordet, vikta som väggar runt en scen. Han beskrev hur han ville förstärka det sorgliga i Petruchios karaktär. Suputen som egentligen var en ganska misslyckad person.

– Man kan också se det som att Katarina är den som räddar

honom. Hon får honom på fötter, så att säga.

Emma hade haft lite svårt att förstå varför de valde henne, som var etniskt ursvensk, till att spela invandrartjej, men de hade bara sagt att "så gör man jämt". De hade varit mer intresserade av att hon var okänd och "ett oförstört ansikte". Och så var hon så bra, sa de.

Och ja, hon kände ju själv att det fanns något. Att det hade hänt något alldeles unikt med henne när hon stod framför kameran och provspelade för rollen. Som att hon hade hittat hem.

Hon hade känt en säkerhet, en självklarhet, som hon aldrig tidigare upplevt.

För första gången i sitt liv hade hon känt "fan vad jag är bra". Det hade varit en alldeles underbar känsla som hon gärna ville vara med om igen.

Det utmanande, menade Goran, var att göra Jekaterinas beteende begripligt för en modern publik. Att hon till slut fogade sig i sitt öde handlade om att Peter, som Petruchio skulle kallas, var en möjlighet att komma bort från pappan, som styrde och ställde och terroriserade de båda döttrarna. Det skulle bli ett laddat val som Jekaterina gjorde, lite som pest eller kolera.

– Fast han är ju inte den hon vill ha?

Goran knackade i bordet med en penna när han pratade.

– Precis. Och jag vill gå ännu längre. Jag vill göra honom ganska vidrig också. Han är inte heller snäll mot Jekaterina, han gör en del grejer som är...

Goran sneglade åt Lindas håll. Hon nappade och tog över.

– Till exempel är det så att det kommer att finnas en tämligen våldsam scen som vi behöver prata med dig om redan nu.

Emma ryckte på axlarna till svar. Vad spelar det för roll? Så pass mycket kunde hon om film att hon fattade att om han slog henne på film så var det ändå fejkat. Eller?

– Hur menar ni?

– Det är en våldtäktsscen.

– Jaha. Men det är väl liksom inte på riktigt?

– Nej nej nej, för Guds skull. Alltså inte penetration och så. Nej. Det kommer inte vara explicit på det sättet.

Goran fyllde i.

– Det handlar inte om att det är naket. För det är det inte, inte sköte och bröst och så. Men det är... hur ska jag säga? Tungt. Det är trots allt ett sexuellt övergrepp vi pratar om. Det kommer att kräva mycket av dig, och av Jack förstås också.

Mia Berntsson hade suttit tyst ända sedan mötet började. Hon pillade med sina naglar, gnagde längst ut på nagelspetsarna så att lacket flagade. Emma blickade åt hennes håll som för att fråga: visste du det här? Men Mia slog ner blicken och återvände till att granska sina händer.

– Jag vet inte riktigt vad ni vill att jag ska säga. Jag antar att det är okej. Det är väl film, liksom? Det enda är väl att det känns sådär att ta av sig naken. Det är inte det jag vill bli känd för, om du förstår.

– Och du ska inte vara naken.

Goran betonade varje ord när han sa det, som för att understryka att det var ett löfte.

Emma lutade sig tillbaka. Tittade på de tre filmmänniskorna mittemot henne och frågade sig plötsligt vad de ville ha av henne.

– Varför är det jag som får rollen?

– För att du är äkta.

Goran mötte hennes blick när han pratade, naglade fast henne där hon satt.

– Jag gillar att jobba med okända ansikten. Så är det. Det händer något spännande när man levererar oanvända aktörer till publiken, personer som de inte känner igen från alla tv-serier och filmer. Det blir mer en illusion av att det är riktiga människor de får se.

– Men Jack Rappe är väl i princip så känd man kan bli?

– Ja, men inte i den här typen av roller. Han har gjort snutar, gangsters, förste älskare och sådant. Aldrig Shakespeare. Aldrig tung dramatik. Det är vågat. Det är nytt. Det har ingen fått se förut.

Goran berättade hur han och den berömde skådespelaren hade jobbat ihop för många år sedan när Goran gick på DI. Dramatiska Institutets teaterutbildning, förtydligade han när Emma såg frågande ut.

– Han var med i mitt slutprojekt. Vi fick bra kontakt, och jag såg något hos honom då som jag tycker har försvunnit i alla actionroller han har gjort. Det är den Rappe jag vill locka fram igen.

Det pep till i Mias mobiltelefon.

– Jag fick svar från Jack nu angående mötet. Han undrar om ni kan ses på Rivalcaféet på Mariatorget klockan fem i eftermiddag för en fika.

Emma skulle jobba då, men det var väl bara att anmäla sig sjuk. Något annat verkade inte vara aktuellt för det här gänget.

– Visst, inga problem.

– Jag hänger på.

Orden kom unisont från både Goran och Linda. De tittade lite frågande på varandra, mätte varandra med blicken. Linda höll fram höger hand mot Goran, som för att säga ”ta det du”. Men hennes mun var liten och ihopsnörpt. Herregud, tänkte Emma, vad är det med folk och den där Rappe? De verkar bli alldeles kollriga.

Felipe tittade på Emma där de stod i det lilla köket.

– Vad är det med dig? Du är så konstig ikväll. Lyssnar du överhuvudtaget på vad jag säger?

Bea kom in från vardagsrummet, redan i pyjamas och med tekoppen som fastklistrad i handen. Hon låtsades som att hon inte lyssnade när hon gick fram till vattenkokaren. Emma åt det sista ur en liten yoghurtförpackning och slängde den sedan i vasken. Felipe halvstod mot köksbordet. Takbelysningen var släckt, bara den svaga lampan över spisen var tänd. Från vardagsrummet flimrade blått ljus från tv-apparaten och utanför fönstret såg hon Sofiakyrkans gula tornklocka lysa som en måne högt ovanför Vitabergsparken.

– Någon som vill ha mer te?

– Ja.

– Nej.

Emma och Felipe tittade på varandra. Jamen, ta du, försökte hon säga med sin min. Hon orkade verkligen inte sitta uppe med dem.

– Jag går och lägger mig så länge.

– Vet du vad det är med Emma? Hon svarar knappt på tilltal.

Bea skrattade.

– Hon har träffat den berömde Jack Rappe idag. Det är vad som har hänt.

Felipe visslade till.

– Varför det? Det har du inte sagt. Är det filmen? Ska han vara med?

Han sa det med kraftig betoning på ”han”, som att det var högst osannolikt. Emma blev ännu mer irriterad. Tröttheten hade smugit sig på ända sedan Felipe dök upp för någon timme sedan och började surra runt henne med sina frågor och påståenden, med sina komplimanger och små anekdoter från dagen som gått.

– Måste jag redovisa varenda steg jag tar för dig eller?

– Emma, nu får du ge dig. Jag är intresserad av vad du har gjort idag. Vill veta om det är något som är fel?

Hon försökte kväva en suck, men bara halvhjärtat. Hon sket faktiskt i om han märkte att hon tyckte att han var jobbig. Det gjorde ju ändå ingen skillnad. Han stod där han stod, kom alltid varje kväll. Som en snäll vovve.

– Jag är vansinnigt trött. Det har varit en lång dag. Bea berättar så gärna om mitt möte med den kända skådespelaren. Så kan jag få sova. Okej?

Hon väntade inte på svar från någon av dem. Fem steg bort låg sovrummet och innan de hann säga något mer hade hon stängt igen dörren.

Jack Rappe hade varit väldigt annorlunda mot vad hon hade väntat sig. Lite blyg, nästan. Han hade suttit längst in i ett hörn på det bullriga fiket, under svartvita fotografier av andra kända personer som Helena Bergström, Robyn och Ernst Brunner. När Emma tittade runt i lokalen såg hon också en bild av Jack, men den hängde långt från där han hade satt sig. Han bar en lerfärgad manchesterkavaj och en v-ringad tröja under. Ytterrocken låg bredvid honom men halsduken hade han behållit på, den hängde över kavajslagen. Han var orakad och lite vinterglåmig. Håret var långt i nacken och kolsvart, bakåtstruket från det välbekanta ansiktet.

Andra gånger då hon sett honom, på film, hade han sprakat av energi och haft svarta blänk i ögonen. Nu såg han betydligt lugnare ut, nästan tillbakadragen där han satt och gömde sig bakom Svenskans kulturdel.

Han hade rest sig upp och hälsat. Tagit henne i hand och frågat om hon ville ha något. Goran hade erbjudit sig att köpa till dem alla tre.

– Goran. Vet du? Om det är okej för dig. Det är lättare för oss om vi får prata ostört. Så här första gången. Vi tre kommer ju ha mycket med varandra att göra sedan. Men snälla. Bara nu?

Goran hade sjunkit ihop något, det hade vem som helst kunnat se. Bollen var hos Jack Rappe och det var inte så mycket Goran kunde göra åt det.

– Visst, visst.

Goran försvann iväg och ställde sig i kön åt dem. Jack Rappe skrattade lågt, ett skratt hon kände så väl igen från tv och film att hon nästan fick för sig att de kände varandra trots allt.

– Shit, jag är lite nervös jag. Är inte du det?

Emma blev förvånad.

– Jo. Eller vad ska jag säga? Det känns ganska overkligt det här.

– Jag har sett din provfilmning. Det är lysande. Du är lysande. I ordets verkliga bemärkelse. Du har en inre glöd, som nästan kommer fram ännu starkare framför kameran. Om jag får säga så.

– Tycker du? Tack.

– Och du är så ung. Om jag hade agerat så när jag var som du… Du kommer att gå långt.

– Tack.

Goran kom tillbaka med en bricka med två höga latteglas. Jack tittade bestört på honom.

– Förlåt, Goran. Jag är laktosintolerant. Det trodde jag du visste. Kan du fixa en espresso istället?

Goran nickade och återvände till kön.

– I alla fall. Jag ville bara, du vet, träffa dig. Känna på dig.

Emma höjde på ögonbrynen.

– Ah men förlåt, nej nej. Inte så.

Han böjde bak huvudet och skrattade högt. Halva fiket kände nu igen skrattet och vände sig om.

– Du märker, mina nerver va? En gammal man är vad jag börjar bli. Jag fixar inte sådant här.

Emma visste att han var över fyrtio, mer än dubbelt så gammal som hon, men han var hur snygg som helst ändå. Det gick liksom inte att tänka på något annat. Att han var så otroligt läcker.

Hon betraktade sig själv i en spegel på väggen, såg det kända ansiktet mittemot henne och gillade vad hon såg. Tänk om hon också skulle bli känd nu? Tanken kändes faktiskt ganska rimlig. Det gjorde inget att folk omkring dem tittade, tjuvlyssnade. Det var till och med lite smickrande.

Runt dem satt fullt med folk, inbegripna i samtal eller alldeles själva med en kaffe och en tidning. Bakom kassan serverade en ung man stora mackor, smoothies, gigantiska muffins och färskpressad juice. Vid ett fönsterbord på en hög pall satt en känd manlig författare med blicken ut mot Mariatorget. Alla människor blev till en fond när Emma såg på sin spegelbild, som att de fanns där bara som dekor runt henne och Jack Rappe. Hon såg framför sig att de kanske skulle ses här ofta, före inspelning och ta en frukostfika ihop. Snacka om dagens repliker och alla runt omkring dem skulle kasta förstulna blickar på deras intensiva förberedelser.

Hon lät tankarna spinna iväg fritt och funderade på hur det skulle vara om ett år. Kanske skulle hon själv finnas på ett av de svartvita inramade fotografierna på väggarna här inne, mellan någon sedan länge död trubadur och Gösta Ekman den yngre.

Goran kom med rätt kaffe och gick sedan.

– Men du är helt ny, eller hur? Har aldrig stått på scen eller?

– Bara i plugget. Teatergruppen på Södra Latin.

Hon himlade med ögonen som för att visa hur barnsligt hon tyckte att det lät.

– Vet du? Det finns något alldeles ojämförligt med den tid som kommer för dig nu. Den originalitet som du står för, just för att du är oprövad, ofärgad av gamla roller och folks föreställningar. Inte som jag, som har hela den här bilden att jobba emot.

Han svepte med armen över sin egen kropp.

– Du är som ett stycke lera. Som den finaste, lenaste terracottaleran.

Han formade sina fingrar framför sig, som knådade han fram en varelse i sina tomma händer. Han höll fram dem emot henne, kupade, la dem bara någon millimeter från hennes egna. Öppnade händerna och hon ryste till när hans fingertoppar vidrörde hennes handrygg.

– Jag är avundsjuk på dig, Emma. Jag önskar att jag var du. Att jag hade allt det där framför mig.

Hon visste inte riktigt vad han menade med "det där" men antog att det var bra, att döma av hans närmast hänförda ansiktsuttryck.

Nu såg hon det framför sig igen, där hon låg på sidan i sängen och med blicken på gardinen som hon dragit för fönstret. Jacks fyrkantiga haka, hans vita tänder blottade när han skrattade, ögonen som nästan försvann när han kisade. Rösten som ömsom steg ömsom sänktes när han talade, den välartikulerade tonen. Hur han hade bett henne att berätta "allt" om sig själv och sedan fått henne att prata i säkert fyrtio minuter. Hur han verkligen hade lyssnat, ställt följdfrågor och kommit med inpass.

Han hade frågat vilka filmer hon gillade, vilka skådespelare hon tyckte var bra, både svenska och utländska, manliga och kvinnliga. Han kände säkert flera av dem hon nämnde, men han hade inte sagt något. Bara lyssnat. Han lyssnade intresserat när hon kortfattat drog historien om sin pappa, om han kände till den så visade han det inte med en min. Han hade inte dömt, inte skrattat. Han hade bara sagt att allt som sker i livet bidrar till att forma oss till dem vi är idag, både motgångarna och alla framgångar.

– Erfarenhet är det du får när du inte får det du vill ha.

Sedan hade han frågat om de skulle försöka ses igen före nästa filmbolagsmöte, före den planerade reading som skulle ske om någon vecka med övriga skådespelare. Så att hon kunde få tillfälle att bolla manustexten med honom, innan regissören kom med alla sina synpunkter. Jack var verkligen inte som hon trodde.

När Felipe kom in efter en halvtimme och kröp ner i sängen låtsades hon sova.

Han kröp intill, kände med en hand om hon hade något mer än nattlinne på sig. Hon grymtade till som i sömnen och vred sig undan. Det tog lång tid att somna.

Emma frös mer än hon trodde var möjligt. Himlen var klarblå med lätta vita stråk, varje träd runt henne var bulligt av limefärgad klorofyllig grönska, fåglarna sjöng i buskarna. Men vinden var nordlig och bitande kall, som vore det vinter och inte slutet av april.

Dessutom var hon klädd så att det skulle se ut som värmebölja i augusti, i linne utan något över och uppvikta jeans, samt barfota fötter i sandaler med tunna remmar. Mellan tagningarna fick hon en turkosblå täckjacka stor som ett tält för att värma sig, och på lunchen hade hon fått köra ner fötterna i ett par raggsockor och gummistövlar.

Men ändå. Det var inte riktigt så här hon hade tänkt sig sitt livs första inspelningsdag. Dessutom hade hon scener varenda arbetsdag i två veckor framöver, så det gick bara inte att gå och bli förkyld nu.

Hela förmiddagen har gått åt till tre olika scener där hon skulle komma ut ur en lägenhetsport, springa runt ett huskrön samt slutligen plocka upp ett paket Marlboro lights från marken och hitta en kvarglömd cigarett och tända den.

Varenda scen hade krävt flera tagningar trots att de varit utan repliker. Framför allt cigarettscenen var svårare än Emma någonsin kunnat tro. Hon skulle få syn på Marlboropaketet på marken, stanna, hitta cigaretten i paketet, leta i handväskan efter en tändare och börja gå igen samtidigt som hon tände eld på cigaretten.

Först var det hennes hår. Blåsten gjorde att det flög fram i ansiktet och fastnade i läppglanset. Sminkösen torkade bort glanset och la istället på ett cerat på Emmas läppar som var betydligt mindre klibbigt. Sminkösen som hette Jenna var en kvinna i femtioårsåldern med varma händer och gråvitt hår i knut i nacken. Hon hade flera olika läppennor och småborstar inkörda i hårknuten. Hon bar snickarbyxor, tjock dunväst och en exklusiv sjalett knuten i halsen. Hon la sin handflata på Emmas kind en sekund innan hon sminkade henne.

Sedan gick allt bra tills regiassistenten skrek ”Bryt!” mitt i tagningen. Nu var det en stor lastbil som hade parkerat en bit bort och syntes i bakgrunden.

Det sprakade i en walkie-talkie, Emma hann uppfatta några ”Förlåt” från någon innan regiassistenten vevade med en arm i luften för att få igång alla igen.

– Energi nu. Alla på plats för tagning. Och varsågod och börja!

Sedan gjorde Emma fel. Hon ställde sig inte exakt på den markör som b-fotografen klistrat på asfalten. Det blev tydligen oskärpa då, och de fick ta om igen. Och sedan, när allt verkade perfekt, så fick hon förstås inte fyr på cigaretten. Vårvindarna var starka och det var stört omöjligt, lågan slocknade hela tiden.

Det kändes absurt. Hur mycket jobb kunde man lägga ner på en scen som skulle bli några sekunder lång i filmen, undrade hon. Och då var det ändå bara hon i bild, inga repliker, inga statister. Hur sjutton gjorde de i Hollywood, när de gjorde *Pirates of the Caribbean* eller krigsfilmer med hundratals statister? Emma ville knappt veta.

Under lunchen gjorde hon sitt bästa för att få upp värmen igen. Drack flera koppar hett kaffe och försökte att inte skaka tänder.

Förmiddagens scener hade utspelat sig på en innergård i miljonprogramsområdet Alby, och mellan tagningarna hade teamet tillgång till en hyrd trea på första våningen i ett av husen. Det hade redan samlats en klunga med nyfikna barn ute på gården, de yngsta ropade och frågade om de fick vara med i filmen. Några skolkande tonåringar låtsades inte bry sig men satt hela tiden i närheten i gungorna på en lekplats. Runt omkring dem höjde sig de fula betonghusen, balkongerna var tomma på blommor trots vårvädret. Istället användes utrymmet för förvaring av cyklar, gamla möbler, papplådor och kylskåp. Emma hade inte varit här förut och noterade att många lägenheter hade en parabolantenn fäst på balkongräcket, precis som hon sett på tv.

Folk kom och gick i kök och vardagsrum, de andra rummen var omöblerade och fyllda med rekvisita. I vardagsrummet stod ett dussin billiga trädgårdsstolar i plast uppställda runt två runda vita bord.

I köket dukades en enkel lunchbuffé fram, bestående av stora hinkar med potatissallad och färdiga kalla köttbullar, skivad rostbiff och kalkonskivor. På en skärbräda låg uppskuren gurka och tomat. Mineralvattenflaskor i en back på golvet, en stor svart sopsäck direkt bredvid bordet för använda engångstallrikar och bestick.

Emma satte sig med en tallrik på en av stolarna i vardagsrummet. Hon hade velat ha en varm soppa med något gott bröd till istället, men det kändes inte som att det var läge för att börja ställa krav första dagen. Bredvid henne satte sig fotografen, Kalle Larsson.

Han utstrålade värme, men på ett lite kärvt vis. Han gav henne uppskattande kommentarer när hon gjorde rätt, men utan att dra på mungiporna eller ändra tonläge jämfört med när han gav order till b-fotografen att ställa in skärpan. Han hade läsglasögon i ett snöre runt halsen och en marinblå polo under den enorma polarjackan som han nu hade tagit av sig. Han var nästan flintskallig såg hon nu, det var första gången hon såg honom utan mössa.

Kalle snackade oavbrutet under lunchen, med ljudkillen som satt mittemot. Båda pratade obehindrat på fast de hade munnen full av söndermosade köttbullar och vitgeggig potatissallad. De pratade om sina gräsmattor, och sedan om sina segelbåtar som de båda tydligen hade fått i vattnet under helgen som gått.

Emmas nerkylda fötter värkte inne i de tjocka strumporna och stövlarna. Hon hade behållit jackan på inomhus, så kall var hon fortfarande. De tunna kläderna hade fått nackmusklerna att börja värka också, de gjorde ofta det om hon var för tunt klädd och det var kallt i vinden.

Hon såg sig omkring i rummet på alla sina nya arbetskamrater. Här var det inte frågan om att hon behandlades som någon stjärna. På gott och ont, hon kände sig samtidigt verkligen som en i gänget. Någon kom med en flaska vatten till henne, sminkösen Jenna gick förbi och la händerna på hennes axlar och pressade dem neråt.

Goran ropade rätt ut i luften.

– Någon som har sett Lisa? Var fan är Lisa någonstans?

I samma stund kom den andra skådespelerskan, Lisa Castor, in i vardagsrummet. Emma hade träffat henne en gång innan, då de läste manuset. Hon var ett okänt ansikte för Emma, men hade tydligen jobbat med flera olika tv-produktioner och teateruppsättningar innan det här. Hon hade också haft huvudrollen i en kortfilm, men den hade inte Emma sett. Till Lisa Castors besvikelse.

Lisa var mager på gränsen till benig. Hon hade lågt liggande kattögon och höga kindknotor, huden jämnt blek och slät. Hon bar en kort jeanskjol och medan hon gick fram till Goran och

Emma drog hon upp ett par cykelbyxor som hon bar under så att de inte skulle synas.

– Så förbannat kallt det är idag. Hej. Hur går det här då?

Hon gav Emma en kindpuss också, Lisas kind var sval mot Emmas ansikte. Satte sig på en plaststol bredvid och vek ihop sin lilla kropp med benen uppdragna framför magen. Hon fattade Emmas hand och kramade den.

– Det här ska bli så kul, att spela systrar.

Den isande vinden från förmiddagen hade lagt sig och nu skulle de sitta inne i en busskur som värmdes upp snabbt av aprilsolens strålar. Emma hade fått byta om till ett par avklippta jeansshorts som var fruktansvärt korta, hon riktigt kände hur vecket mellan rumpa och lår glipade fram när hon gick. Höfterna var Emmas stora komplex och det kändes olustigt med så lite tyg som skylde hennes lår, hon tyckte att de flöt ut över hela bänken när hon satt bredvid Lisa. Hon funderade på om hon skulle be att få byta men visste inte riktigt vem hon skulle fråga. Goran?

– Ser jag tjock ut i de här?

Lisa tittade på hennes ben. Emma kände sig som att hon satt i bara underkläder. Shortsen skar in i ljumsken.

– Nej, nej. Det syns inte så noga.

Det dubbeltydiga svaret fick Emma att bestämma sig. Hon ställde sig upp.

– Goran. En fråga bara?

Hon fick ropa igen innan han vände sig om, han stod och pratade med scriptan över en uppslagen pärm. Hon svalde och sa sedan som det var, att hon kände sig obekväm i shortsen. Gick det att byta? Jeansen hon hade haft tidigare kanske? Det gjorde väl inte så stor skillnad? Emma hörde själv hur hon lät, när hon rabblade förslagen på varandra. Goran log inte när han svarade.

– Det finns en tanke bakom varenda beslut som jag har tagit. Så nej, helst inte. Om jag ska vara ärlig.

– Men spelar det någon roll vad jag har på mig?

Emma märkte att flera i teamet hade stannat upp i sina sysslor. Inte helt och hållet, inte så att det var uppenbart att de stod och lyssnade på samtalet mellan regissör och skådespelare. Men hon kände de vaksamma blickarna, anade de lystrande öronen. Var det ett bråk i antågande? Skulle någon bli utskälld? Emma tyckte till och med att två killar borta vid lekplatsen vände på huvudet och tittade på henne.

Goran svarade inte. Han lyssnade återigen på något som scriptan sa, hon pekade i texten i pärmen och han följde hennes pekfinger med blicken. Emma blev stående och kände mer än någonsin hur korta shortsen var. Som boxertrosor.

Goran tittade upp igen efter någon halv minut. Ögonbrynen höjda till en fråga.

– Var det ett problem?

– Nej, nej, det spelar ingen roll.

Emma satte sig ner. Hon såg att Lisa sneglade på henne, men de sa ingenting till varandra.

De första fyra tagningarna tyckte Emma blev okej. Lisa spelade verkligen rollen som den egocentriska men räddhågsna lillasystern Blanka väldigt bra och hon själv kände sig nöjd med att hon lyckats förmedla Jekaterinas bitskhet i små gester och tonfall.

Ändå blev det fel. Eftersom de skulle ha ljud med nu också fanns det ännu fler felkällor.

Först var det ett flygplan som passerade på hög höjd. Efter det var det ett samtal som pågick i en lägenhet på andra våningen och som ljudteknikern kunde uppfatta genom ett öppet fönster. Sedan var det en statist som gjorde fel, hon gick för långsamt förbi tjejerna och då klaffade det inte med den tidigare tagningen.

En bit från dem satt Goran under ett uppspänt svart tälttak tillsammans med scriptan och tittade på tagningarna i en monitor. Femte gången det blev fel ställde sig Goran upp och röt till. B-ljudteknikern som stod någon meter från Emma och Lisa med en stor mikrofon fäst längst ut på en bom hade slappnat av för ett ögonblick och micken syntes i bild. Det var första gången Emma såg Goran riktigt arg och hon förvånades av hur det annars ganska timida ansiktet antagit en lätt rödaktig nyans.

– Det var då själva fan. Skärpning nu. Alla.

Han klappade hårt i händerna och alla sträckte lite extra på sig.

Kameran rullade och de började igen. Men nu hade lite av stämningen mellan Lisa och Emma gått förlorad och hon tyckte inte alls att orden kom ut lika bra. Redan på tredje repliken snubblade hon på slutordet ”faktiskt” så att det lät mer som ”fattigt”.

– Bryt. Emma. Lisa. Det gäller er också.

Lisa suckade.

– Ah men!

Lisa vände sig om till Emma.

– Ett litet tips bara. När de andra missar, så blunda bara. Annars pajar de för en själv också.

– Visst. Tack.

Emma hade redan märkt att Lisa var väldigt förtjust i att börja sina meningar med den formuleringen. Ett litet tips bara. Tänk på det här. Du vet väl att?

I all vänlighet förstås, men Emma kände sig ändå som den novis hon faktiskt var. Försökte fånga irritationen hon kände och använda sig av den när den sjunde tagningen rullade igång.

– Bryt! Emma, Emma.

Goran reste sig upp och kom fram till dem i busskuren. Emma tyckte att Lisa såg ut som en liten fågel där hon satt med sträckt rygg, knäna tätt ihop och huvudet på skaft när Goran gav Emma nya instruktioner.

– Du är bra. Jättebra. Men ta ner ilskan lite grann. Du måste spara på krutet. Okej?

En klapp på axeln och så var de igång igen. Det kändes som att dagen aldrig skulle ta slut.

Tio dagar hade gått och varenda en av de dagarna hade satt sig som en smärtpunkt på olika ställen på kroppen. Nacken ömmade fortfarande, hon hade skoskav efter att ha haft på sig ett par för små skor en hel dag förra veckan och inte vågat ställa till med besvär och byta. Hennes gamla magkatarr hade börjat göra sig påmind som så ofta när hon var stressad eller nervös. Och det var hon ju hela tiden, framför allt nervös.

Men det började faktiskt kännas bättre. Efter tio dagar var inte filminspelningen okänd mark längre, det var lite samma sak varje dag. Mycket väntan, kallt och blåsigt men ganska skön stämning.

Emma sträckte på sig där hon låg i badkaret i skållhett vatten och blåste badskummet omkring sig så att det yrde som nyfallen snö.

Idag hade hon ont i ryggen, hon trodde att det berodde på att hon hade satt sig direkt på en stentrappa under eftermiddagsfikat och blivit nedkyld. Jenna, som hade utnämnt sig till något av en extramamma till Emma, hade skällt på henne och kommit med ett sittunderlägg men då var skadan redan skedd.

Emma passade på att raka benen. Löpte med fingrarna över kroppen och kände som alltid när hon låg i badet lusten vakna till att smeka sig själv. Duschhandtaget låg nära till hands bredvid henne i vattnet, men Bea var hemma och badrumsdörren gick inte att låsa.

Imorgon skulle hon spela mot Jack för första gången. Om

den tidigare nervositeten för att agera framför en kamera och ett helt team hade börjat lägga sig något, så var den i kväll tillbaka med full kraft. De skulle börja dagen med en scen i en bil, de skulle käbbla en del och scenen slutade med att Peter, Jacks rollkaraktär, tog tag i Jekaterinas huvud och kysste henne. "Med intensitet", stod det i manuset.

På eftermiddagen skulle hon vara ledig, det var hennes första halvdag och hon tyckte faktiskt att det skulle bli skönt. Arbetsdagarna hade blivit både längre och tuffare än hon hade föreställt sig innan.

Glamouren hon hade trott skulle finnas på filminspelningar hade hon inte sett röken av hittills. Det var mest geggiga skor, fula värmande överdragskläder och en konstant retning i halsen av en förkylning i annalkande, det var övertid och hela tiden denna väntan. Väntan på moln som skulle glida förbi. Väntan på bilar som skulle passera, borrar som skulle tystna, ljusförhållanden som skulle bli de rätta, tekniska prylar som skulle fixas. Att verkligen agera gjorde hon kanske tio procent av hela arbetsdagen.

Emmas mobiltelefon låg på toalettlocket bredvid henne. Det ringde och hon kände på sig att det var Felipe, han brukade sluta jobbet vid den här tiden. På sistone hade hon gång på gång sagt till honom att inte komma, hon var alldeles för utmattad när hon var klar för dagen. Men det var också en viss trötthet som infunnit sig, hon tyckte helt ärligt att han var ganska trist. En babe förstås med sina latinska drag och bruna ögon, men så fruktansvärt förutsägbar.

Ibland kändes det som att om hon bara släppte in Felipe lite mer i sitt liv, så skulle han stå där med en resväska nästa dag och vilja leva Svenssonliv i träningsoverall, med mysiga testunder framför Aktuellt och lite samlag när lampan var släckt för kvällen.

Hon lyfte upp telefonen med droppande fingrar och skulle precis trycka på upptaget när hon såg namnet i displayen. Jack Rappe.

Hon svarade.

– Nämen hallå. Var är du någonstans där det låter så burkigt? Sitter du i en låda?

– Förlåt, men jag ligger i badet.

– Oj då, det var inte min mening.

Det låga skrattet från honom fortplantade sig genom luren ut i hennes kropp. Det kändes som att det avsvalnade vattnet hettade till igen.

Hon hade inte hört av Jack något mer efter readingen för snart två månader sedan. Och varför skulle hon det? Hon ringde förstås inte.

– Ha ha, väldigt roligt. Det är så mycket bubblor i badet att du knappt skulle se ansiktet på mig ändå.

– Vi ska jobba ihop imorgon.

– Jotack, jag vet det.

– Hur känns det då?

– Det känns väl bra. Har jag klarat av Lisa Castor i en vecka så lär jag stå ut med dig.

Emma bet sig i läppen. Det där var dumt sagt, de tillhörde samma ensemble och hon visste inte hur goda vänner Jack och Lisa var.

Men han skrattade bara, sa något om hur tillknappt han tyckte att Lisa var.

– Plus att hon alltid tjatar så förbannat mycket om teatern. Då gjorde jag det, förstår ni, när jag stod på scenen på teaaatern. Ett litet tips bara, för så här gör man på teaaatern.

Emma skrattade åt hans träffande parodi. Häromdagen hade hon och Lisa Castor åkt buss från Kungsholmen och när de åkte på Klarabergsgatan förbi Stadsteatern hade Lisa plötsligt vinkat rakt ut i ingenting. Glatt konstaterat att ”alla hennes kompisar” fanns där inne och att de säkert saknade henne massor.

Jacks ton ändrades. Rösten blev låg och pockande.

– Men du, om du badar, hinner du ner på stan och träffa mig då? Jag är hos en gammal vän på Östermalm nu och hade tänkt få bjuda dig på ett glas portvin nere på Diplomat och snacka om morgondagen. Kan du vara där om en timme?

De la på och hon borde stiga upp. Vattnet var verkligen inte särskilt varmt längre och hon behövde föna håret. Handen rörde sig genom vattnet för att lyfta upp proppen och tömma ut vattnet. På vägen fick hon tag i duschhandtaget och kände Jacks skratt ila ner genom kroppen. Hon släppte ut vattnet samtidigt som hon satte på kranen igen. Lutade sig tillbaka och blundade.

Emma skrattade så att hon tjöt. Runt omkring dem i lobbybaren på Hotell Diplomat på Strandvägen vände sig andra gäster om. Fick syn på vem det var som satt där och lät blicken vila lite extra. Det var knappt halvfullt, en vardagskväll strax efter tio.

En bit från dem vid ett par hopställda fönsterbord satt en stor italiensk familj och slappade efter en sen middag. Två barn i yngre tonåren med rågblonda lockar men omisskännligt sydländska drag satt och snärtade efter varandra med sina vita tygservetter. En yngre syster satt på en stol mellan sina föräldrar med benen vikta under sig för att nå upp till bordet och petade med en lång lattesked i en glasscoupe. Familjen var de enda här inne som inte hade reagerat på Jack Rappes närvaro.

Servitören i vitt och svart kom fram till deras bord, frågade om de ville ha något mer.

– Ja! Det vill vi väl?

Emma slog bara en hand genom luften, hon hade svårt att forma orden på grund av gapskrattet som fortfarande värkte i magmusklerna.

Servitören gick för att hämta flaskan med Graham's Six Grapes Reserve och Jack fortsatte berätta om en tagning i den amerikanska tv-serie han haft en stor roll i innan han återvände till Sverige. De skulle spela in en scen med tvåhundrafemtio statister och en inspelningsassistent vid namn Hector hade ombetts att klättra upp på taket till en ranglig gammal lada som stod ute på ett fält.

Jack uttalade Hector utan H i början på spanskt vis och berättade att han var en synnerligen drumlig herre på drygt femtio som aldrig riktigt lyckats komma högre än assistentjobbet, men som alltid ville så otroligt väl och gjorde så gott han kunde. Med sitt eget liv som insats, om så krävdes.

– Och då hör vi, efter den här jävla dunsen... en svag röst inifrån. E-sorry sir, e-sorry. But I think-e I might-e have broken my rib-e. E-sorry. Ouch. Maybe two ribs.

Emma fick ett nytt skrattanfall och var tvungen att ursäkta sig för att gå på toaletten, annars var hon rädd att hon skulle kissa på sig.

Inne på damrummet tvingade hon sig själv att ge fan i att gå för nära spegeln och få för sig att börja klämma på något i ansiktet nu när Jack satt där ute och väntade. Hon bara puffade upp bysten lite och tog på nytt läppglans. Fnissade åt sin egen rosiga uppenbarelse och kände att hon nog skulle ta det lite lugnt med drickandet. Om inte annat för att det var en dag imorgon också, hon skulle vara på set strax efter sju.

När hon kom tillbaka ut satt Jack själv och fyllde på deras portvinsglas, flaskan hade servitören lämnat kvar på bordet. Emma satte sig ner, stötte i Jacks långa ben och de bad om ursäkt i kör. Flinade och Emma började vika upp sin vita servett, la den i knäet utan anledning.

– Är det så? I USA, menar jag? Det låter på dig som att det är en annan hierarki där, att det inte är samma typ av familjära stämning som det är på svenska filminspelningar, eller?

Emma bet av sin egen mening. Vad visste hon, egentligen?

Men Jack höll med. Han berättade att det var helt annorlunda i USA. Vissa personer i teamet ser man inte röken av, de får knappt tilltala skådespelarna.

– Vem är högst upp då? I hierarkin? Och om det finns flera stjärnor på samma filminspelning?

Jacks glas var tomt igen och han drog korken ur flaskan, fyllde på och höll den över hennes glas. Hon skakade på huvudet.

– Miles York, han är min agent i Kalifornien, en riktig gigant som har alla stora i sitt stall. Alltså jag lovar, jag är bara ett litet föl i jämförelse med de han har. Första gången vi var on set på en stor produktion, jag skulle få träffa en regissör som var lite intresserad av mig, så beskrev Miles det där. ”There's always a gorilla on the set, Jack”, sa han.

– Okej.

Jack berättade om den magnifika och nästan overkligt stora filminspelningen, med Reese Witherspoon och massor av människor som surrade runt på location, på inspelningsplatsen. Reese hade en egen stol med sitt namn tryckt på ryggstödet och regissören som Jack skulle få träffa stod och gav henne instruktioner samtidigt som en sminkös bättrade på hennes make-up. Regissören var en rund, ganska gemytlig kille som utstrålade kompetens och pondus.

– ”You'd think he's the gorilla on the set, right?”, sa Miles.

Jack berättade hur de plötsligt märkte hur det började surra i teamet, hur det liksom rörde sig i leden och att långt där bortanför alla trailrar, ljusvagnar och kameror var någon på väg fram. Människorna skingrade sig.

– Och så plötsligt stod Pacino där. The one and only.

Jack sa att han var mycket kortare än man tror. Ärrad och med djupa fåror i det berömda ansiktet, men liten.

– Och Miles pekade på Al Pacino och så sa han: ”Now you see. There's the gorilla.”

Jack lade armarna öppna från kroppen, lät dem svikta i luften och nickade så med krökt mun. Han påminde Emma en smula om Tony Soprano i den stunden, och det kanske var meningen.

– Jag förstår.

– Och här i Sverige... Här är det jag som är gorillan.

Jack svepte det sista portvinet och spände ögonen i Emma över glaset. Hon satt stilla och lät honom titta, kände hur han bedömde, granskade och värderade.

Han nickade sakta när han satte ner glaset och slickade sig ytterst långsamt om läpparna utan att släppa henne med blicken. Hon skrattade till men tystnade. Tog sitt glas och svepte det som var kvar i en stor klunk. Spelade spelet och höll fast blicken hon med, samtidigt som hon sträckte fram glaset. Medan han hällde upp mer till dem båda sög hon in underläppen i munnen, tuggade på den i väntan på vinet och lyfte sedan glaset till ännu en skål.

Framåt midnatt blev de milt tillsagda att det var dags att gå, det var stängningsdags. Jack viftade undan servitören, lämnade två femhundralappar på bordet och erbjöd Emma sin arm när de reste sig för att gå.

Utanför var majnatten ljus men kylig. Genom Strandvägens allé promenerade en och annan hundägare, en skärgårdsbåt med tända ljusspel lade till framför Strand Hotell. Utåt Skeppsholmen lyste kuberna på Moderna Museets tak gula mot den blekblå himlen, längre bort såg de det mångfärgade glittret från Gröna Lund.

Emma låste upp sin röda gamla cykel med bockstyre som hon parkerat utanför Diplomats storslagna entré.

– Ska vi? Åt vilket håll ska du?

Jack knäppte sin rock och pekade bort mot Dramaten och Norrmalmstorg.

– Jag kan ta en taxi i Kungsan.

Det bubblande skojandet från nyss hade lagt sig så fort de kommit utomhus. Emma ledde cykeln mellan sig och Jack, de gick så på trottoaren under tystnad. Framme vid Kungliga Dramatiska Teatern stannade Jack vid den breda trappans fot och stoppade henne genom att ta tag i cykelsadeln. Hon betraktade de gyllene statyerna som glänsande stod på var sin sida under entréns pampiga baldakin. Den ena föreställde en stående man, en aktör eller dramatiker iförd antik grekisk klädedräkt och snörsandaler. Han höll ett manus i sin ena hand, den andra handen lyft mot himlen som för att få massorna att lystra. Vid mannens fötter satt en kvinna lutad mot hans lår och lyssnade.

Strax bakom omgavs entrén av räfflade stenpelare, prydda med små nakna amoriner som dansade hand i hand. På husväggen satt inramade planscher som gjorde reklam för olika uppsättningar. Ovanför deras huvuden fladdrade långsmala flaggor med titeln på en Ibsen-pjäs som spelades på Stora Scenen.

– Har du spelat här?

Jack svarade först inte, han vred huvudet uppåt och tittade mot kupolen som tronade på taket likt en hätta. Med blicken fäst där uppe svarade han. Han drog på det enda ordet.

– Nej.

Han pekade på en plansch bredvid en av de stora lackade träportarna som ledde in till biljettkassan och scenerna. Bilden föreställde en stilig kvinna med grått hår bakåtstruket från ansiktet, klädd i en vit sekelskiftesklänning med spetsliv och med ett volangkantat paraply bakom huvudet. Milt leende betraktade hon åskådaren. Emma kände igen den gamla kvinnan väl, men kunde inte riktigt placera henne.

– Det där är min mamma.

Emma skulle förvånat ställa en följdfråga men Jack sköt hennes cykel framåt och manade på dem att börja gå igen.

Först när de kom fram till Kungsträdgården stannade de till. Den sköna stämningen från förut återvände och de pratade lite om morgondagen, om scenerna de skulle spela mot varandra och vilken energi de skulle försöka hitta.

Emma tyckte det kändes märkligt att man inte spelade in

filmscenerna i kronologisk ordning. Den första scenen de skulle spela mot varandra låg långt in i filmen, när deras karaktärer kände varandra väl och redan hade påbörjat sitt kärleksspel. Så var det hela tiden, och Emma tyckte att det påverkade hennes förmåga att skapa ett trovärdigt beteende hos Jekaterina.

De stod i början av allén utmed Norrlandsgatan där taxibilarna passerade förbi dem i snäva kurvor. Bakom dem svallade körsbärsblommorna i den ljusa natten, varje träd såg ut som en enorm rosa nejlika. Gruset knastrade under deras fötter och både Jack och Emma höll i hennes cykel. Hon i styret, han i sadeln. Han satte sig för en stund gränsle på pakethållaren medan de pratade om dialogen.

Emma kom på sig själv med att lite dumt undra om Jack skulle fråga henne om kyssen, kanske till och med om de skulle öva inför morgondagen. Kanske gjorde skådespelare så, för att det skulle bli bra, och för att man skulle veta hur? Om det var tunga, eller? Vem som skulle vrida på huvudet åt vilket håll och sådant.

Men det gjorde han förstås inte. Några minuter senare gäspade han stort och gav henne en kram. Stegade fram till övergångsstället framför Max-restaurangen och stoppade med en myndig hand en svängande taxi.

Emma hoppade upp på sadeln och trampade hemåt på vingliga hjul, väl medveten om att hon egentligen borde leda cykeln. När hon passerade Slottet svängde hon tvärs över den tomma gatan på Skeppsbron och rullade ner för kullerstenarna och de låga trappstegen till kajen. La cykeln bredvid sig och satte sig på kajkanten mittemot Nationalmuseum och bron över till Skeppsholmen.

Trots att det var midnatt så var himlen bara djupblå och i öster kunde hon ana en ljusare nyans vid horisonten. I vandrarhemmet af Chapman som var inhyst i en gammal tremastare vid

Skeppsholmens kaj lyste det i några av kojernas fönster. Ljusen släpade över den blanka vattenytan som skira akvareller. Emma kröp ihop i sin stora överdragskofta.

Det hon hade upplevt ikväll var något alldeles nytt. Hennes hjärta var vidöppet, utan skydd. Likt en illa barrikaderad fästning, redo att tas i besittning. Och hon var helt oförmögen att göra något åt det.

Morgon därpå möttes Emma och Jack i den trånga trean i Alby, teamet höll fortfarande till här och skulle göra så i ytterligare ett par veckor. Emma satt i sminket och blev ompysslad av Jenna när han kom in. Hon hejade glatt samtidigt som Jenna drog en bred platt borste genom hennes hår för att få det flygigt.

Jack höjde bara handen till hälsning, riktade sig till Jenna.

– När är ni klara? Jag blev ombedd att vara på plats nu, för smink.

– Fem minuter.

Jack hummade bara till svar och gick ut igen. Emma visste inte riktigt vad hon skulle tro. Vilket morgonhumör. Jenna råkade komma åt ett födelsemärke i hårbotten med sitt energiska borstande och Emma skrek till. Ah men vad fan. Hennes egna soliga humör var med ens borta det med.

När hon kom ut var Jack inte där. En svart BMW stod parkerad bredvid en gräsmatta, det var den de skulle sitta i. En passare stod framåtböjd över huven och sprayade fönsterputs på framrutan, gnuggade glaset tills det blänkte.

Emma stod med sin kaffemugg och studerade morgonstöket. Hon fick syn på en kvinna uppe på en balkong, också hon med frukostkaffet i handen. Hon hängde över räcket och betraktade filmarbetarna där nere. Bakom henne skymtade sirliga spetsgardiner som täckte fönstren. Himlen speglade sig i glasrutan. Kvinnan tände en cigarett och tappade snart intresset för filmteamet. Istället plockade hon vissna blomblad från några pelargoner som hängde i vita lådor.

Klockan var inte ens åtta än men solen stod redan högt. Hittills hade de haft klarblå himmel varje dag på inspelningen och de kalla vindarna från slutet av april började äntligen avta. I skuggan var det fortfarande ruggigt så här på morgonen, men framåt dagen brukade det vara dit de sökte sig för att pusta ut. Nu stod hon i bara kjol och ärmlös t-shirt i solen utan att frysa.

Hon kände sig iakttagen där hon stod och vände sig om. Kalle Larsson stod vid sin kamera och fipplade med knappar och inställningar. Han gjorde tummen upp till henne och sedan höll han upp hela handen som för att säga ”Stå still”.

Han böjde sig ner mot en väska vid sina fötter och fiskade upp en stillbildskamera och började fotografera henne.

– Ljuset är fantastiskt där du står. Vrid dig en aning bara, men titta inte på mig.

Emma ställde ifrån sig kaffemuggen på marken och gjorde som Kalle sa. För några veckor sedan skulle den här situationen känts overklig. Runt omkring dem surrade alla kollegor med sitt och mitt i alltihop stod Emma och poserade samtidigt som hon försökte se naturlig ut. Men hon hade vant sig.

Hon började till och med känna sig attraktiv, och hon visste att det till stor del var Kalles förtjänst. Han tog fantastiska bilder och det lilla hon fått se av tagningarna kändes riktigt okej. Hon såg inte löjlig eller fet ut, hon såg bara… fin ut, helt enkelt. Inte vacker, det var hon inte med sin platta lilla näsa och fräkniga kinder, och inte med ögonen så brett isär, men hon började känna sig riktigt bekväm framför kameran.

Det var ett ömsesidigt utbyte, märkte hon. När hon trivdes och slappnade av så blev det bättre och hon fick höra det från både Kalle och Goran. Berömmet gjorde henne ännu mer obekymrad och alla vann på det.

Emma kostade på sig ett kokett leende och ett snett ögonkast och hörde det jämna klickandet från kameramotorn som tog bild efter bild. Med ens blev hon medveten om skuggan till höger om Kalle, det var Jack som kommit ut och ställt sig. Han stod med armarna i kors och betraktade henne.

Emma kastade håret bakåt och tittade på Kalle.

– Det räcker nu. Jag måste förbereda mig.

Scenen inne i bilen var förfärlig, tyckte Emma. Jack sa inte ett ljud innan första tagningen och Emma undrade vad hon gjort för fel. De hade haft så kul igår. Hon förstod sig verkligen inte på den här mannen.

De skulle ha en ganska otrevlig ton mot varandra under samtalet och Emma märkte att det inte var ett dugg svårt att låta vresig. Första gången Jack tog tag i henne för att dra henne intill sig och kyssa henne flög ena handen automatiskt upp mot hans bröst som för att pressa honom ifrån sig. Kyssen var hård och hans läppar var torra. Andedräkten var varm och luktade inte alldeles behagligt.

– Toppen Emma. Gör det där med handen igen, skjut honom ifrån dig. Du vill inte. Det blir bra. Det blänker för jävligt i vindrutan, Kalle, vad gör vi åt det?

Goran småsprang runt bilen, Jack drog igen dörren och de satt tysta där inne. Det gick en halv minut och sedan gjorde regiassistenten tummen upp och höll filmklappan mellan bilen och kameran. I en walkie-talkie som placerats på golvet vid Jacks fötter raspade det till. Jack hade neddragna mungipor och sa fortfarande ingenting.

– Tystnad tagning.

Emma kokade inuti. Jävla snubbe, vem trodde han att han var?

– Varsågod och börja.

När kyssen kom var Emma spänd i varje muskel i kroppen.

Hon vred undan ansiktet för att undvika de där fnasiga läpparna, den unkna lukten ur hans svalg.

Jack tog tag i hennes kindben och vred upp ansiktet mot sig. Kyssen var lika hård, men nu kände hon också hur han snuddade vid hennes läppar med sin tunga. Så fort han släppte taget om henne drog hon sig undan och föll tillbaka på sätet, flämtande av ilska. Eller om det var förödmjukelse.

– Bryt. Tack, där satt den. Fullständigt lysande, båda två. Då tar vi den igen, men utan ljud den här gången. Vi backar kameran för nästa tagning. Vid bild och inget ljud här då.

Emma satt med blicken i knäet och förberedde sig mentalt för att drabba samman med Jack igen. Hon sneglade åt hans håll och såg hur han tittade på henne också.

I nästa sekund sprack det kantiga ansiktet upp i ett brett flin.

– Snyggt jobbat, Wahl. Det blev riktigt trovärdigt det där.

– Men jag förstår faktiskt inte varför du måste ställa upp på det där. Du måste förstå att jag som din mamma ställer mig lite undrande till att…

– Det är film, mamma. Inte på riktigt. Du som älskar thrillers och CSI, tror du att det är på riktigt också?

– Det är väl ändå skillnad. Någon som sminkas till lik eller en ung tjej som man ska slita kläderna av och förgripa sig på?!

– Kläderna ska inte av. Inte så.

– Men…

Emma ställde sig upp, hon sköt ut stolen så att den brakade in i väggen i det trånga köket. Hon visste inte vad hon skulle göra med sin mamma, vad hon skulle säga för att få henne att förstå. Hon var egentligen mest förbannad på sig själv. Hade hon verkligen varit tvungen att berätta för mamma att de skulle spela in en våldtäktsscen?

Emma gick bort till köksbänken, drog ilsket ut en låda och började rota runt. Visste inte vad hon sökte efter men hittade en öppnad påse med värmeljus och tog fram några. För att slippa se sin mamma i ögonen började hon leta i ett skåp. Där skulle finnas några iittala-lyktor.

– Det har med filmen att göra. Det är för att verkligen visa vilket as han är, att det inte är ett enkelt val som hon gör.

– Förlåt, men nu hänger jag inte med. I originalet finns det väl ingen våldtäkt? Jag har sett *Så tuktas en argbigga* på Dramaten för många år sedan.

Emma drämde igen skåpsdörren. Hade lust att säga något om vad hon visste om den uppsättningen men lät bli.

– Mamma…

Hennes röst hade en tillrättavisande ton, hon drog på den sista stavelsen för att få sin mor att fatta.

– Nämen, förklara för mig då. Snälla Emma, kan du sätta dig ner så vi får prata?

Rebecca pekade på stolen där Emma hade suttit. Emma tände först omsorgsfullt de båda ljuslyktorna i rökfärgat glas. Blåste ut tändstickan och gick bort till vasken för att slänga den utbrunna träflisan. Hällde upp ett glas vatten från kranen och gick sedan och satte sig.

– Ja? Vad är det?

– Förklara för mig då, som är så dum i huvudet och inte fattar varför det måste vara en explicit våldtäktsscen. Och vad det innebär.

Rebecca gjorde små citattecken i luften runt ordet explicit, uttalade det som om det i sig var lika äckligt och motbjudande som ett sexuellt övergrepp.

– Det innebär att vi filmar den så naturtroget som möjligt, men att allt som sker är på mina villkor. Om jag tycker att det känns jobbigt, när som helst, så bryter vi. Det är liksom inte så att jag måste någonting.

– Jag tycker det låter på dig som att den här scenen måste vara med.

– Ja, men det är inte jag som skrivit manuset. Och jag tycker ändå att den känns befogad. Det visar på ett annat djup hos min rollkaraktär och visar dessutom att jag som skådespelerska klarar av att genomföra…

– Men det är väl ändå inte därför du gör det här? För att andra ska tycka att du är modig som låter dig bli utsatt för ett övergrepp på filmduken?!

Emma tittade en smula förvånat på sin mamma. Vad upprörd hon lät. Hon brukade inte vara så polemisk. Emma fnittrade till inombords, insåg att hon börjat använda ord som hon för ett par månader sedan inte ens visste betydelsen av. Polemisk. Pleonasm. Autodidakt. Deklamatorisk. Emma hörde Jacks röst eka inne i huvudet, det var han som svängde sig med alla tjusiga formuleringar.

Han förstod detta med våldtäktsscenen. Han som verkligen visste vad som krävdes av en skådespelare, som hade gått igenom så mycket för att skapa sina olika roller. De hade pratat mycket om den kommande scenen, hur det skulle kännas okej för Emma. Den tryggheten kände hon, men det verkade inte hennes mamma få in i skallen.

Producenten Linda Gregers hade ordnat så att Emma skulle få träffa en terapeut och prata om scenen och sina känslor inför den. Hon kände sig lugn, det var bara morsan som hetsade upp sig.

Dessutom ville hon göra scenen. Faktiskt hade kanske mamma en poäng.

Hon ville visa omvärlden att hon inte var någon såpabrud. Det här var något annat.

Hon skulle spela våldtäktsoffer, och så mycket hade Emma lärt sig hittills om skådespelarvärlden att det var bland det ”finaste” en aktris kunde göra. Det lät väl dumt, men på något sätt handlade det om att visa sig kompromisslös, visa att man offrade sitt eget jag för konsten. Hur skulle folk annars kunna förstå det fasansfulla i att utsätta någon annan för ett sexuellt övergrepp om de inte fick klart för sig hur det var, vad det gjorde med en tjej? En film kunde skapa den bilden, kunde vara en röst för de utsatta.

Emma tyckte att det kändes viktigt och tänkte på stora aktriser som hon och Jack hade pratat om. Jodie Foster. Charlize Theron. Nicole Kidman. Monica Bellucci. Och Noomi Rapace.

Sen var det den unga tjejen i *Säg att du älskar mig* som fick en Guldbagge härom året fastän hon var ny, precis som Emma. Samma sak var det med Oksana Akinsjina i *Lilja 4-ever*. Till och med en sådan som *Vänner*-skådisen Jennifer Aniston, hon togs på mycket mer allvar efter att hon hade spelat in en våldtäktsscen i *Derailed*.

Jack hade jämfört det lite grann med det som Robert De Niro gjorde inför den legendariska rollen som Jake La Motta i boxningsfilmen *Tjuren från Bronx*. Hur han hade legat i hårdträning, gått upp tjugo kilo i vikt, låtit sig få stryk i månader i sparringmatcher för att bli så bra som möjligt. Utsatt sig för rollen.

"Vissa saker måste man offra. Det egna jaget är inte så mycket värt egentligen. Det kan man alltid bygga upp efteråt, bara man kan se sig i spegeln och känna att ja, jag gjorde mitt bästa. Jag gjorde ett bra jobb. Jag gav 120 procent för rollen. Om man inte tar i, om det inte känns och smärtar också för dig... Hur ska då publiken tro på det? Då blir det bara på ytan, lite snygg finish. Men om man ger allt. Då märks det."

Emma hade nickat och lyssnat på Jack. Det var klart att det var en sådan aktris hon ville vara. Klart att hon ville tillhöra de stora.

Nu ställde hon de två tända lyktorna mellan sig och mamma på bordet. Det såg riktigt mysigt ut.

– Jag vet vad jag gör, mamma. Jag lovar.

Rebecca satt med armarna i kors och sammanpressade läppar.

– Jag vet inte det jag.

Emma bytte spår, tog upp något hon visste skulle avleda mammas tankar fast hon skämdes lite för att hon körde en sådan fuling.

– Mamma. Har jag berättat för dig att pappa funderar på att flytta hem till Stockholm till nyår?

– Vill du ha skjuts?

– Nej, det är lugnt. Jag tar bussen. Jag går gärna.

– Säkert?

– Jag lovar. Jag vill…

Emma orkade inte säga de sista orden, hon bara drog handen genom luften för att avsluta meningen och för att säga hejdå. Traskade iväg innan Jack hann ställa fler frågor och snart hörde hon bilmotorn starta.

Det var en bit att gå till bussen, men det gjorde henne inget. Kvällen var sval men nästan vindstilla. Runt henne prunkade villaträdgårdar med fylliga buskar, färgglada planteringar och uppfällda parasoller. Hon passerade ett hus omgivet av en grönskande häck, hörde ljuden av gapskrattande barn och såg hur två pojkhuvuden dök upp om och om igen bakom häcken. De hoppade på en stor studsmatta och hon log när hon såg deras oförställda glädje. Hur de helt utan rädsla eller förbehåll kastade sig genom luften. De skrek aj, men mer av förtjusning än smärta, när deras kroppar landade på samma plats på mattan.

Emma harklade sig där hon gick. Hon kände långt bak i halsen att hon hade skrikit mycket idag. Det var nästan som träningsvärk, det drog i musklerna i svalget. Det var en konstig känsla, att ha vrålat och gråtit så mycket på en dag. Och samtidigt inte vara ledsen. Egentligen.

Hon hörde en bil sakta in bakom henne och vred på huvudet.

Det var Goran och regiassistenten. De var också klara för dagen och i baksätet skymtade Emma två statister.

– Tja.

– Hej. Är ni redan klara?

– Det var inte så mycket mer. Ska du med?

– Nej, jag...

Emma kastade en menande blick mot baksätet som hon hoppas att bara Goran skulle se och förstå. Hon hade ingen lust att åka hela vägen in till stan tillsammans med två statister hon knappt kände.

– Ska jag? De kan ta bussen.

– Nej, nej. Absolut inte.

– Emma...

Goran öppnade dörren och klev ur. Sedan öppnade han bakdörren och beordrade de båda statisterna att stiga ur bilen. Emma suckade.

– Men lägg av, Goran. Ge dig. Jag är okej.

– Jag tror vi behöver snacka lite mer.

Han riktade sig till statisterna, en man och en kvinna som var några år äldre än Emma.

– Sorry. Är det okej eller? Jag behöver verkligen prata med Emma själv. Det har varit en tuff dag för henne, det tror jag ni förstår.

Mannen och kvinnan nickade förstående. Klart de fattade. De hade ju sett med egna ögon.

Kvinnan tog ett steg fram mot Emma, hon höll en hand framför sig som hon var på väg att lägga på Emmas arm.

– Det måste ha varit fruktansvärt för dig. Vilken dag. Förlåt, klart att du ska åka i bilen.

Emma ryckte undan armen och backade in mot buskaget bakom sig. Hon hörde fortfarande de båda pojkarnas rop och skratt inifrån trädgården.

– Jag är okej, säger jag.

– Emma.

– Om jag bara får vara i fred så blir allt jävligt mycket bättre jävligt mycket snabbare. Okej?

Emmas blick som mötte Gorans var hård. Bestämd. Låt mig vara. Jag är ingen barnunge. Jag klarar mig. Hon nickade en sista gång innan hon började gå, nu med snabbare steg. Hon hörde hur de mumlade där bakom henne men sket i vilket.

Hon ville bara vara för sig själv. Skulle det vara så svårt att fatta?

Tio minuter senare var hon framme vid en hållplats. Hon befann sig långt ute på Värmdölandet och insåg att här gick bussarna bara en gång i timmen. Det var nästan en halvtimme till nästa.

Hon satte sig på bänken i väntkuren och lät huvudet falla bakåt mot plexiglaset. På rutorna var namn, könsord och symboler inristade huller om buller, med nycklar, knivar och andra föremål. Svartbruna smältfläckar visade var glödande cigaretter hade tryckts in.

Emma kände på jackfickan. Där låg ett kvarglömt cigarettpaket. Hon rökte inte själv, men hennes rollfigur Jekaterina gjorde det i var och varannan scen. Emma började vänja sig, tyckte att det smakade okej, nästan gott.

Hon tände en cigarett, drog ett djupt bloss och började förstås hosta. Hon höll upp vänsterhanden framför ansiktet, granskade de fina linjerna som korsade varandra i handflatan. Knöt näven hårt, släppte. Knöt, släppte. Hon drog ett bloss till och såg den heta glöden lysa röd under askpelaren. Blundade och tryckte sedan cigarettspetsen in i handflatans mitt.

Den omedelbara och kraftiga smärtan fick ögonen att tåras och hon drog krampaktigt efter luft för att hantera chocken. Smärtan överrumplade henne och hon ångrade sig genast. Hon slängde fimpen ifrån sig och blåste på blåsan som redan började höja sig som en perfekt rund glänsande vårta mitt i handen. Fan. Vad höll hon på med?

Skit också.

Utan att hon kunde styra över det vällde tårarna upp och hon hörde sig själv hulka när känslorna kom över henne. Hon svor och snorade. Tände en ny cigarett och tittade på klockan. Förbannat också.

Vilken dag, ja. Vilken förbannat överjävlig dag. Vilken förbannat överjävlig film.

Tjugo personer hade varit på inspelningsplatsen när han höll på. Statister som hängde kvar från tidigare tagningar, och hela teamet. Goran hade sagt att det var svåra ljusförhållanden, och så var det förstås ljudet som skulle skötas. Alla cirklade runt dem där de låg. Tittade på. Alla hade haft att göra, var fullt upptagna med sitt. Men ändå.

Scenerna hade tagits på en sandstrand vid en liten sjö, omgiven av höga mörkglänsande tallar med vajande kronor långt uppe mot himlen. Först var det några tagningar där Jacks karaktär Peter jagade henne ut på en flytbrygga. De skojbråkade med en stridslysten men samtidigt lite sensuell underton. Hon tjöt när han försökte få tag i henne, hoppade undan och kastade med huvudet så att det utsläppta håret for runt ansiktet.

Ganska snabbt blev kampen allvarlig och Jekaterina blev fast längst där ute. Peter bredde ut armarna för att spärra vägen på bryggan, skrattade rått och sa att nu skulle han komma och ta henne.

Jekaterina vände sig om i panik bara för att inse att den enda vägen därifrån var att hoppa i vattnet. Innan hon hann bestämma sig vände hon sig återigen om av rädsla för Peter, tappade fotfästet och trillade i.

Vattnet hade varit fruktansvärt kallt i den djupa skogstjärnen och Emma hade de första sekunderna drabbats av verklig panik när hon sjönk ner i det mörka vattnet. Oförmögen att röra armarna av köldchocken hade hon sjunkit allt djupare ner mot bottnen innan hon insåg att hon var tvungen att ta flera kraftiga simtag för att ta sig upp till ytan. När hon kom upp möttes hon av Jacks oroliga blick, han hängde över kanten med händerna vilande på låren. När han fick syn på henne började han asgarva. Hon måste ha sett helt galen ut.

I nästa scen drog Jack upp Emma ur vattnet, omilt och med ett fast tag om hennes båda armar. Sedan släppte han inte taget utan släpade henne med sig från bryggan upp på stranden. Hon försökte fräsande och skrikande ta sig loss men trycktes ner till marken av Jack. Hon bet efter honom, men han skrattade och la en hand för hennes mun. Sanden yrde kring dem och hon försökte få händerna fria, men han var starkare. Han satte sig gränsle över henne och tryckte sitt ansikte riktigt nära hennes.

– Ska du tygla dig nu? Katter ska inte försöka rivas. Då får de stryk.

Emma hade försökt att inte snegla åt sidan, men det var svårt att bortse från kameran som hela tiden rörde sig i deras närhet. Goran ville ha ett realistiskt och suggestivt bildspråk i scenen och hade instruerat fotografen Kalle att köra med handkamera och följa spelet så nära som möjligt. Tanken var att hela våldtäkten skulle filmas i en enda lång tagning, utan klipp. Också det för att förstärka känslan av autenticitet.

Emma lät huvudet nicka försiktigt till svar under Jacks hårda grepp, han höll henne som i ett skruvstäd. I nästa sekund kände hon hans varma andedräkt mot huden på halsen när han öppnade munnen och gav henne en lång sugande kyss precis under örat. Han bet till så att hon ofrivilligt skrek till under näven över munnen. Det enda som hördes var ett kvävt ljud.

Emmas ögon spärrades upp. Sanden de låg på var hårt packad, kall och fuktig. Hon vred på huvudet men fick sandkorn i ögonen och blinkade frenetiskt för att få bort dem.

Jacks grepp om hennes underkropp hårdnade och hon kände hur han lyfte hennes rumpa och ben från marken. Tanken var att han skulle vända henne om på mage och att hon skulle kämpa emot. Emma gjorde så gott hon kunde för att ligga kvar men Jack var fruktansvärt stark. Så här hårt hade han inte hållit i henne när de hade övat scenen tidigare. Hon kunde inte göra motstånd.

Emma hamnade med ansiktet nere i sanden. Hon skulle precis lyfta på huvudet när hon kände hur det drogs bakåt. Jack hade fattat tag i hennes hår med ena handen och ryckte i hennes huvud som på en häst. Hon skrek till, högre nu. Det skulle ju göra ont, Jekaterina skulle ju vara rädd för sitt liv i den här situationen. Emma visste inte om skriket var hennes eget eller om det kom för att hon sade till hjärnan att höja rösten.

Det kanske inte spelade så stor roll.

I samma stund kände hon Jacks andra hand leta sig in under jeanslinningen och återigen förundrades hon över den oerhörda styrkan i hans händer. Med bara några få ryck fick han av henne byxorna och trosorna följde med.

Hennes nakenhet syntes knappt, fotografen rörde sig framför deras huvuden och deras kroppar anades bara. Kamerans fokus var riktat på Emmas ansikte, det lilla som syntes av det bakom Jacks stora näve. Den satt som fastgjuten kring hennes käke och läppar. Men ögonen fick kameran med, Emma tittade rakt in i linsen som Goran hade instruerat henne till.

Hon såg sig själv återspeglas i den välvda glaslinsen, anade Jacks stora kropp där bakom. Såg att han höll på, men kände det knappt. Bilden av hennes eget ansikte i den mörka linsen var suddig och oskarp, men hon såg rädslan. Hon spelade bra, hon gav Goran det han ville ha. Hon kämpade emot, skrek oavbrutet även om det inte hördes så mycket och försökte hela tiden komma loss.

Bakom henne spelade Jack sin roll som Peter lysande han också. Han grymtade och stånkade, kallade henne fula saker och låtsades penetrera henne bakifrån. Han juckade hårt mot henne, hon gnuggades fram och tillbaka i sanden och kände hur de våta kornen letade sig in överallt på kroppen. För ett ögonblick slöt Emma ögonen men ett nytt ryck i håret fick henne att spärra upp blicken. Hon kände något, men ville inte riktigt känna efter. Ville inte att det skulle vara så. Det kändes så... fel.

Men hon misstog sig inte. Inte en chans.

De låg hud mot hud. Hon kände hans hårda stånd röra sig fram och tillbaka mot skinkorna.

Emma somnade på bussen in till stan. Först när de närmade sig Slussen vaknade hon, det var mobiltelefonen som vibrerade i fickan. Det var mamma som ringde, men Emma orkade inte svara. Faktiskt var mamma den sista personen på jorden hon ville prata med just nu.

Istället skickade hon ett sms till Bea, för att ta reda på om hon skulle vara hemma ikväll. Emma ville ha sällskap, men hade inte ork eller mod att säga det rakt ut. Bea svarade kort att hon skulle på bio med någon kille och Emma lade undan telefonen.

Goran hade ju förstås haft rätt, hon behövde prata med någon. Men honom tänkte hon inte ringa, inte nu.

Det blev Jack. Konstigt nog, eller förstås. Emma visste inte riktigt vad det var för känslor som fick henne att ringa. Men vem annars skulle hon prata med?

– Hej. Det är jag.

– Emma. Hur är det?

– Jag vet inte. Så där.

Han blev tyst i luren.

Bussen svängde in från Stadsgårdsleden och passerade nattklubbsbåten Patricia som låg förtöjd vid kajen. En gigantisk uppblåst snögubbe tronade över entrén trots sommarsäsongen. Den gungade sakta i vinden med en svart hatt på det klotrunda vita huvudet, grinet såg otäckt ut trots att det var tänkt som ett leende.

– Jag kommer och hämtar dig. Var är du? Är du kvar där ute?

– Nej, i stan. Jag kom precis till Slussen.

– Jag kommer.

Med ens blev hon lugn. Trots att hon egentligen inte ville se honom, trots att det var de både varma och motbjudande känslorna inför honom som gjorde att hon mådde så här, så kändes det bättre nu.

Jack skulle ta hand om henne.

Han tog henne med till baren på Diplomat. Igen. Det kändes bra, det var lite deras ställe tyckte hon. De satte sig långt bort från alla andra nu, i en mörkgrå soffa i en fönsteralkov i barens övre del. Jack beställde ingen alkohol, bara te och scones. Servitören kom med ett flervåningsfat fyllt med snittar, bakelser, scones, marmelad och grädde. Stora koppar med fat och en kanna te som det steg ånga från. Emma kände sig som ett litet barn när hon hungrigt kastade sig över sötsakerna.

– Socker hjälper. Faktiskt. Vad alla experter än säger.

Emma log svagt. Hon hade inte sagt så mycket sedan han hämtade upp henne vid Södermalmstorg. Det kändes som att det inte behövdes. Emma sa sig att han någonstans visste vad hon tänkte, hur hon mådde. Han om någon.

Hon drack sitt te. Det smakade rökigt och doftade bergamott. Hon vred på huvudet och tittade ut mot en kullerstenlagd innergård utanför fönstret. En grönärgad bronsstaty stod i en plantering, den föreställde en naken kvinna som sträckte på kroppen. Magen var sensuellt rundad, brösten små som på en trettonåring. Kvinnans ansikte var dolt av upplyfta armar.

Emma tittade på Jack, hörde ett svagt sörplande när han sippade på teet. Hon väntade på att han skulle ta första steget.

– Jag mår i ärlighetens namn piss också. Det vill jag att du ska veta.

– Mmhm?

Emma tittade på honom, granskade hans ansikte och letade efter spår. Men han såg ut som vanligt.

– Det var verkligen inte min mening. Men jag kunde inte styra över det. Det är ju så. Den har man inte riktig kontroll över. Det är både glädjen och sorgen med den.

– Den?

Emma höjde nästan roat på ögonbrynet. Han lät pryd, och det var väl i princip det sista man tänkte om Jack Rappe.

– Jamen, kuken då. Herregud.

– Jag förstod det.

– Emma. Jag vet inte vad jag ska säga. Det är jobbigt nog som det är med en sådan scen. Och så det här. Du måste tro att jag är... Jag vet inte vad du tycker om mig.

Emma svarade det ärligaste hon kunde.

– Det vet faktiskt inte jag heller.

– Men jag vill att du ska veta att det inte var min mening. Att jag känner mig som en äcklig gammal gubbe just nu. Om det är till någon tröst.

Jack lutade sig tillbaka i fåtöljen. Jeansjacka över tjock tröja, benen i kors och med en skugga av skäggstubb på kinderna. Han såg ut som allt annat än en gubbe. Lite ledsen, stukad och oroad.

– Är du arg på mig?

Återigen försökte Emma svara ärligt, men insåg att hon inte kunde.

– Nej, det är lugnt. Det har varit en konstig dag. Det är allt. Jag är trött.

– Ska du träffa någon? Som Tortuga Film har fixat?

– Någon psykolog menar du? Ja, det blir nog bra.

– Säkert?

Återigen den oroade uppsynen. Tyck om mig, snälla, sa hans ögon.

Emma lutade sig fram. La en hand på hans. Såg honom i ögonen.

– Lovar.

Det var klart att det var hos Jack Rappe slutfesten skulle vara. Istället för att hyra någon tråkig festlokal, klart att det här var bättre. Det tyckte alla, inte minst sedan de anlänt.

– Så fint han har det!

– Det är inte klokt vad läckert det är med utsikten och poolen. Vadå, är det bastu där nere vid vattnet?!

– Nu förstår jag varför han så gärna ville att vi skulle ha festen här.

– Mr Show Off, menar du?

Vid poolen stod tre män i vita rockar och kockmössor, de förberedde för en barbecue. Två stora gasolgrillar med silverblänkande lock framför dem, en utrullad träbänk på hjul där en av kockarna var i full färd med att hacka salladslökar, paprikor, zucchini.

Bredvid stod tre servitriser, också de i helvita dräkter som påminde lite om korta sköterskerockar. De bar varsin bricka med champagneglas och först när gästerna började komma nerför trappan mot pooldäcket lösgjorde de sig från sina positioner och gick sedan runt och bjöd på välkomstdrink.

Strax kom två unga män ner från huset med likadana brickor på höjda armar, fyllda med snittar. Små runda toastbitar med sikrom eller klickar av chèvre toppad med skivad tryffel. Ett uppskattande mummel gick genom teamet, så här lyxigt brukade det inte vara på slutfesten. Till och med Tortuga Films producent Linda Gregers tittade sig en smula perplex omkring. Det verkade vara Jack som stod för kalaset.

Det var en afton som gjord för en fest under bar himmel. Midsommar hade regnat bort som vanligt, men sedan hade sommaren kommit tillbaka med full kraft. I sundet nedanför stävade båtar på rad på väg ut mot skärgården, i den sena eftermiddagstimmen fortplantades ljuden från vattnet och båtarna mot klipporna och klättrade upp mot huset på höjden.

En bystig medelålders kvinna i bikini och med pergamentliknande hud stod i fören på en Nimbus och spejade när hennes man rattade motorbåten över vattnet. Någon vågade sig på att segla genom sundet trots att vinden var så svag att den knappt gav styrfart. Från en båt eller brygga nere vid vattnet hördes enstaka ord från ett pågående samtal. Ett ord: smörgås. Ett annat ord: kvällen.

Emma stod en bit ifrån de andra, hängde över räcket som omgärdade altanen och lät champagneglaset dingla från handen, nästan så att hon skulle kunna släppa det på klippan nedanför och se det gå i tusen bitar.

Hon följde med blicken en svala som flög genom luften, hur den störtdök mot vattnet, fick fångst och sedan ilade genom luften med mat till sina ungar som verkade ligga gömda under takåsen till en fiskebod med flagnad vit färg runt karmar och fönster. Den faluröda fasaden var snarast blekrosa efter många års sol och vind. I ett fönster hängde en grönfärgad glaskula i tjärat nät. Hon tyckte sig höra fågelkvitter där nerifrån, men det kunde vara inbillning.

Trots det ökande glammet bakom hennes rygg infann sig för en stund en frid så påtaglig att den äntligen fick hennes andetag att sjunka ner i magen. De senaste timmarna hade Emma andats stötvis. Ända sedan hon steg ur badkaret efter en dusch hemma hade hon känt den snabba pulsen ticka under huden strax under käklinjen.

Och sedan den långa kramen från Jack när hon anlände, kommentaren om hennes sommarklänning, den snabba handen upp under hennes hår kändes fortfarande mot skulderbladen.

Hon kände på sig hur den här kvällen skulle sluta, och hon kunde knappt hålla sig.

– Tja.

Emma vände sig om. Vid hennes sida stod Lisa Castor. Hon hade inte hört henne. Lisa var om möjligt ännu vackrare än annars med flätad lugg som höll tillbaka det solblekta håret. Hon såg osminkad ut men Emmas numera tränade öga kunde se att det snarare var en omsorgsfullt lagd naturlig make-up. Lisa bar en axelbandslös klänning med mörkblått liv som fortsatte ner i en blomsterbroderad kjol. Emma fingrade håglöst på sin egen kritvita enkla klänning med holkärm och ballongkjol och kände sig med ens som en nybakad student.

– Hör du... Vad är grejen med dig och Jack?

– Va?

– Tror du inte någon ser eller? Har ni redan legat med varandra?

– Va? Nej!

Emma vände sig om och ställde sig med ryggen mot räcket. Tog en klunk och såg bort mot stojet runt poolen. Grillarna var tända nu och den konstanta påfyllningen av champagne i glasen hade redan börjat göra susen på det utarbetade filmfolket.

Emma blev knappt förvånad då hon såg Jack stå i utkanten av folksamlingen med blicken oavvänt riktad åt hennes håll. Eller var det Lisa han tittade efter? Men så höjde han sitt glas, blinkade hastigt åt henne och hon log till svar.

– Passa dig för honom. Alltså, jag fattar hur det kommer sluta mellan er två.

– Vadå, ikväll menar du?

– Ikväll. Alla andra kvällar. Snälla Emma, låt bli. För din egen skull. Släpp inte in honom.

Emma betraktade Lisa där hon stod bredvid henne, nu var det Lisa som hade blicken fäst långt borta och tycktes följa någon av alla båtar som trafikerade sundet.

– Vet du något om Jack som inte jag vet eller? Är han upptagen?

Emma insåg att hon blottade sig genom att säga så. Hon erkände indirekt att det fanns ett intresse från hennes egen sida. Men det var nog som Lisa hade sagt – alla kunde se det med egna ögon ändå.

– Jag vet ingenting. Inte egentligen.

Lisa drog på ordet ”vet” som stod hon inför rätta och var tvungen att bara säga sådant hon verkligen hade belägg för.

– Det går en del rykten om honom. Det har det alltid gjort.

Emma suckade.

– Men sådant kan man väl inte tro på. Det gör det ju om alla som är lika stora som han.

Lisa mötte hennes blick.

– Och hur vet du att de andra ryktena du hör inte också stämmer? Branschen är full av svin.

Emmas hand for upp till ögonen, det kändes som att hon hade fått något korn i ögonvrån, något skrapade mot linsen. Hon slickade på fingret och gnuggade försiktigt linsen för att få bort klådan. Det hjälpte. Hon blinkade flera gånger innan hon såg på Lisa igen.

– Men vad är det då? Säg. Så att jag vet.

Hon kände sig naken i sitt medgivande, att hon bekände för Lisa vad som var på gång. Innan det ens hade hänt något.

– Han är inte snäll mot tjejer.

Lisa lade armarna i kors, hon hade också vänt sig om och stod axel mot axel med Emma nu. Emma uppfattade att Jack hade koll på henne här borta, nu med lite mer vaksam blick. Han undrade väl vad hon och Lisa pratade om.

– Hur vet du det?

– Jag har hört. Jag har kompisar som…

– Som vadå? Har legat med honom?

– Mmm.

– Ja? Och?

Emma låtsades sippa ur glaset, fastän champagnen var slut sedan länge. Minnet av Jacks bultande kön mot hennes bak kom upp till ytan igen. Obehaget från då som blandade sig med den mer passande lusten och de starka känslorna hon hela tiden drabbades av. Hon var plågsamt medveten om att hon var oförmögen att kontrollera det som skedde, helt maktlös inför det faktum att det var blandningen i sig som gjorde henne knäsvag och så mottaglig.

Emma kände att hon ville avsluta det här samtalet, nu. Lisa hade inte med hennes och Jacks förehavanden att göra. Hon ville inte veta, det var bara rykten.

– Han går igång på svaghet. Att ha övertaget.

– Jamen, det fattar ju till och med jag. Vad det det enda?

Lisa skakade sakta på huvudet.

– Han är inte snäll. Men det märker du väl själv?

Emma släppte räcket, tog ett par steg bort från Lisa som stod kvar.

– Jaja. Jag kanske gillar män som inte är så förbannat mesiga. Okej?

När Emma stegade över trädäcket längs med poolkanten kände hon återigen hur Jack tittade på henne.

Kom till mig, sa hans blick. Och hon gick till honom.

Hon vinglade lite på sina höga klackar där hon stod framför Jack, ställde benen brett isär för att återfå balansen. Han satt i en mörk rottingsoffa med vita dynor och betraktade henne. Ingen sa något, runt omkring dem pågick festen och larmet.

Emma hörde höjda röster bakom sig och vred på huvudet. Det pågick något sorts skojbråk mellan Goran Mladic och regiassistenten Anders vid poolen. Det var kulmen på ett tuppande som hade pågått under inspelningens alla åtta veckor. Rusiga av öl och vin greppade de varandras midjor och brottades runt farligt nära poolkanten. I nästa stund tog en av dem, oklart vem, det förödande steget ner i vattnet.

Först la sig tystnaden över festen, någon hojtade till av bestörtning. Sedan, när de båda blöta ansiktena klöv vattenytan utbröt skrattet. Känslorna svalnade i vattnet och istället för att börja slåss stod de nu i poolens grundare del och skvätte vatten på varandra som två småungar. Anders tog ett snabbt kliv upp ur poolen och drog tag i en ung tjejs ben, det var rekvisitören och hon gjorde rejält med motstånd innan han under glada tjut fick ner henne i vattnet. Några hoppade i med kläderna på, andra drog ogenerat av sig klänningar och byxor och dök i.

Jack satt tillbakalutad och såg på. Det verkade inte bekomma honom nämnvärt, snarare såg han ut som en belåten godsherre som lät sina undersåtar leka och ha roligt på hans bekostnad. Emma vinkade honom till sig men han skakade på huvudet, och blev sittande.

– Ah men kom igen nu.

I nästa sekund kände hon hur någon grep henne om midjan. Hon föll handlöst baklänges och ner i poolen. Landade i vattnet med skor, champagneglas och klänning. Hon kom frustande upp till ytan och svor heligt, men skrattande.

Hon plaskade runt bland de andra, det var armar, ben och huvuden överallt, och tittade efter Jack. Han satt inte kvar. Skorna var hon rädd om så dem fick hon av sig och ställde på poolkanten. I nästa sekund kom Goran farande genom vattnet med händerna flaxande framför sig och stänkte ner alla omkring sig. Kvinnor, och män, tjöt av vattnet, av leken och av att hela tiden bli klämda av okända fingrar under vattenytan.

Borta vid den djupare delen av poolen såg Emma hur Goran simmade upp mot rekvisitören och tryckte upp henne mot den kaklade väggen. De började kyssas ohämmat trots alla människor runt omkring. Emma försökte få syn på Jack. Hade han tröttnat och gått in?

Hon fick syn på honom vid poolkanten. Skjortan och kavajen hade han tagit av sig och nu lossade han på skärpet i sina byxor. Slängde dem åt sidan och dök sedan i. I myllret av stojande människor försvann han sedan igen, tills Emma skrek till av att någon tog tag i hennes höfter under vattnet. Hon vände sig om och slog efter honom men hejdade sig då hon kände hur han kupade sina händer runt hennes bröst.

Hon sparkade vilt med benen för att hålla sig flytande och såg rakt in i Jacks leende ansikte. Dold under vattenytan vandrade hans händer över hennes bröst och midja. Hon lät kroppen flyta med i hans famn. Hans händer var överallt och hon ville skrika rakt ut.

Lusten var överraskande stark, trots att hon drömt om detta ögonblick i flera månader. Hon gjorde sitt bästa för att de andra inte skulle märka vad de höll på med. Kände hur hennes klänning flöt upp mot ytan runt omkring henne och hur Jacks ena hand sökte sig över magen ner mot skötet. Hur vattnet kylde mot blygdläpparna när han drog trosorna åt sidan och lät ett finger glida in i skåran. Hon flämtade och gled mot honom, lät en hand följa utmed Jacks kropp och det hårda kön som hon visste väntade henne.

Runt omkring dem skojade och skrek deras kollegor. De var omedvetna om vad de två höll på med, eller också var det den ohämmade stämningen i poolen som tog över och ingen hade tid eller lust att bry sig.

Han kysste henne inte och hon var tacksam för det. Då trodde hon inte att hon skulle kunna hålla sig, då skulle hon slita av sig trosorna där i vattnet och trycka honom intill sig och låta honom knulla henne inför alla. Istället lät hon honom smeka henne till outhärdlighetens gräns och trodde nästan att hon skulle komma under hans fingrar när han plötsligt gled ifrån henne. Stojet la sig när de hörde någon stå vid poolkanten och klappa i händerna.

Det var Linda Gregers, fullt påklädd och torr och stadig i blicken som en lärarinna. Hade inte hon gått hem, frågade sig Emma och strök det blöta håret ur ansiktet, väl medveten om att hon blossade av upphetsning.

– Då finns det nattamat uppe i köket. Öl, varmkorv och Jansson. Jack, handdukar. Finns det handdukar någonstans som jag kan plocka fram till alla småungar här?

Jack hävde sig upp ur poolen, ogenerad över det stånd alla kunde se spänna mot hans dyblöta svarta kalsonger. Han gick iväg ner mot brygghuset och den barnsliga magin från nyss var som försvunnen. Emma såg hur Goran höll sig en bit från rekvisitören som stod huttrande vid poolkanten i genomskinligt linne och fuktiga trosor. Lisa Castor som nyss farit runt i poolen topless och gränslös stod nu med ena armen som skydd över brösten samtidigt som hon letade bland kringkastade kläder efter sin klänning.

Emma blev med ens medveten om hur avslöjande hennes blöta vita klänning var när den smet åt runt kroppen och tog tacksamt emot en morgonrock som Jack räckte till henne när han kom tillbaka uppför trappan med famnen full av handdukar och rockar.

– Du stannar inatt.

Emma visste inte riktigt om det var en fråga eller ett påstående som Jack viskade fram, men hon nickade bara och drog sedan av sig sin våta klänning. Hängde den noggrant över ett räcke för att torka och drog av sig trosorna också när hon knutit rocken om sig.

Först vid tretiden hade de fått iväg alla. Vid det laget satt Emma inomhus i Jacks soffa, där han hade tänt en värmande brasa. Hon drack fortfarande champagne fastän hon visste att hon borde ha gått över till vatten för länge sedan och slängde irriterade blickar på de kollegor som aldrig riktigt kom sig för med att gå. Nere vid poolen låg Leffe och sov i en av sofforna sedan länge, men honom hade de bara lagt ett par handdukar över. Emma hade sett Goran försvinna tillsammans med sin rekvisitör ner till bastun.

Jack stängde ytterdörren efter de sista gästerna och det blev tyst i huset. Emma dolde en gäspning bakom handen och ställde ifrån sig glaset på soffbordet. När Jack kom emot henne knöt hon upp rocken och släppte den från axlarna. Hon satt naken framför honom och lät benen falla isär. Sträckte på ryggen och kände hur brösten hävde sig mot den svala luften i rummet, hur bröstvårtorna styvnade av bara hans blick. Jack ställde sig på knä mellan hennes ben och kysste hennes mage. Emma föll berusat och glädjerusigt bakåt mot kuddarna och kände hur

Jacks händer drog hennes ända närmare soffkanten. I nästa stund närmade sig hans läppar hennes kön och äntligen kunde hon tillåta sig att ropa rakt ut.

Emma hade förstås ingen bikini med sig så hon låg i solen i bara trosor. Det var förmiddag och nästan stilla. Svalornas kvittrande hörde hon, och då och då bröts tystnaden av tvåtaktsmotorer som tuffade över vattnet. Under bryggan kluckade vattnet mot pålarna och badstegen. Solstrålar glittrade mot vattenytan, tusentals små lysande speglar. På andra sidan sundet öppnade någon ett fönster i ett hus, fångade solen från sydöst och kastade en skarp solkatt som högg till i ögonen på Emma. Hon la huvudet mot soldynan för att skydda synen. Kände ett finger, två fingrar, som lirkade med hennes troslinning i svanken.

Emma vände på huvudet och kisade åt andra hållet. Jack flinade mot henne där han låg i solbädden bredvid hennes.

Kroppen var tung av en kraftig baksmälla från igår. De hade druckit champagne fram till gryningen och förmodligen var hon fortfarande ganska berusad. Huvudet susade och varje del av kroppen mindes i detalj hur kvällen hade slutat. Emma la ömt sin högra hand på Jacks kind. Han vred lite på huvudet och lät sina läppar ligga mot hennes handflata. Kysste hennes hud och hon slöt ögonen. Kände den lätta kittlingen när hans tunga följde handflatans känsliga linjer och hummade lågt till svar. De hade redan haft sex en gång till på morgonen. Nu fick han ta och ge sig.

För att hålla Jack borta en stund föste Emma milt undan hans händer och reste sig från solbädden. Hon sträckte njutningsfullt på sig där hon stod vid bryggans kant och lät håret svepa utmed ryggen, vred sakta huvudet fram och tillbaka så att lockarna rörde sig över skuldrorna. Rumpan som hon annars var så obekväm med kändes snarare öm och varm av nattens lekar. Hon mindes med ens hur han hållit ett fast tag om hennes höfter och klämt åt samtidigt som han trängde in i henne bakifrån och hur han precis innan han kom hade lyft handen och snärtat till henne på skinkan. Hårt, så att det hettade och brände till. Lusten hade gjort smärtan både ljuvlig och lite förödmjukande.

Nu lät hon honom titta och böjde sig utstuderat framåt med fötterna i lätt balettpose och tänjde ryggmusklerna innan hon dök ner i sundet. Vattnet hade en tunn hinna av olja från alla förbipasserande båtar och glimmade kolsvart, till synes utan botten. Skrämmande, men lockande.

Kylan slog emot henne med full kraft och hon tappade nästan andan. Det kunde inte vara mer än arton, kanske nitton grader i vattnet. Förstås, det var inte ens juli än. Från botten virvlade långa trådar av alger och sjögräs och snodde kring hennes fötter. De kändes som kalla spökfingrar och hon kröp ihop med benen där hon simmade runt lite innan hon steg upp. Vattnet luktade unket men sinnet kändes klarare nu.

Under tiden hade Jack vänt sig på rygg och såg ut att sova. Emma la sig på solbädden bredvid, drog av sig trosorna och svepte in sig i handduken som en kåldolme. Hon betraktade det sovande ansiktet, alldeles naket nu i sin vila. I solljusets avslöjande dager såg hon varje rynka i hans fyrtiofemåriga ansikte. Emma vände sig på sidan och studerade noggrant Jack. Kinderna som hängde slappa. Vid öronen samlades huden och runt näsroten rodnade några plitor. De annars så sensuella läpparna hade fallit isär lite, som på en död.

Hon granskade kritiskt hans slutna ögonlock. Så mycket skinn. Blev det alltid så där på äldre?

Fyrtiofem... Jag borde inte vara här, tänkte hon.

Emma lät ett fjäderlätt finger löpa utmed hans käklinje, som kunde hon få bort hans många levnadsår, strama upp och fixa till. Han rörde på sig i sömnen, det ryckte i ansiktsmusklerna. Han grymtade till.

Han är ganska ful där han ligger, tänkte hon ärligt för sig själv. Han såg gammal ut. Tärd. Det syntes att han drack en del. Bröstkorgen som var lite insjunken, som inte matchade de breda axlarna. Inatt hade hon sett hur hans nakna rumpa, som var så fin i byxor, i själva verket tedde sig platt och hängig. Magen var utan rundning men ovanför höfterna buktade några extra kilon och gav honom en nästan kvinnlig gestalt. Men vem var hon att klaga med sina ridbyxlår och putmage?

Emma vände sig på rygg igen, såg upp mot den oändliga himlen ovanför. Högt där uppe måste det blåsa för molnen seglade snabbt fram över det stora blå. En del av molnen som närmade sig från skärgården var gråmörka på undersidan och hotfullt bulliga. Det skulle nog bli regn framåt eftermiddagen.

Emma lät blicken leta sig inåt istället. Frågade sig vad hon kände för den alldeles för gamla mannen som sov vid hennes sida. Äcklades hon? Av honom? Eller av sig själv?

Idag var inte dagen då hon ville söka svaren på sina frågor.

Sedan blev det tyst. Filminspelningen var över och Jack ringde inte.

Emma var på väg många gånger men hur det nu var så lät hon bli. Formulerade ibland sms, sorglöst frågade hon hur läget var, om han sett något av klippningen, ville han ses?

Varje gång tryckte hon bort meddelandet innan hon fick för sig att skicka det. Det var inte hon som skulle.

För att han var man och hon kvinna, för att han var äldre och hon yngre. För att han var megakänd med världens mest spännande liv och hon var... ingen.

Veckorna gick och hon tog en restresa till Mallis med Bea. Irriterat kommenterade väninnan Emmas evinnerliga kollande på mobiltelefonen.

– Jamen ring själv då. Eller släpp det.

– Jag veeet.

– Eller ligg med någon annan, så går det över. Han där till exempel.

Bea pekade oblygt på en barbröstad spanjor som gled runt mellan solstolarna på Playa de Magalluf och delade ut inbjudningsbiljetter till ett diskotek. Emma himlade med ögonen och föll tillbaka på handduken.

– Hola guapa.

Emma tog emot lappen den snygge spanjoren räckte till henne och vände sig sedan demonstrativt om på mage.

De kom hem och fortfarande inget. Hon funderade på att

ringa Felipe och återuppta deras betydligt mer normala relation, trösta sig i hans famn. Så mindes hon de gråtmilda ögonen och hans tragiska uppsyn då hon gjort slut i våras. Näe. Honom orkade hon inte med. Det var inte schysst mot honom heller. Felipe ville ha mer än hon kunde ge honom.

Goran ringde och sa att hon skulle få se en första grovklippning om några veckor. Hon ville fråga om Jack också skulle komma, men lät bli.

Det blev slutet på juli innan han ringde. Klockan två på eftermiddagen, hon stod mitt i körigaste tiden på fiket men när hon såg hans namn i telefonens display smet hon ändå ut i köket och svarade. Stramade upp rösten så gott hon kunde.

– Emma Wahl.

– Jack Rappe här.

– Jamen dig kommer jag ihåg. Var det inte du som…

– Förförde dig och sedan inte hörde av sig? I'm the man. Förlåt Emma, men jag har varit bortrest. Utomlands. Hos några vänner på Mallorca, de har ett hus uppe i bergen och jag gömde mig där i nästan tre veckor.

Emma sa inget om sin resa. Väntade bara på hans nästa drag.

– Vad gör du?

– Står i köket på Café Cinema.

– Jobbar du där eller?

– Mmm. Ibland.

– Ikväll då?

– Vadå ikväll?

– Vad gör du ikväll?

Emma visste vad hon borde svara. Hon kunde säga att hon jobbade, att hon skulle träna, att hon skulle knulla skiten ur Felipe, att hon skulle göra vad som helst annat än träffa Jack.

– Inget speciellt.

– Ska du med på premiär? Någon Brad Pitt-rulle. Stor fest på Josefina ute på Djurgården efteråt, kan vara lite läckert.

Hon skulle kunna säga nej. Hon skulle kunna säga till honom att ringa någon annan brud. Hon skulle kunna lägga på.

– Det låter nice. Jag slutar om ett par timmar.

– Du hinner. Jag hämtar upp dig med taxi vid sex.

– Visst.

– Ha på dig nåt fint.

Vad var det för kommentar, tänkte hon men fick bara ur sig hejdå. Och började direkt fundera på vad hon skulle ha på sig. Samtidigt som en liten del av henne ville skicka iväg ett sms där det stod ”Vet du, jag ångrar mig. Jag har andra planer”, så bubblade det i hjärtat.

Hon hade saknat honom, det var sanningen. Förödmjukelsen över att han inte hörts av var stor, vetskapen om att han hade henne i en liten ask likaså. Men det var samtidigt konstruerade känslor, sade hon sig. Sådant hon kände för att hon visste att hon borde ta avstånd, borde sätta upp handen och dra gränsen. Nu.

Men det enda som betydde något var detta. Han hade ringt, de skulle ses. Så enkelt, och samtidigt så svårt.

Emma hade aldrig varit på en filmpremiär förut. Kön som ringlade utmed Kungsgatan var lång såg hon när taxin stannade precis utanför entrén.

– Kom. Vi kollar om det är någon vi känner. Vi ställer oss inte längst bak.

Jack tog hennes hand och gled upp vid de röda sammetsbanden som spärrade av trottoaren. Höjde så en hand åt någon bara ett tiotal meter från entrén.

– Nämen tjena Christian. Det var inte igår. Kan vi?

Han hade redan lyft upp sammetsbanden och puttat Emma före sig och trängt sig in i kön. Emma hälsade på Christian Palm som stod själv. Hon kände mycket väl igen honom, han var en blond skådespelare som hon sett både på Stadsteatern och på tv.

Han var bra, tyckte hon, han hade en lågenergisk aggressivitet på scenen och kunde frammana en fullständigt iskall blå blick. Just nu såg han trött ut, ögonen var bleka och lite tomma på innehåll. Han hälsade med slapp hand och drog bak kepsen han hade på huvudet. Han hade bomberjacka över vit t-shirt och en amerikansk militärplatta i en silverkedja runt halsen.

– Jaha, vad tror ni om den här då? Är det något att ha? Brad Pitt, va? Nu igen, liksom.

De kom fram och en man klädd i svart slängkappa och hög hatt hälsade dem välkomna med en bugning och släppte in dem med en yvig gest. Innanför entrén väntade en hord av pressfotografer som direkt började ropa på både Jack och Christian. Jack höll Emma i handen och drog henne med sig.

Hon försökte se naturlig ut men visste inte riktigt vem av alla fotografer hon skulle titta på. En ung tjej kom fram till Emma och bad om hennes namn, frågade hur hon stavade efternamnet. Emma svarade och såg hur Jack och Christian Palm gick vidare. De ställde sig med armarna grabbigt om varandra och höjde varsin knuten näve i luften. Böjde sig fram och grinade glatt åt alla blixtarna. Emma undrade om hon skulle gå fram och klämma sig in i bilden hon med, men det kändes inte som läge för det.

Istället blev hon stående tills hon såg Jack försvinna iväg längs den röda mattan in mot biograffoajén. Ursäktade sig och klämde sig förbi Lena Endre och Richard Hobert och drog tag i Jacks kavaj. Han tittade på henne.

– Jamen där är du. Jag undrade just vart du tog vägen. Du är så liten att du bara försvinner.

– Hade vi hälsat?

Christian Palm räckte henne handen igen och hon hälsade artigt en gång till. Knuffades undan när en storvuxen kvinna med långt blont hår kastade sig runt halsen på Jack.

– Din stygging. Varför hörde du inte av dig när du var i Deia? Du sa ju att du skulle ringa. Vi skulle ut och göra Palma!

Kvinnan var jämnlång med Jack fastän hon bar ballerinaskor och hon hackade på Jacks bröst med sitt pekfinger. Hon tog ingen notis om Emma, hon kände sig mycket riktigt försvinnande liten.

– Inte göra så igen, Jack. Då är jag inte din kompis mer.

Kvinnan lutade sig fram och gav honom en smackande kyss på munnen innan hon räckte ut tungan åt honom och försvann iväg i det täta vimlet. De pressade sig fram mot ett bord där vinglas och snittar stod uppställda. Jack la en servett i handen och fyllde sedan på med tunnbrödsrullar, en hel trave fick han plats med. Tre klunkar senare var hans vin slut och han tog ett nytt glas. Även det tog slut innan de gick in och satte sig.

Filmen var bra, men det var inte det Emma kom ihåg av kvällen. En bit in i filmen tog hon mod till sig och la en hand på Jacks lår. Han la direkt sin hand på hennes och hon böjde sig fram och viskade i hans öra.

– Den där efterfesten är säkert jättekul men jag vill hellre hem till dig.

Jacks ögon glänste till i biomörkret.

– Jaså? Varför det?

– Jag är kåt.

Det funkade. Han drog hennes hand mot sitt skrev och sedan satt hon mest med blicken på Brad Pitt på filmduken för syns skull.

Taxiresan ut till Nacka var ett enda långt förspel. De gned sig mot varandra, Emma nafsade och bet och slickade och struntade fullständigt i de ögonkast från chauffören som hon såg då och då i backspegeln. Detta var det enda som betydde något överhuvudtaget. Jacks åtrå, hans händer i hennes nacke, hans andetag i hennes öra.

Han tog henne direkt ner till sitt sovrum. Om det var på grund av hennes tydliga invit i biosalongen, eller om det var för att de hade varit ifrån varandra nästan hela sommaren, men hans ton var annorlunda jämfört med då de hade sex med varandra på slutfesten. Mer rakt på. Han sa något om hennes fina häck när de gick in genom sovrumsdörren och sedan befallde han henne att ta av sig naken.

– Inte dem. Behåll skorna på.

Hon gjorde som han sa. Jack klädde av sig och satte sig på sängkanten. Pekade på heltäckningsmattan, mellan sina ben. Hon knäade och ställde sig framför honom, tog hans lem i munnen. Sög och slickade och löpte med tungan i cirklande rörelser och slöt läpparna runt ollonet.

– Längre ner. Kom igen. Djupare. Så ja, ta den långt ner. Så ja. Duktig flicka.

Hans händer grävde i hennes hårbotten, han höll en näve bakom skallen och pressade sin penis djupare ner i halsen. Den stötte i svalget på Emma och hon hulkade till av kräkreflexen.

– Kom igen, Emma. Så ja. Du kan ju det här.

Emma blundade och gjorde så gott hon kunde. Hon försökte slappna av och ta så mycket av hans lem som möjligt i sin mun. Jack fortsatte att upprepa sitt mantra.

– Så ja. Duktig flicka. Så ja.

Emma kände hur han hårdnade i taget om hennes hår och försökte dra undan huvudet, men han höll kvar henne. I nästa stund drog han ut penisen ur hennes mun och runkade sin säd över hennes öppna mun. Han daskade kuken mot hennes kinder samtidigt som han smetade ut sperman i ansiktet på henne.

– Såja, gumman. Det var skönt.

Medan Emma stod i badrummet och sköljde ansiktet efteråt undvek hon sin egen spegelbild. Först när hon gnuggat sig torr med en handduk tittade hon på sig själv i spegeln som löpte från vägg till vägg över dubbla handfat. Genom den öppna dörren hörde hon hur Jack hade börjat snarka i sängen där han låg.

Emma blev inte ens förvånad när det sedan var tyst från Jack i flera veckor igen. Hon hade tagit en taxi hem fram på småtimmarna efter att förgäves ha försökt somna bredvid den snarkande kroppen och sedan hade han inte hört av sig. Hon var förbannad, både på sig själv och på honom. Hon raderade hans nummer ur mobilen, men skrev in det igen några dagar senare. Hon kunde det ändå utantill.

Vad var grejen, frågade hon sig. Vad hade han som inte till exempel Felipe hade? Emma kunde svaret flera gånger om. Kombinationen av svärta och små glimtar av ömhet var beroendeframkallande.

Varningarna hon fått fungerade i totalt motsatt riktning. Lockelsen var för stor. Alternativet, att aldrig träffa honom igen, var just inget alternativ.

Hon gick till mötet med Tortuga Film och såg grovklippningen. Häpnade över hur starka scenerna var när hon såg dem redigerade och i kronologisk ordning. Hon var ju… bra.

Jack dök aldrig upp och inte heller det överraskade henne.

Men när hon fick se dem två i bilscenen, där han kysste henne, gick det som en elektrisk stöt genom kroppen. Hans aura var påtaglig, också då hon såg honom på en liten bild på en monitor. Ögonen glödde av något som liknade ursinne när han tittade på henne före kyssen. Ljuset utifrån föll från sidan och hans högra ansiktshalva låg i skugga. Som ett janusansikte, tänkte hon och rös ofrivilligt i den kvalmiga klippstudion.

Emma cyklade hem från Hötorget. Hela city var fullt med folk, alla som kommit tillbaka till stan från semestrar och lantställen. Brunbrända, fräkniga och skrattande unga gick i klungor på trottoarer och övergångsställen. De satt på bänkar och slickade rinnande glass från strutar och fingrar. De tog kort på varandra med mobilkameror, granskade bilderna och tjöt av skratt. De spanade på varandra, tisslade, kommenterade och kastade blickar. I skyltfönstren på Gallerian och NK var modelldockorna redan invirade i höstens tjocka sjalar i ockrafärger.

Emma lät huvudet hänga över styret, rullade nerför Hamngatan med blicken i asfalten och hoppade till när en taxibil tutade ilsket bakom henne. Hon cyklade mitt i vägbanan och svängde undan. Letade i fickan efter sin mobil och tryckte fram Jacks nummer.

Fingret svävade ovanför Ring-knappen men hon kunde inte förmå sig själv att trycka på den. Det var förödmjukande nog som det var.

Hon tänkte inte visa sig svag.

Under resten av hösten följde det alltid samma mönster. Först var det tyst, allt från några dagar till en vecka.

Hon ringde aldrig.

Han ringde, ofta sent. Ofta berusad. Ibland fåordig och med en nonchalant utkastad inbjudan, andra gånger rusigt glad och med enträgna böner om att de skulle ut och festa. Om det var ett förhållande de hade så var det totalt olikt alla andra relationer hon varit i.

Hon träffade människor så berömda att hon insåg att hon trott att de nästan inte skulle finnas på riktigt. Hon gick på premiärer och följde med på efterfester. Hon sträckte på sig, försökte inte tänka på att hon var yngst, minst känd, ny i gänget. Försökte att inte fråga sig vilka andra tjejer Jack gjorde så här med. Hon deltog i diskussioner så intellektuella och högtravande att hon tyckte hon mest hummade. Andra kvällar var samtalen så banala att inget vettigt blev sagt. De drack mycket, men Jack använde inga droger. Hon fann sig i att presenteras som Emma, inget annat, men samtidigt sitta med Jacks hand på sitt lår under bordet. Ena stunden var det som om han trodde att han ägde henne, i nästa stund betedde han sig som om de knappt kände varandra. Ibland såg han på henne med tillgivenhet, andra gånger fick hon ställa samma fråga flera gånger innan han lyssnade.

De gick på teater och såg pjäser med vänner till Jack. Han muttrade om uppblåst skitnödighet och Emma tittade storögt på freskomålningarna i taket över Dramatens stora scen. Emma sade sig att det fanns ett släktskap dem emellan just i detta, i utanförskapet och att de inte riktigt godtogs i den innersta kretsen. Men hon skulle förstås inte ha fått bästa fönsterplatsen på restaurang Frippe efter föreställningen om det inte hade varit för att hon kom i sällskap med Jack.

Hon köpte röda underkläder av en typ som hon aldrig ägt förut eftersom Jack önskade det. Hon rakade bort allt hår mellan benen förutom en dekortofs efter en elak kommentar om hårstrån mellan tänderna. Hon lärde sig att svälja hans sperma. Hon vande sig vid att tas bakifrån fastän hon tyckte bättre om närheten i missionären eller då hon red honom. Hon slutade nästan tänka på att han alltid drog tag i hennes hår så hårt att det fick hennes rygg att krökas, han strök samtidigt så ömsint med den andra handen utmed hennes svank.

Hon hade alltid svårt att somna vid hans sida och åkte ofta hem med taxi i gryningen och kom till jobbet med glåmiga ögon. Hon var ofta glad, lika ofta nere. Hon stönade i takt med porrfilmerna de hade på i bakgrunden när de hade sex, visste att Jack gillade när hon var högljudd.

Hon fick aldrig orgasm. Hon var himlastormande kär.

Det var mitt i natten när hon vaknade av sin mobilsignal. Det ringde envetet utifrån hallen och Emma stapplade dit. Hon kom bort till handväskan på golvet innanför dörren lagom till att ringsignalen tystnade.

På displayen stod 1 missat samtal. Klockan var 02.47.

Hon visste innan hon klickade sig vidare vem det var.

Jack mobil.

Jack full. Jack utekväll. Jack fyllekåt. Jack fick inget annat napp.

Hon tvekade. Ville inte. Det blev jobbigare för varje gång. Borde inte.

Det var förnedrande. För honom och förstås för henne själv.

Men fingrarna ville inte lyda. De hade redan ringt tillbaka.

– Jack?

– Darling Emma. Så du var vaken?

– Nej.

Hon försökte låta sur, trumpen. Spela avog och svårflörtad. Men hon var ju inte en slipad aktör, som han.

– Jag står här utanför. Kommer du ner och öppnar?

Emma märkte direkt när han kom in att han druckit mycket. Ibland gjorde det detsamma, vin gjorde honom oftast kelsjuk, bluddrig och på sin höjd lite svårstyrd. Ibland kom det dåliga ölsinnet fram, oftast om han drack sprit. Då blev han snarstucken, märkte ord och kunde till och med ha anlag för svartsjuka, hade hon märkt.

– Kom igen, Jack. Vi går och lägger oss. Jag är hur trött som helst.

– Har du inget mer hemma? En liten sängfösare bara.

– Bea sover. Kan vi gå in till mig?

– Inget? Fan vad tråkig du är.

Tonen var överdrivet självömkande. Hon kunde honom vid

det här laget. Tittade trött på uppenbarelsen som stod och vinglade i hennes kök, som en stor jävla elefant som brakat in mitt i natten och rev allt som kom i dess väg. Han lommade efter henne in i sovrummet och stängde efter sig. Emma drog undan täcket och hoppade tillbaka i sängen.

Han tittade slugt på henne där hon satt i linne och trosor.

– Fan vad fin du är.

– God natt, Jack. Vi kan ha sex imorgon bitti när du är nykter.

Han gick fram till sängen och den låga byrån som stod till höger om den. Drog ut översta lådan men hittade inte vad han sökte.

– Kommer du ihåg vad du berättade för mig? När vi tittade på den där rullen och knullade?

Emma låg redan ner i sängen. Jack drog ut en låda till.

– Klart du har den bredvid sängen. Är det den här du använder när jag inte är här?

Jack höll fram Emmas dildo. Han drog igång den med en enkel vridning och den surrade lågt i hans hand.

Det generade henne inte att han hittade den, varenda människa har väl en massagestav. Men hon gillade inte den fyllestinna blicken.

– Gärna Jack. En annan gång.

Hon tog den ifrån honom.

Hundvalpsblicken igen, men med en mörk underton nu. Som en pitbull som visade tänderna samtidigt som den viftade på svansen. Han tog tillbaka dildon och la den mot hennes kind, pressade den mot hennes mungipa.

– Lägg av, Jack. Jag gillar inte när du håller på så där.

Han drog i hennes linne, fick fram hennes ena bröst ur urringningen. Nöp i bröstvårtan och fastän hans handlag var omilt kände Emma hur det drog en bisarr känsla av lust genom kroppen. Men hon ville ändå inte. Inte så här.

– För min skull. Jag har tänkt på det hela kvällen.

– Jack...

– Jag vill se dig använda den. Jag vill höra dig stöna mitt namn samtidigt som du knullar dig själv med den här. Gör det för mig.

Han gled med massagestaven nerför hennes mage. Tryckte den mot hennes sköte och sedan upp till troslinningen.

– Låt mig se.

Jack lyfte upp tyget med hjälp av staven och lät den glida ner över venusberget. Emma tittade på honom, hjälplös under hans genomträngande blick.

– Såja, duktig flicka.

Det kändes inte rätt. Fan också, tänkte Emma och kände hur det brände till i ögonen. Hon slöt ögonen för att inte börja gråta. Han fortsatte, drog ner hennes trosor. Vred på dildons fäste igen och den började sakta vibrera. Hon brukade alltid bli våt bara hon tog fram den annars, visste hur skönt det var att komma med hjälp av den lilla apparaten.

Men lusten var som bortblåst.

Det enda hon kände var kapitulation.

Den första snön kom redan i mitten av november. Det var fortfarande nästan en månad kvar till premiären. Emmas pappa Jonas hade sagt att han skulle flyga hem från London och Rebecca hade frågat om hon skulle planera för en bjudning hemma på kvällen efter filmvisningen.

– Mamma... Det kommer vara fest på stan förstår du väl? Jag tror filmbolaget har tänkt sig Café Opera.

– Jaja, jag frågade bara.

Emma satt i köket och tittade på snön utanför fönstret. Hon var förkyld och hade sjukskrivit sig från jobbet på kaféet. Det var så förbannat tråkigt där ändå. Det var ju inte det hon ville.

Universitetsstudierna hade hon skitit i, då i somras hade det känts som att filmen skulle generera andra jobb, men nu visste hon inte. Det kom väl efter premiären i så fall.

Den sista veckan hade hon låtit bli att svara när Jack hade ringt. Tre gånger hade han ringt men han hade inte lämnat något meddelande. Hon ville inte träffa honom när hon var så här trött och glåmig, men det var också något annat.

Det enda hon gjorde var att tänka på honom, anpassa sig efter hans nycker, fundera på varför han inte ringde. Ibland ville hon sätta sig ner med honom, se honom i ögonen och säga som det var. Jag är kär i dig, men det här funkar inte, ville hon säga. Är du kär i mig, ville hon fråga.

Vad är jag för dig?

Hon frågade inte för hon visste inte om hon ville veta svaret.

Nu hade han skickat ett sms. Hon hade mobilen framför sig på bordet och läste det om och om igen. Hon hade inte svarat.

Saknar dig. Kan jag hämta dig ikväll? Sov här.

Bea kom ut i köket. Emma föll framåt över bordet, lät huvudet vila mot armarna som låg utsträckta framför henne. Hon mumlade lågt mot bordsskivan. Visste inte om det var med sig själv, med Bea eller Jack hon pratade.

– Fan! Fan! Skit också!

– Vad har han gjort nu då?

– Inget.

– Okej…

– Ja men det är ju det. Han gör inget. Han bara vill ha massor av mig.

Bea satte sig mittemot henne och tog tag i hennes händer. Emma tittade upp på sin väninna, hennes ansiktsuttryck var milt och förstående. Hon gömde ansiktet mot bordet igen.

– Jag vet, Bea. Säg det inte.

– Jag har inte sagt något.

– Han är ett as. Jag vet det.

– Säg inte det till mig. Säg det till honom.

Emma tryckte på knapparna på mobilen där den låg, dold under hennes armar och hår. Den lilla displayens ljus glödde mot hennes kind.

– Det är ju det jag ska.

Hans stora svarta bil väntade utanför hennes port en halvtimme senare. Hon såg honom bara som en skugga bakom ratten genom de mörktonade rutorna. Hon öppnade dörren och steg in. Han sa inget och hon spände fast säkerhetsbältet. Inte en kyss, ingenting. Han körde ut från p-fickan och hon kände hur vreden blossade upp inom henne. För första gången kände hon att hon verkligen avskydde den här mannen.

Lika mycket hatade hon sig själv. Sin feghet, sin oförmåga att sätta gränser och kräva svar. Hon hade blivit allt det hon själv föraktade hos tjejer som kärade ner sig i äldre, framgångsrika män. Hon var så förutsägbar att hon ville kräkas.

– Hur har du haft det?

Det var förstås hon som bröt tystnaden.

– Bara bra. Allt är fint.

Tonen var kort när han svarade.

– Du ser sur ut.

– Jag är inte sur.

Han vred på huvudet, log pliktskyldigt men utan glädje.

– Vad är det då?

– Någon kuk till producent som jävlas med mig bara. Inget annat.

– Vadå?

– En roll. Jag fick inte en roll.

– Jaha...

– Det har aldrig hänt förut. Inte i Sverige.

Jack gjorde ett harklande ljud med näsan, det lät som något mullrade inne i bihålorna på honom.

– De ville ha någon yngre.

– Men Jack...

Emma kunde inte låta bli, hon visste att hon lät medlidande på rösten. Trots att hon visste att det var det absolut värsta han visste. Han hatade ömkande, han klarade inte av att bli betraktad med huvudet på sned.

De åkte hem till honom under tystnad. Jack tände inga lampor när de steg in i huset och Emma följde tyst efter i strumplästen. Han grep en fjärrkontroll på vägen genom vardagsrummet, drog igång Dinah Washington på låg volym och vinkade åt henne att följa med ner. Hon tyckte nästan att han såg ledsen ut där han gick, huvudet inte så stolt som annars. Trött och just så gammal som producenten uppenbarligen tyckte att han var.

Ilskan från nyss var som bortblåst.

Istället ville hon sluta honom i sina armar och trösta honom. Hon ville stryka hans hår från pannan, kyssa hans ansikte och ge honom all den värme och kärlek han aldrig riktigt verkade ha fått, trots alla beundrare och fans. Säga till honom att allt inte var yta och berömmelse. Hon gillade ju honom precis som den han var.

Vem det nu var, tänkte hon stilla.

Men han la sig raklång på ryggen på sängen och knäppte upp sina byxor utan att ens ta av sig tröjan och Emma förstod att det inte var ömma klappar han behövde.

I gryningen satte hon sig i en taxi och bilen körde över Skurusundet som låg höljt i dimma. Bron spände över mjölkvit tjocka så kompakt att ingenting syntes nedanför dem, inte vattnet, inte hamnen, inga hus. Det var som om de inte fanns.

Hon tyckte sig se skuggan av ett hustak långt där borta utåt udden, det skulle kunna vara Jacks. Det låg på en höjd, högt över alla andra hus. Dimman började lätta och hon anade en båts lanternor där nere under brons bågar innan de hade passerat sundet och fortsatte in mot stan.

Förkylningen rev i halsen och hon hoppades att den kunde bryta ut ordentligt istället för att ligga under ytan dag efter dag och bara få henne att känna sig håglös och hängig. Hon ville bli ordentligt sjuk.

Ibland fantiserade hon om att hon skulle bli påkörd av en buss när hon cyklade hem från caféet, eller att hon skulle få en lagom farlig cancer. Inte något dödligt, inte så.

Men tillräckligt för att hon skulle bli inlagd på sjukhus. Tillräckligt för att få Jack att inse att han faktiskt skulle kunna mista henne. Emma drömde om hur hon öppnade ögonen långsamt där hon låg, och såg honom stå i dörröppningen till hennes rum med en stor bukett blommor. Den resliga silhuetten i motljus och hela baletten, som i någon sjukhusserie. Han viskade hennes namn och nästan sprang fram till hennes sjukbädd.

Andra gånger drömde hon att det var han som låg där. Att hon satt vid hans sida och klappade hans hand. Sa att allt skulle bli bra och att hon skulle finnas där för honom.

En gång drömde hon att hon sket i att komma till sjukhuset. Att han fick ligga där och ruttna. Att hon skickade en bukett svarta rosor med ett kort där det stod: ”Du tror att alla älskar dig men de gör de inte. Antingen är de rädda för dig eller också hatar de dig.” Emma kände sig oerhört barnslig när hon tänkte sådana tankar, men det var som en ventil.

Hon visste att hon aldrig skulle våga säga rakt ut till Jack vad hon egentligen kände. Varken kärleken som hela tiden fick henne att följa, fjanta och falla, eller hatet som den sista tiden hade börjat röra sig där under ytan, likt en gryta som är precis på gränsen mellan sjudande och kokpunkten.

Och hon visste inte vilket som skrämde henne mest. Den överraskande starka kärleken till en man som faktiskt inte besvarade hennes känslor med respekt, eller hatet som hotade att bubbla över när som helst.

Bilen for fram genom natten. Tusentals små spikar av snö piskade mot rutan och känslan var nästan svindlande. Som om de färdades ut i rymden, ut i ingenting. Som att de lämnade allt känt bakom sig. Hon visste inte vart de var på väg.

Emma tittade på en avfartsskylt som de passerade förbi i rusande fart. Saltsjöbaden. Fisksätra. De svängde inte av. De var på väg hem till Jack. Hon var full, ganska ordentligt till och med. Jack hade också druckit, om än inte lika mycket som hon. Han borde inte köra, antog hon, men kunde inte känna att hon brydde sig. Inte egentligen.

Han låg i hundratio–hundratjugo. De passerade Björknäsavfarten också. Vart skulle de? Hade han missat?

Emma tittade under luggen åt hans håll, men sa ingenting. De hade inte pratat med varandra sedan de lämnade stan. Sedan de lämnade festen.

En fast hand hade slutit sig runt hennes armbåge, nästan hårt. Definitivt befallande. Hon hade skrattat och slagit bort handen, vänt honom ryggen, fortsatt prata med den andre mannen vid sin sida i baren. Den unge begåvade regissören. Han som alla pratade om. Han med de isblå ögonen och de djupa skrattgroparna i kinderna. Han som hade stått vid Emmas sida hela kvällen, fyllt på deras glas och ägnat henne sin fulla uppmärksamhet. Honom hade hon hängt med i flera timmar, inte med Jack.

Men så hade Jack velat gå. Han hade tagit tag i hennes arm

igen, kilat in sig mellan henne och regissören, hans långa kropp hade dolt den andra mannen.

– Nu går vi, Emma. Nu.

Emma hade böjt sig fram och fått kontakt med regissören igen. De hade kiknat av skratt.

– Vad är det med dig? Är du min pappa eller?

Regissören, betydligt yngre än Jack, hade slagit sig på knäna åt skämtet och pekat på henne med ett långsamt gungande finger genom luften. Den var rolig, du.

I nästa sekund hade han fått upp henne på fötter. Barstolen bakom henne föll till golvet med en duns och hon hade nästan hängt fritt i luften. Så hade hon återfått balansen på sina höga klackar. Stirrat på Jack, förvånad nu. Fortfarande lite full i skratt, av alla drinkar och av hela situationen. Vad var det med honom, liksom?

Var han… svartsjuk?

Emma hade lutat sig fram och lagt en arm om hans hals, klappat honom ömsint på kinden, strukit över hans axlar.

– Vi pratade ju bara. Älskling…

– Jag är trött. Jag vill hem.

Just i den stunden, just där vid bardisken i det flimrande skenet från dansgolvet och med den yngre regissören som en slående kontrast, just där och då hade Jack Rappe sett ut som en sur och grinig gubbe. Fårorna i ansiktet. Mungiporna som drog neråt, neråt, neråt. Tråkig och trist. En riktig partypooper.

Ändå hade hon följt med. Sträckt lite på sig och kostat på sig en lång kyss på regissörens kind, armarna om hans hals en extra sekund och rumpan vilande mot Jacks lår.

Men sedan hade hon sagt hejdå och gått med Jack ut till garderoben och sedan till bilen. De hade ju kommit tillsammans, klart att de skulle gå tillsammans. Det var en outtalad överenskommelse. Eller?

Han svängde av vid Orminge, körde förbi centrum och fortsatte ut mot ett industriområde. Stora vita klossar till byggnader bakom stängsel och igenbommade grindar vilade tysta i natten. Klockan var två och de mötte inga bilar. Vägbanan var glashal, men nu körde Jack i alla fall inte lika fort längre. Det låg ett millimetertunt lager av pudersnö över den gråsvarta asfalten, snöflingorna dansade lätta som florsocker framför strålkastarna.

– Vart ska vi?

– Du ska få se. Ett fint ställe.

– Är du sur?

– Nej. Varför skulle jag vara det?

Han sa det som om incidenten i baren aldrig hade inträffat. Han gav henne en snabb blick och ett varmt leende. Som om allt var precis som vanligt. Hon hade kanske överreagerat. Jack var inte lagd åt det svartsjuka hållet.

Med ens sköljde en bitter känsla av besvikelse genom henne. Hon ville ju det. Att han skulle markera revir. Att han skulle visa omvärlden att hon var hans. När hans äganderätt visade sig, så som den hade gjort där i baren, så blev hon... smickrad. Glad och lättad. Det var de två. Klart att hon inte kunde sitta och flörta med en annan kille då.

Efter industriområdet fortsatte vägen in i skogen. Vägbelysningen försvann och de körde rakt in i kompakt mörker. Jack slog på helljuset och den isiga vita vintergatan sken upp. I vägkanten glimmade det till, bilens framlyktor mötte ögonen på något djur. En ljus skugga rörde sig hastigt över vägen och hon tyckte att det såg ut som en räv. I nästa sekund var den uppslukad av mörkret. Den kom undan.

Granar och tallar höjde sig svarta runt dem och hon återfick känslan av overklighet från nyss. Som att de två befann sig i ett eget universum, där ingen annan kunde se eller komma nära dem.

Berusningen gjorde det svårt att fästa blicken och hon tyckte att det slog mot öronen av susande ljud. Ljud som hon visste inte fanns, annat än i hennes egen skalle.

Hon var förbannad. Arg för hur han hade betett sig förut, men också för att det ändå inte verkade ha betytt något. Så fort hon hade gett med sig och följt med honom var det som överspelat. Som att det aldrig hade hänt.

Hon hade ju gått med honom därifrån för att hon hade sett svartsjuka. För att hon hade väntat sig någon form av fortsatt reaktion. En förklaring. Kanske till och med ord av kärlek. Nu insåg hon att de inte skulle komma.

Bilen kom ut ur skogen och de möttes av månskärans sken över vattnet. De befann sig långt ut på en udde och nedanför dem glimmade det svarta vattnet från Saltsjön. Jack styrde bilen försiktigt ner för en backe som vek sig runt berget i en hisnande kurva. Det var förstås inte sandat och bilen skulle lätt kunna få sladd och fortsätta ut över stupet, ner i mörkret. Bara låga skyddsräcken omgav kurvan.

Han körde fram en bit till och stannade bilen vid en stor asfalterad vändplan. Bortanför dem stod ett nedsläckt hus och ännu en bit bort låg ett gammalt fartyg vid kajen. Från de båda masterna hängde lysande ljusslingor och i ett fönster sken en ensam adventsljusstake. Inga andra bilar fanns här och Emma vred på huvudet. Var var de någonstans? Ovanför huset satt en skylt på klippan. Telegrafberget.

Emma hade aldrig varit här förut, men hon kunde hålla med Jack. Det var ett fint ställe. Ödsligt så här på natten, och lite kusligt. Men fint. På andra sidan vattnet glimmade hundratals ljus från stora kåkar. Det måste vara Lidingö. Överflödet syntes också nu med belysta granar, terrasser, balkongräcken, träd, gångar och uppfarter.

Han lät bilen gå på tomgång och fläktarna pumpade ut varm luft. Hon bar tjock jacka men tunna kläder under. De hade ju varit på premiär, hon hade gjort sig fin med klänning, nyfönat hår och kraftig make-up som gjorde sig bra på fotografierna från röda mattan. Idag var första gången hon hade varit på en premiär och inte fått en enda fråga om vad hon hette. De visste det nu. Hon var igenkänd.

Jack hade satt på någon r'n'b-kanal på radion och nynnade med i en låt av Rihanna. Han hade en fin röst, anspråkslös men klar och med vibrato. Rihannas smeksamma röst blandades med Jacks lågmälda. Lyssnade han ens på vad han sjöng?

Emma stämde in och så satt de en stund, sjöng med i den välkända sången och tittade ut i natten, över ljusen långt där borta som glittrade som julgranspynt och på mångatan som löpte fram över den blanka vattenytan. *That was quite a show. Very entertainin', but it's over now. Go on and take a bow.*

And the award for the best liar goes to you.

Jack drog ner sin gylf och sköt tillbaka sätet en bit. Sträckte på sig och lyfte enkelt fram sin styva lem ur byxorna. Höger hand smekte utmed Emmas kind, letade sig in bakom örat och in i håret. Drog henne intill sig, men direkt ner dit.

Emma försökte hålla honom, ville inte att han skulle komma riktigt än. Hon ville känna honom i sig, hon ville också njuta. Hon drog bort huvudet och tittade upp på Jack. Han satt tillbakalutad med halvslutna ögon, blicken långt borta över vattnet, oseende ögon.

– Varför slutar du?

Irriterad nu. Det blänkte till i ögonen.

Emma drog lockande ner axelbandet på sin röda klänning. Sög på läppen och reste sig halvvägs upp ur passagerarsätet. Hon började krångla sig ur strumpbyxor och trosor på samma gång.

– Jack... Jag har längtat så efter dig.

Hon böjde sig fram för att ge honom en kyss samtidigt som hon nu med bar underkropp klev bort mot honom i förarsätet. Han svarade på kyssen och lät henne gränsla honom. Lyfte fram brösten och tog dem i munnen. Emma stönade högt när han lät tänderna sluta sig kring hennes styva bröstvårtor. Gungade i takt med nästa låt och gömde ansiktet mot Jack hals. Drog in hans doft och trodde att hjärtat skulle sprängas.

I nästa stund hade han lyft bort henne och vridit henne ett halvt varv. Hon stötte i ena knäet i växelspaken när han föste henne framåt mot förarsätet. Lyfte på hennes klänning för att ta henne bakifrån och hon trycktes obekvämt upp mot dörren och fönstret. Tog stöd med händerna mot rutan när hon plötsligt kände hur han pressade på med sin penis mot hennes analöppning.

– Nej Jack, jag har sagt...

– Sch...

– Ah men, aj fan.

Han tryckte på och lyckades pressa in toppen på ollonet. Det stack till av smärtan och hon försökte dra sig undan, hela kroppen ryckte till när musklerna spände sig för att parera. Det gjorde fruktansvärt ont och hon skrek till.

– Lägg av Jack, har jag ju sagt! Jag vill inte.

Han drog med handen utmed hennes ryggrad, lät handen fortsätta ner mot svanken och rumpan och tryckte istället in hela tummen i hennes anus.

– Aj! Aj! Aj!

– Det blir bättre om en stund. Slappna av bara.

Emma vred sig undan och satte sig resolut på rumpan på sätet. Skötet och baken satt direkt på den svala skinnklädseln. Det gjorde fortfarande ont och hon blängde på honom där han satt. Trodde han verkligen att hon tänkte göra något som var så förbannat smärtsamt bara för att han... Vad var det med honom egentligen? Var det här något slags straff för det där med regissören i baren på festen? Kroppen mindes med ens hur hans stånd kändes den där gången på stranden, på filminspelningen... Motviljan. Känslan av att något var väldigt fel. Rädslan.

Det kom över henne nu igen. Framför allt rädslan.

– Vad fan är det med dig egentligen?!

Nu var det hans ord. Han var rasande och det flög små droppar av saliv ur hans mun. För en sekund drog en knivskarp tanke genom hennes huvud.

Han är farlig.

Emma fick upp bildörren och hoppade ut. Fan ta honom! Det högg till i fötterna av kylan från den frusna marken och hon sträckte sig efter sina skor. Hon tänkte säga honom ett och annat om hur...

Då tog han upp hennes handväska från golvet och kastade den på henne. Väskan studsade mot axeln och hamnade på marken bredvid henne.

– Vad håller du på med? Är du inte riktigt klok?

Han skyfflade ut hennes täckjacka ur bilen också, och trosorna som hon nyss hade dragit av sig. Hon fick klumpigt ner fötterna i sina höga pumps och la armarna i kors. Spände blicken i Jack, men hans blick var svart och outgrundlig. Han var nästan inte kontaktbar.

– Du är bara ett litet luder! Hör du det?!

Han fnös när han sa det. Som om hon var det äckligaste han någonsin sett.

Emma stirrade på honom. Oförmögen att svara. Alldeles nyss hade de älskat med varandra. Och nu...

– Fitta!

Med det ordet drog han igen dörren. La i backen och for iväg. Snön sprutade från bakdäcken och Emma stod som fastfrusen och såg hur jeepen körde bort uppför backen.

Det hade slutat snöa men var flera minusgrader. Hon drog på sig jackan och fipplade med mobiltelefonen med stelfrusna fingrar som inte ville lyda. Tappade den och var under den sekund det tog för mobilen att fara genom luften från hennes hand ner mot asfalten livrädd att den skulle gå sönder och att batteriet skulle flyga ut, att sim-kortet skulle försvinna här i mörkret. Att hon inte skulle kunna ringa. Hon skulle frysa ihjäl här ute. Men den klarade sig och hon lyckades få fram numret till Taxi Stockholm.

När hon hörde rösten i andra änden började hon gråta.

– Hallå? Vad gäller det?

– Jag… jag behöver en taxi. Kan ni köra ända hit ut?

– Vad är det som har hänt? Ska du ringa 112?

– Nej nej. Det är ingen fara.

Emma snörvlade. Klamrade sig fast vid den lugna rösten.

– Var är du?

– Något… Telegrafberget? Kan det heta så?

– På Dalarö?

– Nej. Nacka. Tror jag i alla fall. Lidingö är mittemot. På andra sidan vattnet.

– Tack, då vet jag. Det kommer en bil. Kan jag ge chauffören det här numret?

– Gör det. Tack.

Emma klickade av och ställde sig att vänta. Det blåste vid vattnet så hon började gå bort mot vägen. Stapplade uppför backen och undrade stilla vad fan hon precis hade varit med om. Tårarna fortsatte rinna nerför hennes iskalla kinder, men nu var det inte gråt av ilska eller chock. Det var skam.

Det var droppen. Den här gången slutade hon att svara när han ringde, inte ens när det kom en stor bukett blommor hem till henne med bud efter att hon klickat bort hans samtal flera gånger. Hon grät mycket, men visste inte om det var för det Jack hade gjort och sagt eller för att hon saknade honom så förbannat. Kanske var det både och.

Så ringde Linda Gregers. Det blev möte om lanseringen av filmen, det pratades om marknadsplan, strategier, reklamspottar och alla förväntningar på framför allt Emma och Jack. Han var i vanlig ordning inte med på mötet.

– Jag skulle gärna se mycket av er tillsammans. Kanske att ni kan börja gå på en del premiärer ihop och så? Synas tillsammans. Vad tror du om det?

Emma tittade misstroget på producenten. Var hon helt borta, eller? Emma trodde faktiskt att ryktena om henne och Jack hade nått henne. Om inte annat med tanke på att de setts tillsammans så mycket under hösten. Men Jack hade förstås varit mån om att alltid förneka att de var något annat än kollegor.

– Visst.

– Sedan har vi redan fått en riktigt bra förfrågan, från en av söndagsbilagorna. De vill ha er på omslaget, sju–åtta sidor inne i tidningen, stor puff i papperstidningen och på nätet dagarna innan och så vidare. Precis rätt för oss. Men då ska det vara ni två. Räven och dunungen, liksom.

– Jaha.

Emma hörde själv hur håglöst ointresserad hon lät. Vad skulle hon säga? Hon kunde ju inte vägra att vara med på lanseringen, men hon kunde inte heller spela jublande glad.

– Toppen. Vad bra. Då ser vi till att boka på det.

Emma satt i en taxi på väg ut till Jacks hus. Tidningen hade förstås velat att de skulle ses där för plåtningen och Emma gjorde som de sa. Magen var full av sura uppstötningar, det kändes som om hon hade ätit ett kilo röd paprika. Hon rapade bakom näven och trodde nästan att hon skulle kräkas där hon satt i bilen.

Igår hade hon också gjort en intervju, men bara hon. Kulturreportern hade varit påläst, hade sett filmen och varit full av beröm och smicker. Och oroad omsorg. Halva intervjun hade handlat om våldtäktsscenen, reportern ville veta allt om hur inspelningen hade varit och hur Emma mådde efteråt. Om hon var upprörd över sexuella övergrepp i största allmänhet och om hon hade varit med om något liknande själv. Emma hade studsat inför den fräcka frågan och försökt slingra sig ur pratet om våldtäktsscenen. Men det var tydligt att det var detta reportern var mest intresserad av. Frågorna kletade sig fast som upphettat socker och Emma tyckte det blev mer och mer olustigt. Hon ångrade att hon hade tackat nej till filmbolagets erbjudande att ha en pressagent med under intervjun.

Hon hade gång på gång försökt säga att hon egentligen tyckte att vissa av de andra scenerna hade varit minst lika svåra och jobbiga att göra, men hade märkt att reportern bara nickade då, inte antecknade.

Som alltid när hon passerade över Skurubron vred Emma på huvudet och tittade på alla hus och marinan där nere som var tömd på båtar nu. Dimman låg som ett lock över vattnet som var varmare än luften ovanför. Hon såg en svan lyfta från vattenytan och på svävande vingar försvinna iväg in i diset. Hon var så nervös att hon fick bita ihop munnen för att inte säga åt chauffören att vända om och köra tillbaka henne in till stan.

– Emma! Härligt!

Jack öppnade dörren innan hon hann ringa på. Han stod med en hand runt dörrkarmen och den andra höll i handtaget, han hängde ut genom dörröppningen som vore han korsfäst. Hela Jacks uppenbarelse var ett strålande leende och hon kunde se direkt att han var ganska packad. Han erbjöd sig att ta kappan och lyfte den från hennes axlar.

– Vi har börjat med lite champagne här. För att komma i stämning. Vad tror du? Vill du ha?

– Tack, men nej. Det känns lite... tidigt.

Hon fick ett par lyfta ögonbryn till svar. Hon hälsade på hela teamet från tidningen. Reportern, fotografen, en stylist, en sminkös samt en fotoassistent som var i full färd med att fästa lättningsfilter på strålkastare som placerats ut runt soffan och eldstaden. Alla utom fotografen var kvinnor.

Jack hängde nonchalant mot spiselkransen borta vid fotoassistenten och verkade berätta någon rolig historia för den unga kvinnan som började skratta hysteriskt med blossande hals och kinder. I hans ena hand hängde ett halvfullt champagneglas och han bar svarta byxor och en ännu inte knäppt smokingskjorta. Håret låg pressat i en glänsande svart kåpa på huvudet och hon såg att de hade förstärkt hans ögon med en smal kajallinje runt ögonen.

Emma insåg att hon knappast var den enda här inne som hade svårt att hålla sig opåverkad inför Jack Rappe.

– Jag funderar på om han inte ska behålla skjortan öppen så där.

– Mmm. Lite dandy-feeling. Rufsa till honom lite.

– Ge honom en kvart till med flaskan så fixar han nog det ganska bra själv.

Emma hörde hur fotografen och stylisten pratade om Jack. Trots att hon själv störde sig på hans beteende kände hon hur irriterad hon blev av tonen i deras samtal. Som att hon ville försvara honom. Säga att han inte alls var något fyllo.

Fastän hon visste hur det stod till. Fastän hon sett honom i till och med sämre skick än så här. Fastän han utan tvekan var full och klockan inte ens var halv elva på förmiddagen.

Emma erbjöds att välja mellan några galna kreationer. Den ena var en genomskinlig robe från Stella McCartney med tillhörande strumpeband och behå. Snygg, men inget hon tänkte visa sig på ett tidningsomslag i. Sedan fanns det ett oversized grovstickat linne med brottarrygg från Day Birger et Mikkelsen som stylisten föreslog att hon skulle bära med bara strumpbyxor och sedan svarta trosor över. Och stilettklackar till, förstås. Emma blev förtjust i en bustierklänning i svart sammet, men den var för liten. Vecket mellan bröst och armhåla la sig över linningen och det såg inte klokt ut.

– Kan jag inte ha något över?

Stylisten skakade uppgivet på huvudet. Och höll fram linnet.

– Prova. Jag lovar att det blir snyggt. Det är stort, inget tajt. Det blir lite Marilyn i *Let's make love*. Och så femtiotalslockar på det. Svart eyeliner och en mouche, kanske.

Emma ryckte på axlarna. Hon brydde sig just nu inte ett förbannat dugg. Drog klänningen över huvudet och struntade i att skyla kroppen. Här var nästan bara tjejer och Jack hade sett henne naken så många gånger ändå. Inte för att han verkade bry sig, där han gled runt i rummet mellan fotoassistenten och baren. Nu hade han hällt upp en whisky till sig själv och Emma undrade vad han höll på med. Var han nervös, eller? Henne såg han inte åt.

Emma ombads att ställa sig bredbent uppe på soffbordet. Jack satt på golvet nedanför och sippade på sitt glas. Fotografen brände av några bilder och Emma följde hans malande anvisningar. Upp med hakan, men bara lite. Se inte arg ut. Hon vred på huvudet en millimeter i taget, fuktade läpparna när fotografen bad henne. Händerna i sidan, armarna i kors, nej det var bättre innan. Hon fick höra hur snygg hon var och försökte koncentrera sig på kameralinsen. Undvek att titta ner på det vrak till man som satt vid hennes fötter och flinade.

Vid ett tillfälle lyfte Jack hennes ena fot, tog den i sin hand. Hon kände hur hon vacklade till där hon stod, hon tappade nästan balansen. Och hans händer som slöt sig runt hennes vrist kändes så bekanta, så värmande. De ständiga blixtarna som smällde framför ögonen började plåga henne nu, hon kände en begynnande huvudvärk ticka igång bakom pannbenet.

– Nej, vänta. Kan vi… Jack? Jag har en idé.

Fotografen kom fram och gav dem nya instruktioner. Jacks skjorta var knäppt ett par knappar nu men fotografen ville ha den öppen igen. Han undrade om det kändes okej för Jack att de sprayade honom med en vattenflaska på bröstet. De ville ha en svettigare look.

Jack rapade utan att be om ursäkt och började garva.

– Jag kan visa kuken om det är det du vill. Är det inte det ni vill ha?

Emma såg med en blandning av sorg och äckel på hur Jack svepte det sista i whiskyglaset. Han drog av sig skjortan och knölade ihop den till en boll. Kastade den tvärs över vardagsrumsgolvet och blängde på teamet som stod runt dem. Fortsatte skratta och drog ner gylfen. Emma skakade på huvudet samtidigt som han lyfte fram sin halvstyva penis ur byxorna. Äh men, vad fan… Jack…

– Är det inte så? Lite kuk i kvällstidningen? Det är väl det ni alltid har velat ha? Från Jack the Mack.

Han uttalade de sista orden med rösten drypande av förakt. Av självförakt? Emma såg hur den tidigare så rodnande fotoassistenten nästan ryggade undan när Jack riktade sig mot henne med sitt skrev.

Emma kunde inte längre låta bli utan satte sig på huk på bordet.

– Jack. Snälla, fina... Du. Kom.

Han lyssnade fastän hon talade lågt. Kanske för att det var de första personliga orden hon yttrat till honom på flera veckor. Han vred på huvudet och mötte hennes blick, armarna hängande utmed sidorna och byxorna öppna. Naken på alla sätt en människa kan vara. Hon anade hans lem genom gylföppningen, men för en gångs skull gjorde åsynen av hans kön henne inte knäsvag eller upphetsad. Det var bara så sorgligt att se honom.

– Du Emma om någon vill väl...

– Jack. Inte nu.

Emma skärpte tonen. Hon förvånades själv över hur hon lät, men hon visste hur Jack skulle hanteras när han var riktigt berusad. Hon ville inte att de här tidningsmänniskorna skulle se honom så här. Inte heller att de skulle förstå vad som fanns, eller hade funnits, dem emellan.

Hon hjälpte honom att sätta sig i soffan och beordrade sedan fram kaffe, bad assistenten att öppna altandörren en stund och satte sig själv bredvid Jack.

– Gylfen, Jack. Dra upp den.

Han lutade bak huvudet och såg på henne med en simmig blick, vreden långt där under men hånflinet låg över som ett skydd.

– Sådana fittor det finns överallt.

– Skärp dig nu, Jack. Gör ditt jobb. Några bilder till så är de klara sedan.

– Stannar du?

Emma svarade inte. Hon visste redan att hon skulle göra det, men den tillfredsställelsen tänkte hon inte bjuda på än.

– Men bit ihop för fan. Som du alltid sagt till mig att göra. Gå in i rollen eller något. Leverera.

Hon lät förbannad, det hörde hon. Hånflinet i Jacks ansikte övergick i något som nästan såg ut som ett innerligt leende.

– Jag gillar dig när du är så där... bossy.

Han klöste med fingrarna i luften och låtsasröt som en parodi på ett rovdjur. Och det var just vad han var, tänkte Emma. Skuggan av ett lejon.

För att kunna hantera den ostyriga Jack bad fotografen honom att lägga sig raklång på soffbordet, på rygg med huvudet hängande över kanten mot kameran. Han bad Emma att se till att hålla honom vaken och gav assistenten i uppdrag att få ny fyr på brasan i bakgrunden. Och sedan ville han ha Emma till att stå bredbent över Jack.

– Du vet, med anspelning på filmen och på Shakespeare. Argbiggan och hennes offer, typ.

Det kändes en smula långsökt men hon klev försiktigt upp på bordet över Jacks bröstkorg. Hon poserade lydigt i sina höga stilettklackar och tittade ner på Jack där han låg. Han gav henne en skälmsk blinkning och när fotografen började plåta igen bjöd han vant på några av sina karakteristiska vargflin.

Emma kände på sig redan där hon stod att det här skulle bli en uppmärksammad bild. Han barbröstad och med blottad hals, och hon som en amason över honom med långa ben och händerna i sidorna i maktpose. Överdrivet på gränsen till det tillåtna och just därför ganska läckert.

Succé och fiasko i ett. Men vad var det man sa i show business? All publicitet är bra publicitet.

III

Mars

– Tosca, finalmente mia! Maledetta!
– Questo è il bacio di Tosca!

ur Puccinis opera Tosca

Ibland kunde en mor knuffa sin unge långt ut i månskenet för att vara säker på att den inte skulle bli förbisedd. Akela ropade från sin klippa:

”Ni känner lagen – ni känner lagen. Titta noga, alla vargar!”

Och de ängsliga mödrarna upprepade ropet:

”Titta – titta noga, alla vargar!”

ur Djungelboken
av Rudyard Kipling

Solen är ännu inte uppe när Håkan Gunér promenerar till jobbet. Bergsgatan på Kungsholmen vilar i grått gryningsdis och nederbörden växlar mellan småspik och blötsnö. I hörlurarna hör Håkan Gunér signaturen till morgonekot annonsera att klockan är sju.

Flera stora vita sändningsbussar står redan dubbelparkerade utanför säkerhetssalens entrédörrar med vispande röda ljus som upplyser om att de är i sändning. I morgonblåsten kurar reportrarna i en ringlande kö utanför. Som vaktmästare kan han gå en annan väg om han vill och det gör han. Det kommer att bli en hysterisk dag, det ser han redan nu.

I radion påannonseras ett inslag härifrån och P1:s reporter på plats upplyser också hon om att det ser ut att bli ”ett oerhört hårt tryck på rättegången”.

Som vaktmästare för landets mest påpassade rättssal har Håkan Gunér varit med förr, men upphör ändå aldrig att förvånas. Idag börjar årets rättegång, om den inte till och med kandiderar till titelmatchen om decenniets rättsspektakel. Trots att det inte finns någon egentlig hotbild mot vare sig offret eller den tilltalade valde domstolen att förlägga de fyra rättegångsdagarna hit, till den moderna och lättövervakade Säkerhetssalen. Det kommer att bli tumult hur de än gör, men här finns fler utvägar och olika tekniska lösningar för att hantera horderna av journalister, fotografer och nyfikna i största allmänhet.

Håkan Gunér funderar på om han ska säga till de unga tjejer

som står i kön att de lika gärna kan bege sig hem. Mediebolagen, radiokanalerna och tidningarna har redan bokat nästan alla platser i salen. Igår kväll kom den sista bokningen, den amerikanska nyhetsbyrån AP. Det har inte hänt så länge han kan minnas.

Vid åtta börjar de släppa in folk. Håkan Gunér känner igen flera av besökarna och några av dem hälsar på honom. Många av dem ser honom inte alls där han sitter i sitt lilla krypin till kontor bakom förskjutna glasfönster. Han ser att de inte ser, men han har vant sig. Med sitt rödflammiga ansikte och sin begynnande flint som han kammar över varje morgon är han en man som hellre försvinner in i kulisserna än sticker ut och blir betraktad och granskad.

Det gör inte Håkan Gunér något att de flesta skiter högaktningsfullt i hans existens, men han vet att de snabbt får upp ögonen för honom i samma stund som de får problem med ljudupptagningen inifrån rättssalen eller vill veta vilken väg åklagaren tar när hon ska gå på lunch. Det finns de som smörar redan vid ankomst, i hopp om att just de ska få veta genom vilken dörr den häktade förs in eller i ett fåfängt försök att pumpa honom på insider-skvaller. De borde veta vid här laget att Håkan Gunér är en mussla.

Journalisterna har ännu en halvtimme att slå ihjäl i väntan på att rättegången ska börja. Inga advokater eller anhöriga syns till så det finns ingen att intervjua. I brist på annat väljer flera journalister att intervjua varandra. Framför allt ser han att tv-reportrarna hopas kring de utländska korrespondenterna. Deras blotta närvaro på en svensk rättegång verkar räcka som skäl till att intervjua dem.

Runt dörröppningen in till själva rättssalen står en skock fotografer. De klättrar på varandra som småungar som väntar på att bli insläppta i en leksaksaffär. Med den avgörande skillnaden att de här herrarna inte får komma in, inte med kameror.

Det här intresset, den här hysterin. Bara för att han är känd. Håkan Gunér förstår det faktiskt inte riktigt. Jack Rappe är ju bara... en människa.

Förra veckan utspelade sig en tragisk historia med en restaurangägare som fått hela sitt liv förstört av att han kommit på kant med en lokal mc-klubb någonstans uppe i Norrland. Eftersom han haft den dåliga smaken att polisanmäla mc-gängets utpressningsförsök hade de bränt ner hans lilla pizzeria och även försökt spränga hans bil i luften. Mannen och hela hans familj hade fått gå under jorden och skulle aldrig kunna återgå till sitt vanliga liv, allra minst efter rättegången förra veckan. Men då hade väntrummen, journalistbåsen och åhörarläktaren gapat tomma. Mc-gäng och övergrepp i rättssak var gamla nyheter i jämförelse med detta.

Han märker att folksamlingen klumpar ihop sig i trappan som går ner från kapprummen mot rättssalen. Ännu fler reportrar får vittring på att något är i görningen och på bara några sekunder har alla kroppar satts i rörelse mot trappan. Den är inte mer än ett par tre meter bred och det blir stopp direkt.

I nästa stund ser Håkan Gunér en man och en kvinna som kommer ner för trappan och som ansträngt försöker avvärja de många frågorna från journalisterna. Mannen är ljus och lätt solbränd, klädd som en jurist i exklusiv kostym men han rör sig mer som ett offer eller en anhörig. Lätt ihopkrupen, på sin vakt. Kvinnan är lika lång som mannen och mörk, med kortklippta lockar och hårt åtdragen kappa med uppslagen krage. Till slut höjer mannen handen mot kameramannen och höjer rösten.

– Det räcker nu. Vi måste få ta oss förbi.

– En sista fråga: var det aldrig aktuellt för dig att företräda din dotter under rättegången?

Mannen skakar bara på huvudet och lägger en beskyddande arm kring axlarna på kvinnan och pressar sig förbi de sista reportrarna. Ytterligare en fråga kastas ut men förblir svävande i luften. Mannen och kvinnan försvinner iväg in i rättssalen och sätter sig längst fram.

Brottmålsadvokat Shirin Sundin sitter i ett angränsande rum tillsammans med Emma Wahl. Det ringer oupphörligt på Shirins mobil och hon trycker gång på gång på upptaget-knappen. Emma Wahl rycker till varje gång den dramatiska Gudfadern-signaturen börjar spela och till slut gör Shirin det enda riktiga och stänger av telefonen. De ska ändå in snart.

– Är allt okej?

– Mmm.

– Vill du ha något?

– Mmm... nä.

– Säkert?

– Mmm.

Mycket mer har inte Shirin fått ur Emma den senaste timmen. Hon återvänder till sina papper. Läser på en sista gång. Sluter ögonen och fokuserar på sin inre målbild. Hon ser framför sig hur hon står vid telefonen som ringer, tingsrätten meddelar sin dom. Frikänd. Åtalet ogillas. Succé.

Hon öppnar ögonen igen och tittar på det översta pappret i sin hög.

Ansökan om stämning. Tilltalad Emma Ulrika Wahl, tilltalsnamn Emma. Ansvarsyrkanden m.m. Försök till mord. Målsägande Rappe, Jack Christian (Underrättad).

Vice chefsåklagare Madeleine Edwards har skrivit gärningsbeskrivningen som kommer att läsas upp om lite mindre än en kvart och som Shirin Sundin nu ögnar igenom för femtielfte gången.

Försök till mord, alt. Försök till dråp
Emma Wahl tillfogade den 12 januari 2010 i Nacka uppsåtligen Jack Rappe allvarlig kroppsskada och smärta genom att slå sönder en glasflaska och med denna som vapen attackera honom och hugga eller skära honom i buken. Hugget eller skärandet orsakade massiv blödning och skadan som tillfogades medförde fara för Jack Rappes liv. Kroppsskadan har gett bestående men i form av kolostomi samt ärrbildning och kvarvarande smärtor. Emma Wahl har under händelseförloppet agerat hänsynslöst och därefter varit helt likgiltig inför de skador hon tillfogat Jack Rappe och inför huruvida dessa skulle kunna leda till Rappes död.

Alternativt har Wahl tillfogat Rappe kroppsskada och smärta och ska dömas för misshandel, som utifrån omständigheterna ska bedömas som grov.

Shirin Sundin höjer blicken och tittar på Emma på andra sidan bordet. Det är fortfarande, också för Shirin som är hennes försvarsadvokat, svårt att riktigt få ihop bilden av gärningen som beskrivs i åtalet och den lilla varelse med en skadeskjuten hares blick som sitter ihopkrupen på stolen bredvid.

Emma bär för dagen noggrant utvalda kläder, en enkel v-ringad pullover i blekrosa, jeans, låga ballerinaskor och inga smycken utöver små guldringar i öronen. Lite make-up men inget läppstift. Hon ser rar ut. Rädd, rar och ung.

Emma Wahl tuggar förstrött på ett nagelband och ser ut att vara i sina egna tankar. Som att hon inte riktigt är där. Kanske är det också så, tänker Shirin. Och just nu tänker Shirin inte vara dum nog att skrämma upp sin klient genom att upplysa henne om den verklighet som bokstavligen bankar på dörrarna här utanför.

Hon läser längre ner på pappret.

Bevisning
– Förhör med den tilltalade som erkänner gärningen men bestrider ansvar för brott under påstående att hon handlat i nödvärn
– Målsägandeförhör
– Vittnesförhör med:
Henriksson, Lena ang. det larmsamtal hon mottagit från Jack Rappe den 12 januari och till styrkande av skadans mycket allvarliga art och att det var han själv som ringde 112
Al-Fahiri, Yonas ang. de operationer som utförts på Södersjukhuset och till styrkande av att Jack Rappe länge svävade i livsfara
Lukas, Jon ang. hans iakttagelser vid brottsplatsundersökningen, de fynd som gjorts samt vilka slutsatser han som kriminaltekniker dragit ang. tillvägagångssätt, ev. kamp mellan Wahl och Rappe före attacken, samt till styrkande att vapnet (flaskan) kastats ut på isen efter gärningen i syfte att förslöra eller gömma detta
Nilsson, Jim ang. de iakttagelser han gjorde i sin taxibil natten mellan den 11 och 12 januari i samband med körning av Emma Wahl och Jack Rappe från Café Opera till Rappes hem i Nacka
Gonzalez, Miguel ang. de iakttagelser han gjorde i sin taxibil morgonen den 12 januari i samband med körning av Emma Wahl från Rappes hem i Nacka till Wahls hem på Sofiagatan på Södermalm, samt om påträffandet av ett par skor tillhörande den tilltalade
Rättsintyg, Förundersökningsprotokoll (FUP) del 1, s. 10–18

Undersökningsprotokoll av brottsplatsen och Rappes kläder m.m., FUP del 4, s.15–16
Jouranteckning, FUP del 2, s. 20–21
Utlåtande av Olof Olsson, överläkare vid Gastrocentrum Karolinska Universitetssjukhuset, FUP del 1, s. 22–25
Foton från brottsplatsen, FUP del 4, s. 45–49
Undersökningsprotokoll, FUP del 2, s. 86 avseende kriminalteknisk analys av glasflaska samt läppavtryck på flaskhalsen
Beslagsprotokoll, FUP del 1, s. 60–62 utvisande sönderslagen glasflaska samt glassplitter som påträffats dels inne i brygghuset hos Rappe samt på isen runt bryggan
Beslagsprotokoll, FUP del 1, s. 65 utvisande högklackade skor av märket Christian Louboutin, tillhörande Emma Wahl, med blodspår från målsäganden
Fotobilaga avseende Emma Wahl i anslutning till gripandet, FUP del 4, s. 55–56
Beslut om kroppsbesiktning, blodprov, topsning m.m. avseende Emma Wahl, FUP del 2, s. 22
Foton från mobilkamera, FUP del 4, s. 50–54 utvisande hur Wahl och Rappe tillsammans stiger in i en taxi i Kungsträdgården, Stockholm
Utdrag från sms-trafik mellan Emma Wahl och Jack Rappe, FUP del 2, s. 67–79

Jesus, tänker Shirin Sundin. Åklagaren har både hängslen, livrem och extra resår. Hur ska det här gå?

Som försvarare är hon förstås skeptisk till åklagarens gärningsbeskrivning och inte minst brottsrubriceringen. Emma Wahl försökte inte mörda Jack Rappe. På sin höjd kan det vara fråga om ett dråpförsök, eller grov misshandel. Shirin Sundin tror åklagaren kommer att få svårt att bevisa uppsåt för mordförsök.

Det krävs mer än att Jack Rappe attackerades på ett synnerligen blodigt och våldsamt sätt, och att Emma Wahl inte gjorde något för att hjälpa honom.

När Shirin Sundin får tillfälle att framföra sin klients version i rättssalen kanske blotta tanken på att det var fråga om ett försök till överlagt mord kommer att blekna. Shirin ser det korta ordet som liksom blinkar mot henne från pappret.

Nödvärn.

På detta ord, detta begrepp, hänger hon i princip hela sitt försvar.

Det var inte mordförsök, det handlar om en ung flicka som försökte undgå att bli våldtagen, ensam med en full och rasande man i hans hem. Det handlade om att överleva.

Nödvärnsrätten i svensk lagstiftning är en viktig princip, ofta använd just av advokater som försvarar personer som har attackerat eller till och med dödat någon som har försökt skada dem eller deras familj.

Bland de mest kända fallen på senare år finns skotten i Rödeby, där en pappa sköt ihjäl en femtonårig pojke som gjorde intrång på familjens gård, på jakt efter pappans utvecklingsstörde son. Sonen i familjen hade under en lång tid trakasserats av femtonåringen och hans kamrater.

Först friades pappan helt från ansvar för dödsskjutningen i tingsrätten, eftersom han var psykiskt störd vid tillfället och ansågs ha varit så omedveten om situationen att han inte hade haft uppsåt att döda. Men senare dömde hovrätten honom för dräp och grov misshandel. Mannen slapp dock fängelsestraff, med hänvisning till de mycket speciella omständigheterna.

Shirin Sundin har även läst in sig på olika fall av så kallade hatbrott, där homosexuella män mördats. Ofta är gärningsmannen en person som har följt med offret hem, och i nästan samtliga rättsfall hävdar gärningsmannen nödvärnsrätt och menar att han blivit utsatt för ett våldtäktsförsök.

Med stigande vrede och kväljande illamående har Shirin Sundin plöjt genom domar om mördade män och äcklad insett hur mycket förakt och avsky som verkligen finns bakom termen hatbrott.

Männen hade huggits om och om igen, ofta i ansikte och underliv. Fallen var utan tvekan de värsta hon någonsin sett, och då tillhör hon den härdade skaran som jurister ofta är.

Många gånger hade gärningsmannen fortsatt attackera kroppen långt efter att offret dött av skadorna. Trots detta menade deras försvarare att beteendet varit ett svar på en oönskad sexuell invit. Det var omöjligt att avgöra om det verkligen varit fråga om överfall från de dödade homosexuella männens sida. Deras version hade av naturliga skäl aldrig kunnat komma fram.

Shirin Sundin läste dokumenten som jurist, men som människa tyckte hon att gärningsmännens ursäkter kändes vämjeliga. Hur kunde ett ovälkommet tafsande rättfärdiga fyrtio, kanske femtio knivhugg?

Dessutom fanns det i flera av fallen skäl att tro att påståendena om våldtäktsförsök var påhittade efterhandskonstruktioner. Tekniska bevis som kondomer och sperma från båda männen talade snarare för att det varit fråga om samlag som den ena parten sedan ångrat och drabbats av panik för. Men exakt hur det hade gått till får man aldrig veta, eftersom offren tagit sanningen med sig i graven.

På det sättet är det annorlunda med Emma Wahl. Hon kommer själv att kunna vittna i rättegången om vad som hände före attacken. Åklagaren kan motförhöra henne, ställa kritiska frågor och granska hennes påståenden.

Men Shirin Sundins linje är klar och rak. En attack föregicks av en annan. Och lagen är tydlig där, rätt att bruka nödvärn föreligger vid ett påbörjat eller överhängande brottsligt angrepp på person.

Dessutom högg hon bara en gång.

Låt vara att åklagare Edwards kommer att göra allt för att ifrågasätta Emma Wahls påståenden, men på detta är Shirin Sundin beredd.

Lika mycket som hon har vässat argumenten och läst på angående nödvärn och dråpförsök, lika mycket har hon plöjt förarbeten, förordningar och rättspraxis gällande sexualbrott. På pappret gäller det här målet ett försök till mord, eller dråp. Verkligheten kommer att se annorlunda ut om advokat Sundin får bestämma.

Inombords känner Shirin hur stridslystnaden vaknar till liv som hos ett vältränat djur, redo för fight. Rastlösheten pockar på, adrenalinet pumpar i blodet. Nu börjar det.

Vice chefsåklagare Madeleine Edwards är sen. Det har aldrig hänt förut, aldrig till en rättegång. Hon slänger ännu en blick på klockan samtidigt som hon springer uppför trapporna från Rådhusgaraget. Parkeringsavgiften har hon inte hunnit betala, men idag struntar hon faktiskt i det. Det får vara värt sjuhundra spänn om hon får böter.

Bara att han kom är värt det mångdubbla.

Madeleine samlar ihop ansiktsdragen så gott hon kan när hon sneddar genom Rådhusparken och närmar sig Bergsgatan. Över henne reser sig den blekgula byggnaden med torn och dekorativa utsmyckningar som är det gamla polishuset från förra seklets början. Den liknar en kyrka eller ett slott med sina ståtliga stenbalkonger och den vapenförsedda fasaden. Blöta snöflingor piskar Madeleine i ansiktet. Hon säger sig att hennes blossande kinder beror på språngmarschen och stressen. Säkert.

Det ringde på dörren tidigt i morse, mitt i frukosten. Madeleine blev så överrumplad att hon öppnade dörren i bara morgonrocken, löst knuten över naken kropp. Håret nyfönat och mascaran på plats, men ändå.

Där på farstutrappan stod Mats Hjörne.

– Förlåt. Att jag kommer så här.

– Eh? Vad gör du här?

– Jag ville önska dig lycka till. Idag. I rätten.

En kall vind drog in under hennes morgonrock och hon riktigt kände hur bröstvårtorna styvnade där hon stod. Hon huttrade till och bjöd honom att stiga in. Drog åt skärpet lite extra.

– Tack.

– Det kommer att bli tufft.

– Jag har varit med om värre.

– Är Alexandra hemma?

Madeleine skakade på huvudet. Dottern hade redan stuckit iväg till skolan. Själv borde hon dra på sig den framhängda dräkten, den nystrukna blusen och de bärnstensfärgade strumpbyxorna och komma iväg. Inte stå här i hallen, halvnaken, och rodna inför Mats Hjörnes granskande blick.

– Men kom in.

Madeleine hörde sina egna ord. Sa till sig själv att hon borde be honom gå, hon knackade inombords på klockans urtavla och ropade ”dags att åka, skynda på”. Men nej. Istället bjöd hon Mats Hjörne på kaffe. Låt vara att det fanns färdigt i bryggaren, men ändå.

Hon visste att det var fel, ett övertramp. Han skulle inte höras under rättegången, men han är utredare, hon åklagare. Han visste det, hon visste det. De insåg båda vilken känslomässig gräns de gick över när han slog sig ner i köket samma dag som rättegången skulle börja.

– Försvaret kommer lägga allt krut på att smutskasta Rappe. Halva tiden kommer att gå åt till att protestera mot hennes frågor.

– Det kommer att gå bra. Med dig bakom rodret.

– Åhå. Vilken övertro på min förmåga. Shirin Sundin är vass och påläst.

– Jag tror vad som helst om dig.

Madeleine kan nästan känna hans blick igen, den som vilade på henne där vid köksbordet innan hon tog sig samman och sa att hon var tvungen att åka iväg. Det milda, men fasta djupt därinne i ögonen. Det beslutsamma, samtidigt lite nervösa. Orden som hela tiden verkar ligga på hans läppar.

Hon vet inte vad hon ska tro om den här mannen, om hans intentioner. Är det en öppen flirt? Hon vågar inte tänka tanken fullt ut. I samma stund glider hon in genom åklagarens sidoentré till Säkerhetssalen.

En snabb blick på klockan igen. Tre minuter sen. Hon klarade det, nästan. Men det var det värt.

Rebecca Levin tänker först inte på att hon sitter och håller ett krampaktigt tag om sin ex-makes hand. Först när han stryker med sin tumme över hennes handrygg rycker hon till och inser vad de gör. Hon drar handen åt sig och knyter istället fingrarna till bön. Gode Gud, låt det här vara över snart. Gode Gud, låt det gå bra.

I nästa stund får hon syn på Emma. Hon vill resa sig upp och skrika rakt ut, men återigen känner hon Jonas hand. Han håller henne tillbaka. Hyssjar och hon vrider ilsket på huvudet. Men så ser hon hans förtvivlan, oron som målat mörka skuggor i hans annars så fräscha ansikte och förstår att också hans tankar kretsar kring deras dotter. Emma.

De har inte fått se henne på nästan två månader. Hon har suttit häktad med fulla restriktioner och först nu har Rebecca insett exakt hur integritetskränkande den bestämmelsen är. Jonas har många gånger förr om åren talat om hur människor faller ihop och blir till zombies när de skärs av från verkligheten och inte får läsa tidningar, titta på tv eller träffa någon annan än sin advokat och häktespersonalen.

Och ändå har hon inte riktigt förstått. Inte förrän nu, då hon ser sin bleka och glåmiga dotter med trött och nedslagen blick. Håret är glansigt och välborstat, som alltid, hon är välklädd och fin. Men hon har magrat och hållningen är en annan. Kaxigheten som Rebecca har sett hos Emma ända sedan hon tultade mot henne på dagis i leriga jeans och smutsigt men strålande ansikte, den är som bortblåst. Hon är hel och ren, men på alla andra sätt så trasig och förstörd en människa kan vara.

Rebecca vrider på huvudet. Ser på en annan spillra av en människa som långsamt sätter sig ner mellan den kvinnliga åklagaren och det manliga målsägarbiträdet. Jack Rappe. Han ser gammal ut och äcklet får Rebeccas svalg att tjockna. Ditt förbannade... Hon ser att han har ont när han försöker skjuta in stolen närmare bordet och att han ber sin advokat om hjälp, men hon känner inget medlidande. Hon vet att hon väl borde, men hon kan inte. Inte efter allt hon har fått veta. Inte efter vad han har gjort mot hennes Emma.

Hon har inte sagt orden högt, inte till någon annan än sig själv. Men inne i huvudet hör hon orden om och om igen. Som ett mantra.

Han fick vad han förtjänade. Han fick vad han förtjänade. Han fick...

– Rebecca. Är det okej?

– Jag tror det.

Jonas hand igen. Han klappar på hennes, lite faderligt. Hur kan han vara så lugn? Kanske är det rättegångsvanan. Han är väl avtrubbad efter alla år. Eller också befinner han sig i något slags chocktillstånd.

– Det kommer att gå bra ska du se. Shirin...

– Jag vet. Hon är bra. Du har sagt det.

– Vi har pratat, mycket, hon och jag. Jag har gett henne alla råd och tips som finns. Byrån har stått till hennes förfogande hela tiden, utan debitering. Ingen tilltalad har någonsin stått bättre rustad inför en svensk domstol, det är...

– Bra, Jonas. Det är jättebra. Jag litar på dig. Men just nu vill jag bara koncentrera mig. Okej?

Han ser lite snopen ut. Han ville väl briljera. Lugna henne och vara den tröstande och starka. Men Rebecca orkar inte med honom just nu. Det har varit för mycket av hans sällskap ändå de senaste månaderna. De har kommit varandra lite för nära inpå livet av allt som har hänt.

Per har varit ett fantastiskt stöd, han med. Rebecca har släpat honom med sig vart helst hon har varit tvungen att gå, om Jonas har varit där. Som en sköld. Men idag ville hon inte.

Rebecca granskar advokaten vid Emmas sida, som hon bara har hälsat på kort tidigare. Hon har korpsvart hår med rak lugg som är fönad inåt på ett sätt som får henne att påminna om Mireille Mathieu. Hon bär en modern grafitgrå dräkt, och under den en topp som går ton i ton med Emmas blekrosa tröja. Knappast en slump. Hon sitter framåtböjd över sina papper, skriver med stenografsnabba rörelser samtidigt som hon lyssnar på något som Emma viskar i hennes öra. Shirin Sundin nickar och vrider på huvudet, tittar upp mot läktaren.

I nästa sekund möter Rebecca äntligen sin dotters blick genom de skottsäkra glasrutorna som skiljer dem åt och känner det som att hon ska falla genom jorden. Mitt barn. Hur har du hamnat här?

Jack Rappe kan inte låta bli. Hans hand vilar på magen, känner efter, försäkrar sig om att allt är okej. Trots att han har dubbelkollat flera gånger redan. Trots att han har tillbringat den senaste halvtimmen inne på toaletten. Trots att sköterskan har sagt till honom att det inte kommer att läcka. Lotta heter hon, sköterskan. Så lugn och förstående att man kan spy. Stomiterapeut står det på hennes namnskylt på den vita rocken. Du kan prata med mig allt, brukar hon säga med mild röst. Om din oro, om hur man gör rent påsen och slangen och sköter om hålet. Om hur det känns. Allt är normalt. Alla känner så här i början. Sedan kommer du vänja dig. Allt kommer bli som vanligt.

Jack Rappes blick dras obönhörligt upp mot kvinnan som sitter snett mittemot honom, fem–sex meter bort i rättssalen. Emma sitter med hängande huvud och han ser inte hennes ansikte bakom hårmanen. Din fitta. Din lilla vidriga hora. Titta upp då. Se på mig.

Men hon rör sig inte.

Ingenting kommer någonsin att bli normalt. Hans liv kommer aldrig att bli som vanligt. Och allt är hennes fel.

Han höll på att dö. Det var så nära att han strök med att läkarna säger det till honom varje gång de ser honom. Var glad att du lever. Det höll på att gå riktigt illa. Oj, oj, oj, vad nära det var. Och så dunkar de äckliga människorna honom i ryggen, eller klappar honom på kinden. Var glad. Se framåt nu. Faran är över.

De fick ut allt glassplitter ur magen. Tre operationer och noggranna undersökningar. Ändå missade de en liten, liten rispa på tjocktarmen, förorsakad av den där horans hugg. Djupt in, bakom hud, vävnad, kött och muskler. Där inne kom flaskans allra vassaste och skarpaste del åt tjocktarmen och förorsakade ett centimeterstort sår på tarmväggen. Som läkarna missade. Ingen fara just där och då. Men en vecka senare, när magen var ihopsydd, började tarmarna fyllas igen. Då expanderade sakta tjocktarmen, påfrestningen på det oläkta såret ökade och till slut... poff. Hela skiten rann ut inne i magen på honom. Akut bukhinneinflammation och han var nära att dö på kuppen. De opererade och öppnade honom om och om igen.

Resultatet blev att han överlevde men att de inte kunde rädda tarmarna. Resultatet blev en jävla stomipåse på magen, som dag efter dag fylls med avföring från hans förstörda tarmsystem och måste tömmas. Dag efter dag, år efter år. Resten av livet.

Men du lever, Jack. Tänk på det.

Så säger de.

Hans advokat har fått order om att begära det högsta skadeståndet i svensk rättshistoria för ett våldsoffer. För sveda och värk, för kränkning och för förlorad arbetsinkomst. En miljon kronor vill han ha, och han tycker det är ett skämt ändå. Även om han, mot förmodan, skulle få hela summan. Hur kan hans liv vara värt en miljon? Hans karriär? Hans förstörda tarmar?

Tidningarna frossar förstås i detta. Han räknade inte med det, när de skickade in skadeståndsanspråken. Han tänkte inte på det. Att hela hans förbannade skam skulle bli offentlig och hamna i pressen. Jack Rappe begär miljonskadestånd. Jack Rappe kan inte få några roller längre. Jack Rappe har en påse bajs på magen.

Jack sträcker på sig där han sitter, tar bort handen från magen och lägger den på bordet. De ska inte få se honom så här. Ingen ska få ana sig till vad som finns här under ytan.

Jack riktar blicken upp mot åhörarläktaren. Bakom den sneda glasväggen ser han hur alla journalister klämmer ihop sig, rad efter rad av blodtörstiga och sensationshungriga små kryp. Deras blickar flackar mellan honom och Emma. De söker efter reaktioner, känslor, något att skriva om.

Och Jack gör det han är bäst på. Han kopplar på. Han går in i rollen som sig själv. Han har spelat den i över fyrtio år.

När han får ögonkontakt med en ung kvinnlig reporter som tittar på honom med klotrunda ögon, skrämda och ändå fascinerade, så ler han brett och visar tänderna. Varggrinet.

Och så drar det igång. Det ljuder ingen gong-gong, det slås inte på några trummor. Domaren ropar upp parterna som vore det första dagen i skolan och sedan lämnar han över ordet till vice chefsåklagare Madeleine Edwards. Ändå är det som om alla drar efter andan i samma stund som hon tar av sig sina glasögon och börjar tala. Rättegången kan börja. Ridån går upp.

I fonden sitter rättens ordförande, på ett podium upphöjd över de andra inblandade, tillsammans med nämndemännen och tingsnotarien. De är de enda här inne som redan ser uttråkade ut. Vaksamma, men inte med samma öppna nyfikenhet som alla andra. De har sett det mesta. Det här är trots allt bara ett mordförsök.

Ordföranden är en man, något så ovanligt som en mörkhyad domare med utomeuropeisk bakgrund. Faktiskt den enda i hela landet. Ali Khan bär inte bara ett namn som för tankarna till någon gammal film med Laurence Olivier, han är också en herre som åldern har varit mycket hänsynsfull mot. Det gråa håret och rynkorna kring ögonen har mjukat upp hans tidigare anslående drag och gett honom en statsmannamässig framtoning. Han liknar mer en FN-ambassadör än en domare där han sitter, fast förankrad i kompetens, erfarenhet och självaktning.

Khan är känd för att följa Rättegångsbalken till punkt och pricka och drar sig inte för att stoppa advokater som ställer irrelevanta eller insinuanta frågor, något som skänkt honom en del berömmelse hos allmänheten men också gett honom en och annan fiende inom juristkåren. Han har vid flera tillfällen med hänvisning till vittnens rädsla eller svårighet att tala obehindrat inför rätten slängt ut åhörare som genom sin närvaro har skrämt upp de inblandade i rättsprocessen.

Senast var det ett gäng smågrabbar som satt längst fram på åhörarläktaren i en av Stockholms tingsrätts ordinarie förhandlingssalar. De fick order av Ali Khan att vara så vänliga att resa sig upp och gå ut. Det gällde ett rutinärende om rån med de vanliga ingredienserna mobiltelefoner, dyra jackor, ensam kille på tunnelbanetåg och en förslagen liga som specialiserat sig på jämnåriga offer. Pojken som rånats var livrädd för rånarna som bodde bara några stationer från honom och inte blev det bättre av att rättssalen fylldes av kompisar till de åtalade, som gick på samma skola som offret.

De åtta–nio killarna på läktaren sa inget, de skötte sig faktiskt och gjorde inga hotfulla åtbörder eller störde ordningen. De tog av sig sina kepsar och satte sig på en lång rad som lydiga skolelever. Ändå var det uppenbart att deras närvaro och deras oavbrutna flinande när offret skulle förhöras var fruktansvärda för den rånade pojken. Måttet var rågat när Ali Khan såg hur pojken efter en fråga vred på huvudet för att se reaktionen uppe från läktaren innan han svarade.

– I enlighet med Rättegångsbalken beslutar rätten härmed att er närvaro är sådan att den kan antas påverka målsägandens möjlighet eller vilja att fritt berätta sanningen. Jag får be er att omedelbart lämna rättssalen.

Ali Khans sökande blick på de inblandade parterna inne i Säkerhetssalen idag tyder på att han nästan hoppas att någon av dem kommer att utmana honom och testa gränserna, så att han får tillfälle att visa musklerna och hänvisa till en och annan paragraf. Den lila slipsen lyser som ett utropstecken under hans alerta ansikte.

Tingsnotarien är en ung man med blont tunt hår och en hals så smal att huvudet liksom gungar högt där uppe, som om det vore en tunn tråd fäst i taket som får hans skalle att överhuvudtaget hålla sig uppe. Han sitter halvt dold bakom dataskärmen och med fingrarna vilande på asdf- och jklö-tangenterna, redo att börja arbeta. Han är en smula rädd för Ali Khan, men beundrar honom samtidigt och ser mycket fram emot att få vara delaktig, om än på en kant, i denna spektakulära rättegång.

Nämndemännen är två kvinnor och en man, alla nära pensionsåldern. Alla har händerna på det långa bordet framför sig, armarna i vinkel från kroppen och blicken rakt fram. Bredvid dem ligger förundersökningen i pärmar, den tjocka blå lagboken står på högkant framför Ali Khan. Ramlösa, plastglas och nyvässade blyertspennor. Någon harklar sig.

De är, som alla nämndemän, politiskt tillsatta. De är dessutom, som de flesta nämndemän, plågsamt medvetna om att de med sin höga ålder tillhör en bespottad grupp och har inte missat de senaste årens debatt om nämndemannakårens alltför ålderstigna representation. Det faktum att de har en mörkhyad domare för dem dock lite närmare ett tvärsnitt av samhället än många gånger annars.

Med ryggen mot publiken sitter den åtalade. Emma Wahl. Åhörarna noterar att hennes axlar liksom viker sig in mot bröstkorgen och att hon inte vrider på huvudet så att de kan se hennes ansikte. Om och om igen drar hon i några hårstrån mitt uppe på huvudet och virar dem runt sitt finger som om hon ska slita loss hårtesten. Hon slutar först när advokaten viskar något i hennes öra.

Brottmålsadvokaten Shirin Sundin vid hennes högra sida är en slående syn. Den karakteristiska svarta hårhjälmen, den uppsträckta ryggen, fingrarna som trummar rastlöst mot pappershögen på bordet. Hon sitter lätt framåtlutad med spända muskler som en sprinter redo att sticka iväg från startblocket.

Det har spekulerats i media om Shirin Sundin med sina utländska rötter skulle åtnjuta någon fördel i målet gentemot rättens ordförande Ali Khan. På sedvanligt okunnigt svenskt vis. Shirin Sundin är persiska, född i Sverige och med svensk man, och Ali Khan är uppvuxen i Sydafrika men har bott i Sverige i snart fyrtio år. Han känner inte mer släktskap med den mörkhåriga försvarsadvokaten än med sin polskättade tandläkare och har per definition en skeptisk hållning till var och en som stiger in i hans rättssal. Opålitlig till dess motsatsen har bevisats.

Bakom de båda kvinnorna står rader av tomma stolar, endast två av dem är upptagna av häktesvakter som med sina breda ryggar ytterligare skymmer sikten mot den avmagrade Emma Wahl.

Bäst position på den scen som kallas rättegångssal har åklagaren och offret. Madeleine Edwards sitter ner medan hon läser upp gärningsbeskrivningen, hon verkar kunna den utantill. Åklagaren står aldrig upp, det är bara på film som juristerna vandrar runt. Det ser onekligen roligare ut på bild än dessa rader av stillasittande kostymklädda jurister.

Edwards är som alltid stilig, även om den uppmärksamma kan notera att inte hela blusen är ordentligt nedstoppad i dräktkjolen. Hon har målade läppar, de som känner åklagaren vet att hon alltid använder rött läppstift till förhandling. Både Margaret Thatcher och Madeleine Albright visste att röda läppar sätter fokus på en kvinnas mun och därmed på vad hon säger, därför tillämpar också Madeleine Edwards denna enkla men effektiva metod.

Bredvid henne sitter Allan Borg, den kände försvarsadvokaten som för ovanlighetens skull har åtagit sig ett uppdrag som målsägarbiträde. Allan Borg bär den framgångsrike advokatens alla attribut. Glänsande kostym, stärkta skjortsnibbar och fet slipsknut. De egna initialerna i guld på både slipsnål och manschettknappar. Manikurerade naglar. Turnäsduken i mönstrat siden omsorgsfullt vikt och nedstoppad i bröstfickan. Han har en dyrbar reservoarpenna från Parker med solid guldspets i 18 karat som han vickar mellan pekfinger och långfinger.

De som tror att Allan Borg valt en guldspetsad Parker-penna för att han är fåfäng brukar få en lektion om de många fördelarna med en pennspets i guld istället för stål. Bläck har ett mycket skiftande PH-värde och både det basiska och det sura kan fräta sönder stålet med åren. Detta sker inte med guld, som dessutom är mer böjligt och ger en behagligare skrivkänsla. En penna som denna har man hela livet, brukar Allan Borg avsluta.

Målsäganden Jack Rappe bär också kostym. Ingen slips, gråvitrutig skjorta med de två översta knapparna uppknäppta. Även han har gått ner i vikt, men det får honom mest att se äldre ut. Näsans vingar och tipp kastar hårda skuggor i den vitbleka huden, kindbenen sticker ut från ansiktet och runt de sammanbitna läpparna syns de små vassa strecken efter rökning, nattliv och bitterhet.

Han kliar sig gång på gång under näsan, drar försiktigt i den lilla broskskivan mellan näsborrarna och är till synes omedveten om att han ger ett nervöst intryck. Vad han inte kan höra där han sitter, men kanske anar sig till, är att surret mellan journalisterna där uppe på läktaren till största delen handlar om honom.

Vissa av dem har aldrig sett honom i verkligheten förut, bara på bioduken. Så sliten han ser ut. Dricker han fortfarande?

Någon vet att informera sin granne om att så där har han minsann alltid sett ut, hon såg honom i vintras utanför NK och då såg han ut som en gammal a-lagare. Någon viskar med fniss i rösten till sin kollega att han fortfarande är bra sexig, han har något... visst. Eller hur? Kollegan ler till svar och nickar.

Advokat Shirin Sundin lyssnar endast förstrött medan åklagare Edwards i lätt malande ton håller sin sakframställning. Också hon kan åtalet utantill, hittar utan att blinka i den flera tusen sidor tjocka förundersökningen och vet utan att egentligen lyssna exakt vad åklagaren säger den här första halvtimmen. Hon låter huvudet vila en stund. Snart är det hennes tur. Hon behöver spara på krafterna.

På åhörarläktarens första rad allra längst till vänster sitter Emma Wahls föräldrar, Jonas Wahl och Rebecca Levin. Shirin förnimmer Jonas blick i nacken och vrider försiktigt på huvudet. Han gör tummen upp men hon ger honom inte en min till svar. Hon vill inte att domaren Ali Khan ska få för sig att hon sitter och har ögonkontakt med en anhörig, som dessutom är jurist själv, under pågående förhandling. Om inte annat är hon glad att hon sitter med ryggen åt Jonas Wahl, hon känner pressen tillräckligt ändå. Den skottsäkra glasrutan mellan dem gör lite för att lätta på det trycket.

Shirin Sundin är handplockad för jobbet, de känner varandra väl. Shirin Sundins första anställning var vid en välrenommerad advokatbyrå, som på den tiden hade en verklig stjärnadvokat i Jonas Wahl. Han kommenterade rättegångar på tv, han fick rättsfall med mycket massmedial uppmärksamhet och han omtalades av många på byrån som en blivande delägare. Tills den dagen julhelgen 2005 när bilden på honom på väg ut från en porrklubb hamnade på alla tidningars löpsedlar. Shirin Sundin blev, precis som alla andra, chockad när det dessutom kom fram att han flera år tidigare fått ett strafföreläggande för brott mot sexköpslagen. Därtill avslöjades att han fortsatt köpa sex och snarast hade någon form av sexmissbruk. Istället för att riskera att få sparken försvann Jonas Wahl iväg till London och något tjusigt jobb på en internationell affärsjuridisk byrå.

Men han har alltid varit trevlig mot henne. Hjälpt och stöttat henne inför de första stora målen hon haft. Gång på gång understrukit att hon gjorde rätt som satsade på att specialisera sig som målsägarbiträde, vad än alla andra kollegor rådde henne till. Där finns framtidens juridik, sa han och kom ofta förbi hennes lilla undanskymda kontorsrum med fotostatkopior från något förarbete eller någon paragraf som hon kunde ha användning för. Inte flirtigt, bara vänligt.

Idag är Shirin Sundin ett erkänt advokatnamn, tillhörande den lilla grupp kvinnor som seglat upp det senaste decenniet och börjat konkurrera med Silbersky, Borgström och Althin. Som gjort sig ett namn på just det som männen traditionellt fnyst åt, rollen som målsägarbiträde. Som har blivit en förkämpe för de våldtagna, de skändade, de hotade och utsatta.

Shirin Sundin har tidigare bara suttit på den motsatta sidan, bredvid åklagaren. Bara det faktum att hon nu tar sitt första stora uppdrag som försvarare har genererat både en och två tidningsartiklar.

"Emma Wahl fick henne att byta sida", skrev Expressen förra veckan i ett reportage inför rättegången. "Succéadvokaten ska få kvinnan som försökte mörda filmstjärnan frikänd", skrev konkurrenten Aftonbladet i sin något förenklade analys av den kommande bataljen i Stockholms tingsrätt. Men artikeln var i huvudsak en lång reklamtext för Shirin Sundin, så hon protesterade förstås inte.

De hade dessutom blåst upp en bild på henne över hela uppslaget. Det var en bild som hon var särskilt nöjd med, där hon tittade rakt in i kameran med beslutsamhet och skärpa i de mörkbruna ögonen och ändå inte såg hård ut med en antydan till leende i mungiporna.

Shirin vet att hon med sin kvinnliga framtoning till det yttre och sina mer klassiskt manliga egenskaper som jurist spelar i en alldeles egen liga. Och hon vet att ta vara på det.

Idag har hon en egen byrå som bär hennes namn och även om hon ett tag tvekade över att kalla en advokatfirma med tunga uppdrag för det persiska ordet för sötsaker, *shirin*, så är det ändå så hon heter. Och många är de reportrar som redan har frågat henne om hennes namne och förebild, den iranska människorättskämpen och nobelpristagaren, domaren Shirin Ebadi.

På Shirin Sundins kontor hänger till och med ett foto av henne tillsammans med den stridbara domaren som hon fick möjligheten att träffa i samband med ett Sverigebesök. Sida vid sida med den obligatoriska lagboken i bokhyllan står Shirin Ebadis självbiografiska bok *Mitt Iran*, signerad. Så det faktum att Shirin Sundins föräldrar Parastou och Hassan namngav henne för att de tyckte att hon var söt som *shirin* när hon föddes, och inte för att hedra Ebadi, det håller hon faktiskt ganska tyst om.

Men att hon gav upp sitt persiska efternamn Babakzadeh när hon för sex år sedan gifte sig med en svensk man, det hade framför allt hennes far svårt att förlåta henne för. I ett land som Sverige, sa han sorgset, där var och varannan kvinna behåller sitt efternamn. Varför inte du? Hon försökte förklara det tragiska men krassa faktum att som advokat hade hon helt enkelt större chans att slå sig fram med ett Sundin efter sitt persiska förnamn. Inte en människa kunde stava till, än mindre uttala, Babakzadeh.

Aha, var det därför du gifte dig med mig, brukade hennes man Fredrik säga när det kom på tal.

Och vare sig det berodde på namnbytet eller på hennes kompetens och nästintill maniska arbetsdisciplin, så har karriären gått spikrakt uppåt de senaste fem åren. Jonas Wahl hade haft rätt. Detta är framtiden, det hon gör. Humanjuristen känns betydligt modernare och mer nytänkande än den hårdföra brottmålsadvokaten som ställer otillbörliga frågor och bara avslöjar sina egna fördomar. Det finns en anledning till att Elizabeth Massi Fritz har utnämnts till landets mest beundrade advokat. Det finns skäl till att Thomas Martinsson är en föredetting.

Men det här Shirin Sundin gör nu. Det var förstås omöjligt att säga nej, men samtidigt… Det är något av ett kamikaze-uppdrag att försvara Emma Wahl.

Hon har erkänt och offret är en av landets mest kända, och av många faktiskt älskade, personer. Och hennes far vill inte bara att hon ska ha bästa möjliga försvar. För Jonas Wahl räcker det inte med att det kallas dråpförsök eller grov misshandel istället för mordförsök. Han vill att hans dotter ska bli helt frikänd.

Då finns det bara en väg att gå.

Shirin Sundin, som själv har kritiserat hur offer för sexuella övergrepp får utstå ifrågasättande och skuldbeläggande i rättssalen, måste nu göra samma sak mot ett manligt våldsoffer. Hon har letat land och rike runt efter vittnen som kan hjälpa henne och Emma Wahl att skapa bilden av Rappe som ett livsfarligt monster. Hon har i veckor filat på sina formuleringar för att kunna komma undan med att sätta strålkastarljuset på honom som gärningsman.

Hon ska göra allt som står i hennes makt för att få rätten att förstå att för Emma Wahl fanns det ingen annan utväg. Det var hon eller han.

Hon måste övertyga rätten om att Jack Rappe faktiskt fick skylla sig själv.

Rebecca Levin sneglar på sin före detta make. Han har fällt upp det lilla stödbordet som finns mellan stolarna. Han har brett ut sig med anteckningsblock och hela förundersökningen i flera pärmar. Även hennes bord fick lyftas fram för att alla pappersbuntar skulle få plats. Hon betraktade honom när han tog fram alla saker ur sin slitna portfölj, som vore han här som försvarsadvokat och inte som pappa till den tilltalade.

Jonas Wahl tänker inte låta något komma åt hans dotter. Inga missar är tillåtna, och Rebecca är glad att hon inte är i Shirin Sundins kläder. Låt vara att många säger att hon är en av landets vassaste jurister, men det kan knappast vara önskvärt för någon advokat att ha en kollega som sitter en bit ifrån i rättssalen och granskar och kontrollerar allt man gör och säger. Tillika en rasande far som är beredd att göra vad som helst för att skydda sin dotter.

– Nödvärnsexcessen, vi måste prata igen om nödvärnsexcessen.

Han mumlar för sig själv, Rebecca ser hur han kliar sig i huvudet och anar en tunnhet i den blonda kalufsen. Vi blir inte yngre, tänker hon.

Med ens är hon glad att han har flyttat hem igen. Inte för att hon tänker släppa in honom. Inte för att hon ens vet om han skulle vara intresserad. Men för att de ändå har allt detta gemensamt. Emma, och sonen Oliver. Skräcken för att något ska hända dem. Alla minnen och åren de delade.

Vänskap, eller åtminstone vapenvila, är faktiskt önskvärt. Det känns ganska okej.

Rebecca Levin ser på Jonas Wahl. Inser att hon inte längre hatar. Upptäcker vilken befriande känsla det är. Den skänker henne frid, i denna i övrigt så omtumlande stund.

Som om Jonas kände hennes plötsliga värme i tanken vänder han sig om och tittar på henne. Ler brett och klappar henne på handen som han har fått för vana.

– Förlåt mig, pratar jag för mig själv?

Rebecca nickar.

– Ska det hålla på så här hela dagen?

Målsägarbiträdet Allan Borg har tagit till orda nu. Han fyller i där åklagaren slutade, med betoning på Jack Rappes skador och lidande. Han läser högt ur rättsläkarutlåtanden och orerar om Jack Rappes fantastiska inkomster som firad skådespelare de senaste tio åren. En miljon kronor i skadestånd är rena rama reapriset, verkar han tycka. Jonas skakade på huvudet när han började.

– Han får aldrig igenom det.

– Okej?

– Dessutom krävs det att hon blir fälld för att han ska få något skadestånd. Hon ska bli frikänd, glöm inte det.

– Du säger det.

– Lita på mig. Lita på Shirin. Du kommer att få se. Jack Rappes byk ska tvättas offentligt så inte en människa betvivlar vilket as han är.

Rebecca sluter ögonen där hon sitter. Biter sig i läppen för att hålla tyst. Vad ska hon säga? Hatet i Jonas röst blir nästan komiskt. Vem är han att döma? Vem är han att hetsa mot män som beter sig illa mot kvinnor? Efter allt han själv har gjort.

Madeleine Edwards vet att detta är en rättegång som avgörs till lika stor del utanför rättssalens tunga portar som inför domaren och nämndemännen. Även om det bara är tingsrätten som kan avkunna den juridiska domen, vet hon att den här gången gäller helt andra spelregler.

Det är så många ingredienser i denna soppa som ska kallas rättslig prövning att det när som helst riskerar att koka över. Det är kändishysterin, det är den alltid lika infekterade frågan om skuld och ansvar vid sexuella övergrepp och till råga på allt ett synnerligen ifrågasatt offer.

Så Madeleine Edwards gör det hon måste. Hon gör sig tillgänglig för medierna.

Med ett försök till leende stannar hon kvar vid sin plats när de bryter för lunch och svarar jakande på flera journalisters frågor om de kan få en kommentar.

Inte under pågående förhandling, brukar vara hennes standardsvar. Men det är annorlunda nu, i ett rättsfall som detta, och med Shirin Sundin som motståndare. Det här är inte bara ett mordförsök som ska bevisas. Det här är lika mycket ett opinionskrig.

Och i intervju efter intervju upprepar Madeleine det hon har formulerat som ett message track för rättegången.

– Oavsett vad man har gjort innan, så förtjänar man faktiskt inte att dö.

Det är enkelt och det är tydligt. Det är ett försvar för Jack

Rappe, men också en inbyggd attack på Emma Wahl.

– Men vi har ändå en nödvärnsrätt inskriven i den svenska lagstiftningen?

– Nu är det inte på något sätt klarlagt att det har varit fråga om något våldtäktsförsök, så som försvarssidan försöker göra gällande, och inte heller har det varit fara för den tilltalades liv. Hon har brukat övervåld. Hon har försökt döda målsäganden. Jag menar att hon har handlat med uppsåt.

Reportern ger sig inte. Han är påläst.

– Enligt Brottsbalkens tjugofjärde kapitel har man rätt att bruka våld på ett sådant sätt som annars är olagligt om det är försvarligt enligt omständigheterna, till exempel ett påbörjat brottsligt angrepp... Som väl ett våldtäktsförsök får anses vara.

– Men då vet du säkert också att lagen är väldigt tydlig på den punkten att mängden våld som den som brukar nödvärn får använda ska stå i proportion till våldet eller hotet som den hotade utsätts för. Den hotade får inte bruka så mycket våld att det anses oförsvarligt, och det menar jag som åklagare att det har varit fråga om här.

Reportern tittar ner i sina papper, vänder blad och laddar om.

– Men det skulle kunna vara fråga om nödvärnsexcess, eller hur? Sjätte paragrafen säger att man ska befrias från ansvar om ”omständigheterna var sådana att han”, eller hon då i det här fallet, ”svårligen kunde besinna sig”.

Madeleine Edwards lägger armarna i kors. Det var inte den här typen av reporter hon ville ha på halsen. Hon hade hoppats på någon illa förberedd allmänreporter med tidspress, inte en iller med halva lagboken uppkopierad i sitt block.

– Det är en sak för rätten att ta ställning till. Knappast något som ska avgöras av tredje statsmakten.

Madeleine ler syrligt. Hon låtsas inte ens.

Reporterns leende däremot är brett och hjärtligt. Han räcker henne ett visitkort som han fiskat upp ur bakfickan. Det är varmt och lite slitet i kanterna där det landar i hennes hand.

– Hör gärna av dig om det är något.

Madeleine ska precis svara något om att det aldrig skulle falla henne in att lyfta på luren för att ringa en journalist, när någon knackar henne på armen. Hon vänder sig om och ser målsägarbiträdet Allan Borgs oroade ansikte. Något har hänt, det ser hon tydligt.

Shirin Sundin och Emma Wahl drar sig tillbaka till i ett litet samtalsrum bakom Säkerhetssalen. Där väntar varsin plastbytta med pastasallad, de börjar äta under tystnad. Shirin lyssnar snabbt av sina telefonmeddelanden, läser sms. Hon tar journalisterna sedan, efter dagens slut. Hennes man Fredrik har skickat ett gulligt jag tänker på dig-sms och en advokatkollega skriver frankt:

Häng honom högt. ☺

Shirin raderar det.

– Hur känns det?

Emma tittar upp, nästan förvånad över att hon har sällskap.

– Va?

– Det har gått bra hittills. Allan Borg gör ett ovanligt platt intryck, jag var lite orolig för honom. Han är en lysande försvarare, men nu vet han inte riktigt vad han ska göra. Hörde du när han skulle dra skadeståndskraven? Som att han själv inte riktigt trodde på det. Sveda och värk för en miljon kronor. Lycka till bara, säger jag.

Emma tittar stilla på henne med en blick som är omöjlig att tyda. Trött? Uppgiven? Eller ledsen?

– Stämmer det att han har fått stomipåse på magen?

– Ja, jo, så förstod jag det.

Emma nickar. Fortsätter äta, hon gnager av en kalamataoliv och spottar ut kärnan på gaffeln. Tar en till och tuggar som en liten kanin.

– Det känns bra.

– Va?

– Om jag får säga så. Oss emellan.

– Självklart. Säg vad du vill.

– Det kommer att stoppa honom.

– Ja, han lär ha svårt att få den typen av roller i framtiden. Men jag tror snarare att allt som kommer fram under rättegången kommer att göra mer skada för hans karriär. Målet med mitt försvar kommer att vara att stärka bilden av honom som gärningsman...

– Jag menade det han gjorde. Mot mig. Och andra. Påsen, det kommer att stoppa honom.

– Ja, det har du rätt i förstås.

– Det räcker för mig. Oavsett hur det går.

Shirin Sundin böjer sig fram över bordet, lägger en hand på Emmas arm.

– Tänk inte så. Vi måste rädda dig. Du vill inte in i fängelse, tro mig. Jag behöver dig med mig i det här. Du får inte ge upp. Det handlar om fyra dagar, Emma. Du måste vara stark. Du måste orka.

– Ska jag berätta?

– Du måste. Varenda detalj, allt som hände.

– Inte bara den natten?

– Nej. Allt.

Shirin har handen kvar på Emmas arm, hon klämmer till som för att ge henne styrka.

– Det är du som har stöd. Glöm inte det. Vinden har vänt.

– Men han... han dog ju nästan.

Emmas ansikte kan inte dölja alla de känslor som finns där under ytan. Shirin anar sig till vad som försiggår i hennes huvud. Älskar du honom fortfarande? Hon vill fråga, men låter bli.

Hon vill att de känslorna ska förbli inlåsta. Åtminstone veckan ut.

Shirin vill inte heller berätta för Emma hur debatten har böljat i samhället under de månader som har gått. Emma har varit isolerad och ensam i häktet, men också besparad från mycket. Hon har sluppit se hur tidningarnas löpsedlar har tapetserat landet med stora bilder på henne, sluppit läsa alla insinuanta artiklar om klädsel, beteende och alkoholintag.

Den numera klassiska bilden på Emmas halvt nakna rumpa med Jacks hand på, när de var på väg in i taxibilen, har ackompanjerats av rubriker som ”Resan mot dödsriket” och ”Intet ont anande – drömkvinnan var en mördarmaskin”.

Trots att Jack överlevde så hade tidningarna länge betett sig som att han faktiskt mördats, till dess att sjukhuset blåste faran över. Kanske hoppades medierna någonstans på just det, hur cyniskt det än verkar. Skriverierna hade kunnat krönas med det tragiska dödsbudet och en välregisserad och kanske tv-sänd begravning fullsmockad med kändisar.

Och i tv snurrade gång på gång det närmast bisarra klippet från filmen *Kyss mig igen* där Jack Rappes rollfigur våldtog Emma Wahls Jekaterina på en sandstrand. Hennes skräckslagna ansikte och hans våldsamma stön fick en ny och synnerligen obehaglig innebörd. Vad är det egentligen vi ser, frågade sig många.

För sympatierna har verkligen pendlat fram och tillbaka. Det fanns de som samma dag som Emma Wahl greps utnämnde händelsen till en efterlängtad uppvisning i vad som väntar de män som försöker våldta kvinnor, som hyllade henne. ”Av med kuken bara”, hade Shirin läst i en blogg.

Filmvetare och kulturjournalister gjorde kopplingar mellan Emma och Jack och de *rape and revenge*-filmer som var så populära på sjuttiotalet, där kvinnor som utsatts för sexuella övergrepp sökte upp sin gärningsman och mördade honom.

Andra använde Emma Wahl som ett exempel på ungdomens förflackning och det händelseförlopp som sätts i rörelse då en ”ung tjej med knappt några kläder på sig” följer med en man hem från krogen. ”Vad trodde hon de skulle göra?” frågade sig en krönikör retoriskt. ”Dricka te, eller?”

En tidning jämförde med det gamla fallet när boxaren Mike Tyson anklagades för våldtäkt, och det framkom att hans offer kommit hem till honom endast iförd päls utan något under. Till en kriminologisk professor med vana att spotta ur sig slagkraftiga och kvinnofientliga one-liners ställdes den ledande frågan ”Hur mycket får egentligen en kvinna locka en man utan att riskera att bli våldtagen?” Och svaret blev föga förvånande att Emma Wahl nog hade sig själv att skylla.

Få var dock de kollegor eller vänner som kom till Jack Rappes försvar. Allt eftersom veckorna gick började allt mer komma fram om Jack Rappe. Först var det kvinnorna som hans pratglada granne Lars Leopold berättade om i en kvällstidning och visade anonymiserade bilder på.

I bakvattnet kom så de gamla kollegorna som började berätta vad de visste, vad de hört. De förbisprungna, försmådda och avundsjuka som nu alla hade något att förtälja. Rykten spreds och blev till sanningar på bara några dagar.

Först fördömdes och skuldbelades Emma Wahl, nu bytte många sida och förfasade sig över allt som kom fram om Jack Rappe.

Han blev ikonen som föll från piedestalen.

Skadeglädjen och avundsjukan skålade för varje tidigare bundsförvant som nu vände honom ryggen. När människor plötsligt tävlade i att ta avstånd, inte hålla tyst.

Om det var det egna samvetet, skuldmedvetandet, eller helt

enkelt den överlevnadsstrategi som alltid får människor att fly ett sjunkande skepp – nu ville ingen längre kopplas ihop med Jack Rappe. Nu var han en syndabock. En symbol för allt som är osunt och gubbigt i film- och teaterbranschen, som vore det han som skrivit *Fadren* eller *Se dig om i vrede*.

Nu var han den gren som måste skäras bort, den ruttnande och nästintill förmultnade utväxt som måste slängas ut.

Shirin Sundin fascinerades mest över hur många som hade hållit tyst i så många år. Att filmbranschens älskling fått hållas, så länge han fyllde biosalonger och fick biljetter sålda.

Hon kunde inte låta bli att tänka på den unge skådespelare som något år tidigare stått inför rätta, tagen på bar gärning med en uppsättning droger i jeansfickorna på en innekrog i Stockholm. Honom försköt branschen på några veckor, han stod ensam och var paria på både teatrar och produktionsbolag. Det var tydligen skillnad på att missbruka kokain och att förgripa sig på fulla småbrudar som frivilligt följt med hem.

Eller för den delen att slå sin fru, det fanns mer än en man i ensemblen på de ansedda institutionsteatrarna som återfanns i brottsregistren för olika kvinnofridsbrott men som ingalunda hamnat i kylan för det.

En knarkare däremot sågs som opålitlig och nyckfull. Det sades att den unge skådespelaren dök upp på repetitioner drogad, försenad och illa päläst. Det sågs inte med blida ögon. Det påverkade produktionen, och förstås budgeten.

Men vad Jack Rappe höll på med hemma i sitt sovrum, det hade uppenbarligen varit något annat.

– Det var ju bara rykten.

Gång efter annan upprepades detta av olika producenter och regissörer och chefer som försökte förklara varför de inte hade agerat mot Rappe. Han hade aldrig dömts för något. Han var omtyckt av publiken. Han hade fått hållas så länge det inte gick överstyr. Så länge det inte nådde allmänheten.

I debatten steg också den nya tidens manliga skådespelare in på scenen. Vi är inte som han, sa de. Vi vill något annat. Vi är pappalediga. Vi jobbar gärna med kvinnliga regissörer. Vi tafsar inte på våra motspelerskor på scenen.

Och den som gick och såg en uppsättning av *My fair lady* som hade premiär helgen innan rättegången hade möjlighet att med egna ögon se att något var i görningen. Den stilige man i trettiofemårsåldern som spelade professor Jack Higgins gjorde honom förvisso fortfarande till en ohövlig snobb, men med aldrig tidigare skådad distans till den flagranta manschauvinismen i musikalen.

Regissören hade till och med slängt ut den älskade men omtvistade sången *Varför är inte en kvinna mer som en man* med motiveringen att den luktade unket. Ridån gick ner utan att professor Higgins fick skrika sin berömda sista replik efter Eliza Dolittle. Han fick hämta sina tofflor själv.

En etablerad kvinnlig regissör meddelade, med tydlig adress till debatten kring rättegången, att hon ämnade sätta upp *Fröken Julie* med ett nytt slut. Julie skulle inte ta livet av sig i sista scenen. Istället skulle hon skära halsen av Jean.

– Någon gång måste vi sluta behandla de stora historiska dramerna med silkesvantar. Kan vi ändra i *Köpmannen i Venedig* av hänsyn till antisemitismen så måste vi också kunna hantera kvinnohatet hos Shakespeare och Strindberg.

En och annan teaterkritiker och kulturskribent höjde ett varnande finger för att byta ut kvinnoförakt mot manshat, men biljetterna till *Julie* sålde slut redan under repetitionerna, innan rättegången mot Emma Wahl hunnit ta sin början.

På repertoaren fanns dessutom fortfarande gott om andra pjäser där kvinnan straffas på slutet. För den som så önskade.

Men den massmediala smutskastningen är en sak. Den har egentligen inte ett dugg med de kommande dagarna i rätten att göra. Shirin Sundin har försökt stänga av och gjort vad hon har kunnat på sitt håll. En och annan överraskning väntar för åklagarsidan och hon vet att hon är väl förberedd. Om det sedan betyder att Jonas Wahl kommer att kunna se sin dotter friad från alla anklagelser om några veckor, är en annan sak. Han är inte domaren i det här målet, och tur är kanske det.

Men några saker kvarstår, och det bekymrar henne. Ingen av de tjejer som har omskrivits i medierna har velat vittna till försvarssidans fördel i rättegången. Shirin Sundin och hennes medarbetare har lyckats hitta dem allesammans, men fått nej av samtliga. Någon ville inte "delta i drevet", någon sa att hon fortfarande hade svårt att definiera det som hänt mellan henne och Jack Rappe som en våldtäkt, och en tredje var alldeles för rädd för honom.

Den före detta hustrun Petra Mascagni gjorde sig först oanträffbar och meddelade sedan kort att hon inte tänkte vittna. Shirin Sundin lät det bero, trots att hon lusläste förhöret som hållits med Mascagni var det nästan omöjligt att avgöra om ex-fruns vittnesmål skulle stärka bilden av Jack Rappe som en man med en förvriden syn på sex eller ej. Kvinnan verkade knappt själv kunna sätta ord på hur livet med Rappe varit.

Men i förundersökningens slask, allt det material som sållats bort av åklagaren som icke relevant för målet, hittade Shirin Sundins nitiska sekreterare ett pm om en Isabella Karlsson i Trollhättan, om en nedlagd förundersökning mot Jack Rappe gällande sexuellt utnyttjande.

Först blev Shirin Sundin rasande på åklagaren, som helt sonika gömt undan ett vittne som så tydligt talade till målsägandens nackdel.

Men istället för att lägga dyrbar tid och energi på att anmäla åklagaren försökte hon övertala Isabella Karlsson att komma till Stockholms tingsrätt och vittna om sin natt med Jack Rappe. Men även hon sa nej. Shirin Sundin tänkte hänvisa till den polisanmälan som Isabella Karlsson gjort i sitt slutanförande inför rätten, men visste att det skulle framstå som tämligen blekt. Förundersökningen mot Rappe hade ändå lagts ner i brist på bevis.

Men så piper det till i Shirins mobil där hon sitter med Emma Wahl och äter lunch. Det är ett meddelande från ett obekant kontantkortsnummer.

Kom upp på Bergsgatan. Du måste se det här.

Den nya tiden är här, står det på ett plakat. Bredvid håller två kvinnor upp en banderoll med stora bokstäver. **SE UPP ALLA VÅLDTÄKTSMÄN**. I mindre stil fortsätter slagorden: **Nu slår kvinnorna tillbaka – och det kommer att kännas!**

De står lugna och tysta, sida vid sida i rader som sträcker sig hela vägen från trottoaren framför Säkerhetssalens entré till motsatta sidan på Bergsgatan. De håller varandra i händerna eller i armkrok. De skriker inte, de skanderar inte. De står. Snön faller från skyn och landar på de många huvudena, smälter i hår och mössor. Någon blinkar lite extra för att få bort snöflingor som fastnar på ögonfransarna, en annan virar halsduken ett extra varv runt halsen. En mycket ung kvinna med väna drag i sitt osminkade ansikte har en mössa med en liten garntofs högst upp och i sin hand håller hon en blompinne som är fäst vid en handskriven skylt där det står: **VÅLDTAR NI OSS, SÅ HUGGER VI ER**. Hon ler lite, och tuggar på ett tuggummi. Men precis som de andra är hon alldeles tyst.

En polis mumlar till en kollega om rena rama Gandhimetoderna och får ett stelt flin till svar. De vet inte riktigt hur de ska hantera de över tvåhundra kvinnorna. De är vana vid sammandrabbning. De är vana att fälla ner visiret, huka för vinande stenar och göra offensiva rörelser framåt.

De måste skingra demonstrationen, men vet inte riktigt var de ska börja. Den är uppenbart olaglig, inget tillstånd är beviljat eller ens sökt. Dessutom är kvinnorna så många att de spärrar av hela gatan, och nu ska alla närvarande vid Rappe-rättegången ta sig ut på lunchrast.

Så här kan det inte se ut. Fast samtidigt, de *gör* ju inget. De bara står där.

Fyra poliser står i en liten klunga utanför domstolens port och samtalar. Kan de bara försöka skjuta folksamlingen bakåt, åt sidan? De vill inte ha bråk nu. Närmare åttio personer är på väg upp från Säkerhetssalen, de flesta av dem journalister. Då ser det inte bra ut med uniformerade poliser som börjar lyfta bort unga tjejer som står tysta med hemmagjorda plakat i händerna.

Poliserna tittar osäkert på sändningsbussarna som står på rad på gatan, mitt i folksamlingen. Fotograferna har redan börjat filma och att döma av de röda sändningslamporna på bussarnas tak så ligger bilderna redan ute i etern. Precis lagom till tv-kanalernas lunchsändningar.

I samma stund går porten bakom dem upp med ett dovt brummande och ut väller de första rättsreportrarna. De blir stående, de kommer ingenstans. Gatan är redan full.

Det här är inte bra. Vakthavande befäl skakar på huvudet och ger kollegorna order att bege sig ut på varsina sidor av demonstranterna.

– Vi måste få dem att backa. Säg till dem att det är okej att de står kvar, bara de backar. Inget bråk. Inga gripanden. Men vi måste ha plats på trottoaren och gatan.

Det rör på sig i leden. Kvinnorna pratar lågt med varandra, de verkar vara på väg att göra något som de har förberett. Den kompakta första raden av kvinnor lättar och några andra som har stått längre bak släpps fram. Det är fem kvinnor, alla i tjugoårsåldern. De säger ingenting, ställer sig på rad längst fram och blir stående med stora plakat i händerna. Pappren är vända inåt så det går inte att läsa vad det står. Bakom poliserna trycker deltagarna från rättegången på och alltfler kommer ut på gatan.

En kvinna vänder på sitt plakat och lyfter upp det så att det täcker hennes ansikte.

JAG BLEV VÅLDTAGEN AV JACK RAPPE. HAN TVINGADE MIG ATT SUGA AV HONOM.

Kvinnan till vänster om henne vänder upp sitt plakat. Den första meningen är identisk med texten på det förra plakatet. Sedan: **Han tvingade mig till analsex.**

På nästa kvinnas plakat står nästan samma sak, men med avslutningen **...och skrattade när jag började blöda.**

Den fjärde kvinnans text är kort.

HAN SA ATT INGEN SKULLE TRO MIG. GÖR DU?

Den femte och sista kvinnan lyfter långsamt upp sitt plakat. Det är knäpptyst på hela Bergsgatan, trots att där trängs närmare trehundra personer. Ingen verkar riktigt ha hunnit förstå vad det är som händer. En polisman mumlar något till en annan. Han tycker sig känna igen den femte kvinnan. I samma stund möter hon hans blick och håller upp sitt plakat högt över huvudet.

JAG VAR KÄR I HONOM. ÄR DET INTE VÅLDTÄKT DÅ?

Vakthavande befäl kommer på sig själv med att stå och stirra på den olagliga demonstrationen med vidöppen mun. Runt honom surrar det i journalistleden och reportrarna har redan börjat ringa sina redaktioner.

– Vad är det här?

Rättens ordförande och nämndemännen är helt omedvetna om den dramatik som har utspelats knappt hundra meter ovanför deras huvuden under lunchrasten. De övriga parterna vet dock, åklagare Edwards kom ut på gatan tillsammans med målsägarbiträdet Allan Borg.

Shirin Sundin hann upp lagom till att den femte kvinnan vände upp sitt plakat, och sedan dess har hon haft bråda trettio minuter. Pastasalladen hann hon aldrig klart med.

När Ali Khan träder in i salen tycker hon sig ändå se på hans vaksamma sökande blick att han har informerats om incidenten uppe på Bergsgatan. Ali Khan och hans nämndemän ska under rättegången i möjligaste mån undvika artiklar och tv-inslag som handlar om det mål de just nu arbetar med, för att hålla sig opartiska. De har knappast haft på Rapports 12-sändning under pausen.

Tanken är att en pågående rättegång ska vara som en bubbla mitt i verkligheten, ett slags vakuum som inte ska påverkas av yttre omständigheter och åsikter. I fallet med Jack Rappe är det svårt för nämndemännen att ens gå till jobbet utan att mötas av löpsedlarna. Shirin Sundin undrar om någon av dem var ute på Bergsgatan på lunchen.

Domare Khan slår sig sakta ner uppe på podiet, med blicken pendlande mellan åklagarsidan och Shirin Sundin. Hon ser sin chans och lyfter en hand i luften. Lika bra att ta det på en gång.

– Herr domare.

– Ja?

– Det kan vara så att hinder för fortsatt rättegång föreligger.

Surret i rättssalen försvinner som genom ett trollslag. De skrapande stolarna, småsnacket, väskor som skjuts in under bord, pappersbuntar som lyfts fram igen. Allt tystnar av Shirin Sundins ord.

– Jaså? Hur menar advokaten?

– Åtminstone idag. Jag tror att vi kanske måste bryta rättegången för dagen.

Ali Khans ögonbryn lyfts högt upp mot hårfästet.

– Det är knappast er sak att besluta om. Kan advokaten vara så snäll och berätta för oss vad saken gäller?

– Jag åberopar ett nytt vittne.

Madeleine Edwards och Allan Borg byter blickar med varandra. Shirin Sundin undrar om de såg henne förut, om de såg hur snabb hon var. Hur hon kastade sig ut i folkhavet på Bergsgatan, med siktet inställt på en enda person.

Hon undrar om någon såg när de två försvann iväg tillsammans.

Det som hände där ute på Bergsgatan var det bästa som kunde ske. Demonstrationen som vällde ut på gatan inför tv-kamerorna kom som på beställning. Först när hon såg, och kände igen, tjejerna förstod hon varför hon fått nej från dem tidigare. Tjejerna på gatan var desamma som dykt upp på bilderna från Rappes uppfart, offren som inte ville polisanmäla eller vittna. Nu insåg Shirin varför.

De ville ha sin egen, offentliga, rättvisa. Regisserad av dem själva och inför alla tv-kameror. De hade utan tvekan gjort större nytta inne i rättssalen, men samtidigt kan Shirin förstå dem. Deras tilltro till rättsapparaten var lika stor som hos många andra våldtagna och sexuellt utnyttjade.

De ville inte utsätta sig för mer lidande än de redan tagit sig igenom.

Men den sista tjejen var ny i sammanhanget. Ändå kände Shirin Sundin igen henne direkt. Och innan tidningsjournalisterna eller tv-programmen hann lägga beslag på henne, såg Shirin Sundin till att få undan henne från Bergsgatan.

Hon heter Jasmine Jung. Hon är en tämligen känd och lite skandalomsusad b-skådis. Och det hon har att säga visar sig handla om den egentliga orsaken till att Jack Rappe drog till Hollywood.

Han flyttade inte för att förverkliga sina drömmar. Han flydde undan rättvisan.

Än så länge håller Shirin Sundin tyst om vad hon har. Jasmine Jung befinner sig just nu med avstängd mobiltelefon och i sällskap av Shirins betrodda medarbetare på hennes advokatfirma.

Det första, viktigaste hindret är avklarat. Hon har sagt ja. Hon är beredd att vittna i domstol om vad Jack Rappe utsatte henne för.

Ali Khan tittar intresserat, frågande på Shirin Sundin.

– Och vad är det för vittne som dyker upp så här under pågående huvudförhandling?

– Jag skulle vilja åberopa möjligheten att få förhöra en Jasmine Jung.

När hon har sagt namnet sneglar hon åt Jack Rappes håll. Han sitter stilla, men han håller hårt i karmarna på sin stol. Han är rasande.

Bingo.

Han försöker att inte visa det men hon ser hur huden runt och under hans öron skiftar i en rödaktig nyans. Den nyrakade släta kinden knottrar sig av återhållen vrede. Shirin ser att han gör allt han kan för att behärska sig och hon vet med ens att hon är på rätt spår.

– Är det här en person som återfinns i förundersökningen?

– Nej, det är det inte, herr domare. Jag förstår om polisen måste beredas möjlighet att i lugn och ro förhöra Jasmine Jung. Hon ska höras till styrkande av en våldtäkt som hon har utsatts för av målsäganden, Jack Rappe. Övergreppet har stora likheter med vad min klient var nära att utsättas för natten den 11 januari av just densamme.

– Och den här kvinnan, var är hon?

– Hon finns på mitt kontor för att när som helst stå till utredarnas förfogande och är villig att svara på frågor. I egenskap av hennes advokat måste jag dock få närvara vid förhöret. Därav förslaget att rättegången avbryts för dagen och återupptas imorgon.

Shirin Sundin biter sig i läppen. Den där sista meningen hade hon kunnat skippa. Är det något en man av Ali Khans kaliber avskyr så är det att bli skriven på näsan. Det är inte hennes sak som försvarsadvokat att föregripa hans beslut. Men hon inser att det är ivern som river inne i bröstet på henne som sipprar ut.

Hon är rastlös på gränsen till knäsvag. Det här måste gå. Det här måste…

Madeleine Edwards myndiga stämma bryter med ens igenom.

– Ursäkta mig, herr domare, men det här är befängt. Försvaret har haft flera månader på sig att kalla de vittnen man önskar. Att under pågående rättegång presentera en kvinna som är beredd att säga vad som helst om en aktad och respekterad berömd man, det tycker jag nog att domstolen ska hålla sig för god för att tillåta.

Hon drar hårt efter andan och laddar om.

– Jag utgår också från att ordföranden inte faller till föga för försvarssidans vilja att börja kalla karaktärsvittnen och göra det här till ett spektakel fyllt av rykten och hörsägner, snarare än en juridisk process.

Bredvid henne bläddrar Allan Borg frenetiskt i sin lagbok. De lövtunna bladen frasar under hans sökande fingrar. När han hittar vad han letar efter lyfter han upp hela den tjocka lagboken mot domaren för att påkalla uppmärksamhet.

– Då ber jag samtidigt om att få göra rätten uppmärksam på ordalydelsen i Rättegångsbalken, närmare bestämt trettiofemte kapitlet, sjunde paragrafen. Som herr Rappes juridiska ombud yrkar jag på att denna nya så kallade bevisning avvisas med hänvisning till att vad än kvinnan kan vilja säga så är det utan betydelse för målet. Också jag ställer mig mycket tveksam till den här typen av karaktärsvittnesmål, det är bara fråga om ett försök till smutskastning från försvarets sida.

Shirin Sundin tror inte sina öron. Hon gör allt hon kan för att söka Allan Borgs blick, men han viker undan.

Han skäms väl för sina egna ord.

För bara ett par år sedan satt han själv i den här domstolen, som försvarare åt en ung kille som stod åtalad för att ha våldtagit en tjej han fått med sig hem från krogen. Den gången lyckades samme Allan Borg få igenom att kalla flera vittnen till rätten, vittnen vars enda uppgift var att berätta att de hade legat med offret, och berätta om hur ”vild” och ”villig” hon var i sängen. Och så har han mage att komma och yra om karaktärsvittnen och vad som har betydelse i målet.

Shirin Sundin tar till orda igen. Det är en match det här, bollen studsar fram och tillbaka mellan parterna. Ali Khan sitter med hakan vilande i sina knäppta händer, blicken vaken och intresserad. Han verkar riktigt road av uppståndelsen.

– Då vill jag passa på att hänvisa till några andra mål som har avgjorts i den här domstolen, bland annat ett par gällande mord på homosexuella män. Det handlar om fall där de tilltalade har hävdat nödvärn, utifrån att de har sökt värja sig från pågående våldtäktsförsök eller ovälkomna sexuella inviter. Där har rätten gång på gång godkänt så kallade karaktärsvittnen. Och på betydligt lösare grunder än i det här fallet, vill jag tillägga.

Shirin Sundin återberättar raskt och inövat fallet med mordet på en hemligt homosexuell antikhandlare härom året, ett brutalt knivmord där gärningsmannen hävdade att offret försökte våldta honom.

– Där vittnade bland andra en bartender om offrets beteendevanor på krogen, hur han brukade närma sig unga män och bjuda dem på drinkar. Den gången ansågs det uppenbarligen ha betydelse för målet.

Shirin Sundin ler rart mot domaren.

Hon vet att hon har rätt. I våldtäktsmål tillåter domstolar runtom i landet de mest hårresande karaktärsvittnen. Samma sak när offret är homosexuellt. Hon tänker strida för att få Jasmine Jung inför rätten, om hon så ska rabbla målnumren på vartenda rättsfall hon känner till.

Ali Khan lyfter en hand för att få tyst på åklagaren och de två advokaterna. Handen rör sig en aning när den hänger i luften framför honom och han verkar njuta av den tystnad som följer på hans order.

– Domstolen önskar dra sig tillbaka för enskild överläggning i den här frågan. Under tiden finns möjlighet för polis att förhöra kvinnan, så använder vi vår gemensamma tid så effektivt som möjligt. Därför bryter vi här och nu för idag. Rättegången återupptas imorgon klockan nollåtta trettio då också beslut i frågan om vittnet ska tillåtas eller avvisas kommer att meddelas.

En två centimeter tjock glasskiva skiljer domstolens parter

från åhörarna och journalisterna på läktaren. Ändå kan Shirin Sundin höra hur fullständigt tumult bryter ut i samma stund som domare Khan skjuter ut sin stol och går ut ur rättssalen.

Den andra rättegångsdagen är dagen som skulle ha varit en triumf för åklagarsidan. Dagen som hade kunnat likna en walkover med vittne efter vittne som skulle redogöra för den övertygande bevisningen mot Emma Wahl.

Men morgonen börjar med att Ali Khan medger den nya vittnesbevisningen. Jasmine Jung sätts på listan över vittnen som ska höras, det blir imorgon. Det beskedet överskuggar utan tvekan allt annat som sägs under dagen.

Med en enkel gest välkomnar sedan Ali Khan åklagaren att ta över. Som om han med sina ord inte just har lagt en tung hinna av tvivel över allt som har med Jack Rappe att göra. Offer eller inte, så känns det som att det är en mycket tvivelaktig herre som sitter vid Madeleine Edwards högra sida. Hon märker själv hur svårt hon har att ens titta på honom.

Men det är brott han har utsatts för, påminner hon sig. Han dog nästan.

Så Madeleine gör vad hon kan. Tar ett djupt andetag och dyker ner i dagens arbete. Hon radar upp bevis efter bevis mot Emma Wahl. Hon gör det för att försäkra rätten om att det är Emma Wahl och ingen annan som har attackerat och huggit Jack Rappe, bortsett från erkännandet. Bara den tilltalades egna ord räcker inte. Inte i en rättsstat som Sverige.

Sedan kommer beskrivningarna av skadorna. Livsfaran. Hur nära det var att han dog.

Hon påminner nogsamt om att Emma Wahl hade en mobiltelefon med sig, en mobil som hon använde för att direkt efter attacken ringa efter en taxi. Men hon underlät att larma 112. Hon låter kriminalteknikern Jon Lukas berätta om hur flaskan, vapnet, kastats ut mot den öppna isrännan i sundet.

– Skulle du säga att det var ett försök att sopa igen spåren efter sig?

– Det är inte min sak att avgöra hur tankarna har gått hos en tilltalad. Men jag antar att hon inte kastade iväg flaskan för skojs skull.

Sedan låter Madeleine läkaren på Södersjukhuset berätta om bukhåleinflammationen som drabbade Rappe när de trodde att faran var över och om stomipåsen som följde på detta.

Det är enda gången Jack Rappe sitter med blicken rakt fram. Han är som en staty. Inte en rörelse kan anas i hans sammanbitna ansikte medan åklagaren berättar om de besvär han har till följd av bukskadan.

Igår märkte han efter dagen i rätten att skyddsringen runt hålet var på väg att släppa, trots att sköterskan sagt att den inte skulle kunna göra det. Hade han suttit kvar där inne en timme till så hade det börjat läcka, det är han säker på.

Idag har han dubbla skydd och begär långa pauser för att kunna göra sina toalettbesök i lugn och ro. Och varje gång han lyfter upp tröjan i sin ensamhet så förbannar han Emma Wahl. Han hänger sig fast vid hatet, suger i sig bitterheten som vin och lovar sig själv att han ska göra allt han kan för att förstöra livet för henne. Om det blir i rättssalen eller utanför spelar ingen roll. Det känns som om han skulle kunna döda henne.

Efter lunch förhörs den taxichaufför som plockade upp Jack Rappe och Emma Wahl i Kungsträdgården utanför Café Opera natten mellan den 11 och 12 januari. Jim Nilsson är en äldre man med grått hår och mustasch som kommer till rätten i Taxi

Stockholms svarta uniform med gula dekorstickningar.

Han pratar inte när han svarar på frågorna, han snackar. Han är en riktig söderkis och Madeleine Edwards får hålla honom kort. Skulle han få fritt utrymme skulle han berätta om varenda körning han haft sedan han började 1976.

Madeleine Edwards pressar ihop sina rödmålade läppar innan hon börjar, drar upp läsglasögonen i håret och ber Jim Nilsson att berätta om hämtningen.

– Jag tror att klockan var kvart tjugo över. Midnatt asså. Jag har kollat med körlistan och enligt den slog jag igång taxametern klockan 00.18.

– Satte sig båda två där bak?

– Jarå.

– Såg du dem?

– Ja, backspegeln ger en ganska bra blick bakåt.

Ett leende fladdrar till under Jim Nilssons spretiga mustasch, men han lyckas snabbt få bort det.

– Så du tittade på dem medan du körde?

– Ja, jo.

– Var det något i deras beteende som fick dig att titta lite extra?

Madeleine Edwards lägger huvudet på sned när hon ställer frågan.

– Asså, de började ju hångla så fort de satte sig i bilen. Jag fick mer uppfattningen att de redan var igång och att de bara fortsatte när de hoppade in i taxin. Det är ju inte min sak, va, men…

– Och vad menar du med att de hånglade?

– Eh…

Mustaschen rör återigen på sig av Jim Nilssons nervösa flinande.

– Har du möjlighet att utveckla det?

– Ja, asså. Kysstes. Tog på varandra. Smekte.

– Gjorde de det båda två?

– Kysstes, jo. Eller hur menar du? Ja, båda tog i varandra. Det är inte helt ovanligt, skaru veta. När det är nattkörningar från krogen. Taxin är en del av förspelet för vissa. Vi är som luft vi som kör. Det är som att de går igång på att de vet att vi sitter och sneglar i backspegeln. Jag vet inte. Man undrar ibland.

– Fanns det då, där i taxin, något som tydde på att mannen ifråga betedde sig hotfullt mot kvinnan?

– Eh… nä, inte direkt, va.

– Bad hon honom att sluta vid något tillfälle?

Jim Nilsson skrattar till.

– Snarare det motsatta.

– Och sedan körde du dem till Talludden?

– Ja.

– Vem betalade?

– Han.

– Och då menar du han Jack Rappe? Som sitter här bredvid mig?

– Ja. Det var han.

– Känner du också igen kvinnan som åkte med honom i bilen som den tilltalade Emma Wahl?

Jim Nilsson vrider på huvudet och tittar på Emma Wahl som sitter snett mittemot honom med håret hängande som ett skynke framför ansiktet. Ali Khan beordrar henne att höja på huvudet för att vittnet ska kunna identifiera henne och hon rycker till. Höjer huvudet och möter vittnets blick.

Jim Nilsson tittar på henne och vet inte vad han ska tro. Skulle hon kunna…?

– Ja, det var hon som var med i bilen. Jag känner igen henne.

Shirin Sundin har inte många frågor. Hon har suttit med näsan nere i sina papper hela förmiddagen och antecknat frenetiskt, men verkar inte riktigt ha lyssnat på vad taxichauffören har haft att säga. Trots det ber hon om möjligheten att ställa ett par motfrågor.

– Efter att taxin kom fram till den angivna adressen, vad gjorde du då?

– Tog betalt.

– Och sedan?

– De hoppade ur. Jag körde därifrån.

– Så du var inte kvar?

Jim Nilsson tittar förvånat på försvarsadvokaten.

– Eh... nej. Det var jag inte.

– Så du var inte med nere i bastun på bryggan?

– Nej. Jag åkte tillbaka in till stan.

– Du såg alltså inte vad som hände sedan, mellan den tilltalade och Jack Rappe? Efter att du åkt?

– Nej, det gjorde jag förstås inte.

– Tack. Då har jag inga fler frågor.

Nästa vittne är också en taxichaufför. Det är Miguel Gonzalez, som hämtade upp Emma Wahl utanför Jack Rappes hem tidigt på morgonen den 12 januari. Det var också han som hittade Emmas nerblodade Louboutin-sandaletter i sin bil. Hans dotter fick inte mer än hålla i de svindyra skorna förrän hennes pappa kontaktade både taxiväxeln och polisen om sitt fynd.

Han är nervös, fastän han inte behöver vara det. Om det är pressuppbådet, vetskapen att förhöret spelas in eller bara en inbyggd respekt för rättsväsendet vet han inte riktigt. Men svettpärlorna ligger som små ädelstenar på hans nyrakade överläpp.

Miguel Gonzalez tar en klunk vatten och torkar sig om munnen. Han berättar att klockan var strax efter tre på morgonen och att det stod en ung kvinna utanför dörren när han anlände. Och ja, hon var alldeles uppriven. Men hon blödde ingenstans, inte vad han kunde se. Inte heller tänkte han på om hon var blodig på kläderna eller händerna. Nej, han ringde inte polisen. Han frågade om han skulle köra henne till sjukhuset men när hon avböjde lät han det vara.

– Varför frågade du det? Om hon nu inte var skadad?

Miguel Gonzalez dricker igen. Stora klunkar som om han hade sprungit sig törstig. Snart blir han nog kissnödig.

– Det var väl hur hon betedde sig.

– Och hur betedde hon sig?

– Hon hade gråtit, tror jag. Hon var liksom svart under ögonen. Sedan andades hon så konstigt, hela tiden. Så här.

Miguel Gonzalez härmar någon som hyperventilerar, hans ögon blir stora och vita när han spärrar upp dem.

– Och så liksom gnällde hon. Jag vet inte om hon sov på vägen in.

Sedan släppte Miguel Gonzalez av henne utanför en port på Sofiagatan på Södermalm. Två dagar senare hittade han Emma Wahls festskor på golvet i sin bil, kvarglömda under förarsätet. Han såg att det var tjockt med intorkat blod under sulorna och lämnade in dem till polisen.

– Förstod du då att skorna tillhörde den unga kvinna du hade hämtat den 12 januari? Satte du det i samband med henne?

– Ja, jo. Nu när du säger det så. Undermedvetet gjorde jag nog det. Jag reagerade ju på hur hon verkade.

Shirin Sundin trummar rastlöst med sina långa naglar i väntan på att få ta över korsförhöret med vittnet. Hon liknar en panter på lur där hon sitter och det blixtrar till i de mörkbruna ögonen när hon ställer den första frågan.

– Är det första gången du har haft en körning från den här adressen?

Madeleine Edwards har precis lutat sig tillbaka i stolen. Hon har fällt tillbaka glasögonen på näsan och läser sina noteringar som för att kontrollera att hon inte har glömt något. Först hör hon inte riktigt Shirin Sundins fråga, men så flyger huvudet upp och hon tittar förvånat på Miguel Gonzalez när han svarar.

– Nej, det är det inte.

– Menar du att du har kört dit förut?

– Nej, men hämtat som sagt.

– När var det?

– För kanske tio–elva månader sen.

– Hur vet du det?

– Jag minns det.

– Hur kan du göra det? Du måste ha flera hundra körningar om året.

Shirin Sundin ser bistert på honom, som om hon inte alldeles självklart tror på det han säger. Hon har armarna i kors och nickar sedan när han svarar, som om hon övertygas långsamt.

– Sådana där körningar minns man. Och jag åkte till Sös-akuten den gången.

– Med vem?

– Tjejen jag plockade upp, då för tio månader sedan. De har en sån avdelning på Södersjukhuset, för våldtagna.

Flera ansiktsuttryck i salen tyder på viss förvåning över att den femtioårige kubanske taxichauffören ens känner till att det finns en våldtäktsmottagning på sjukhuset. Men det är nog snarare innebörden i det han säger som får nämndemän och jurister att öppna munnarna av överraskning.

– Hon ville inte först, men jag övertalade henne. Jag såg hur det var ställt med henne.

– Hur menar du?

– Hon grät. Skakade som ett litet löv. Jag är själv pappa och *madre de díos*, du måste förstå.

Han gör en åtbörd med händerna lyfta framför sig, fingrarna pressade mot tummarna och håller fram dem mot advokaten.

– Om någon gjorde så mot min dotter…

Shirin Sundin tackar för sig.

Hon kan inte låta bli utan måste titta bort mot raden till vänster om henne. Åklagaren som ser ut som en fågelholk, Rappe som försöker anstränga sig för att inte flyga ur stolen och Allan Borg som håller honom tillbaka med en hand på hans arm. Hon ler. Trodde ni verkligen att Jasmine Jung var mitt enda ess i rockärmen, tänker hon. Vänta ni bara.

Vaktmästaren Håkan Gunér betraktar morgonens hord av journalister som kommer nerför trappan på väg mot rättssalen. De bär på pappmuggar med kaffe, de småpratar och skrattar, de bjuder varandra på cigaretter och försvinner bort till rökbåset. De höjer handen till hälsning mot honom och de har redan skaffat sig bestämda platser i sofforna utmed väggarna.

Stämningen är familjär och uppsluppen, en reporter har med sig en påse Polly som hon bjuder runt till sina konkurrerande kollegor. Men idag är det delvis ett annat klientel. Inte bara kriminalreportrar och rättskommentatorer. Idag har också kändisjournalisterna kommit.

Förklaringen kommer tio minuter senare, liksom svävande nerför trappan. Jasmine Jung. Hon är egentligen inte så snygg, inte i klassisk bemärkelse. Men hon beter sig så mycket som en stjärna att man lätt förvillas att tro att hon är det.

Håkan Gunér har mest sett henne i olika tv-såpor och en gång blev hon ihjälslagen redan sju minuter in i en Beck-film. Men hon är fin att se på, tänker han och ser henne fälla ner sina solglasögon fastän hon är inomhus, som skydd mot kamerablixtar och blickar. Hon har en stor kille vid sin sida som resolut skjuter folk åt sidan och hon passerar förbi.

Håkan Gunér skyndar sig fram. Bäst att låsa upp ett vittnesrum, det kan hon behöva. Han drar in hennes fylliga doft av parfym och rök när han håller upp dörren för henne och den store. Ska precis fråga om det är något hon behöver när dörren smäller igen framför näsan på honom. Nähä.

Eftersom vittnet är kallat av försvaret är det Shirin Sundin som förhör Jasmine Jung först. Innan hon börjar riktar sig Ali Khan direkt till Sundin.

– Ni vet att det inte var självklart att säga ja till det här.

– Jag uppskattar mycket att domstolen vill höra vittnet.

– Glöm inte en sak bara, advokaten. Håll er till saken. Är vi överens om det?

Hon nickar och efter det ber domaren Jasmine Jung att avlägga vittneseden.

– Jag Jasmine Jung lovar och försäkrar på heder och samvete att jag skall säga hela sanningen och intet förtiga, tillägga eller förändra.

Shirin Sundin hör henne formulera de bindande och för rättsstaten så viktiga orden, de som förpliktigar varje vittne att tala sanning.

Den som står åtalad kan ljuga så mycket han eller hon vill, medan vittnet riskerar fängelse för mened om hon ljuger. Vittneseden är en av de få saker i en svensk rättegång som brukar gå till just så som folk i allmänhet tror. Annars har de flesta skapat sig en bild av rättegångar från amerikanska advokatserier, en bild som inte stämmer särskilt bra överens med den lite karga tristess som möter dem i en svensk domstol. De tror att nämndemännen väljs precis som en jury och att advokaterna skriker "I object, your honor" mest hela tiden.

Shirin Sundin ser sig om i den ljusa säkerhetssalen som känns fjärran från de betydligt pampigare inredda rättssalar som finns i till exempel hovrätten. Här har fokus legat på säkerhet och högteknologiska lösningar, med skottsäkra glas mellan åhörare och aktörer i rättsprocessen, tv-apparater som hänger från taket och AV-utgångar för att kunna tappa ljud från förhören.

Rummet är klätt i björkfanér på väggarna från golv till tak, på ett sätt som för tankarna till Ingvar Kamprad. De stadiga möblerna har ljusblåa fronter och är fastskruvade i golvet. De är formgivna som på ett charterhotell och ser ut att kunna hålla en evighet.

När hon ibland möter pensionärer eller skolelever på besök i rättssalen brukar de vara besvikna. Jaha, var det så här det var? Det var ju inte så spännande. Många är de som slumrar till redan då de lyssnar till sin första sakframställning.

Risken för att somna är dock inte så stor denna dag. Närvaron av ytterligare en ung aktris i samma rättssal som Emma Wahl och Jack Rappe råder bot på detta. Den smockfulla läktaren av åhörare sitter på helspänn och Shirin Sundin drar ett djupt andetag. Nu gäller det.

Det var sommaren 1995. Jasmine Jung gjorde sin första filmroll och spelade mot Jack Rappe, då trettioett år gammal. Jasmine Jung var tjugo år och nyutexaminerad från Scenskolan. Rollen som Beata i filmen *Fåfängan* blev Jasmine Jungs stora genombrott. *Fåfängan* var en romantisk sommarskildring med en lättsam erotisk underton och recensenterna jämförde Jasmine Jung med Christina Schollin i *Änglar, finns dom?* och *Käre John*. Jack Rappe briljerade som en respektlös seglare som förförde skärgårdsflickan Beata och befäste enligt recensenterna sin position som "charmfull men farlig förste älskare".

Månaderna efter filminspelningen började det gå rykten i branschen. Ingen visste säkert, men det talades om Jack Rappe och Jasmine Jung. Om en gryende kärleksaffär som gått åt helvete. Om en blöt festnatt som slutat på sjukhuset för den unga skådespelerskan. Och om en älskare som var mer farlig än charmfull.

Men ingen visste något. Några journalister tipsades men de kom ingen vart. Jasmine Jung ville ingenting säga. Hennes än så länge ömtåliga karriär var i sin linda och hon var mån om sitt rykte. Därför var hon också mån om hur det snackades om Jack Rappe. Han var redan känd, redan erkänd.

Dessutom kröntes vintern 1995 med ett nytt rykte om Jack Rappe. Han skulle flytta till Hollywood. Han skulle bli filmstjärna over there. Vilken grej. Är det något som svenska medier älskar så är det svenska artister, författare eller skådespelare som gör sig ett namn utomlands. En känsla av att lilla, lilla Sverige är omtalat, att "vi hamnar på världskartan". Tidningarna önskade Jack Rappe lycka till och historien med Jasmine Jung glömdes bort.

Tills nu.

När hon berättar om natten då hon till slut hamnade hemma hos Jack Rappe i hans dåvarande lägenhet vid Mariatorget på Södermalm, så är det inte det fysiska övergreppet som verkar ha varit värst. Inte att han fortsatte fast hon bad honom att sluta och grät. Inte att det gjorde ont. Utan det övertag han hade. Hur han i samma ögonblick som han trängde in i henne förkunnade att "ingen kommer att tro dig". Att han bara blev kåtare ju mer hon bad honom att sluta.

Hennes motstånd var det som tände honom mest.

– Jag måste få fråga dig varför du till slut har bestämt dig för att berätta vad som hände mellan dig och Jack Rappe för nästan femton år sedan?

Shirin Sundin antar den skeptiska minen igen, den hon använder när hon förhör personer som hon egentligen vet precis vad de ska säga. Hon hummar, lägger armarna i kors och granskar dröjande vittnet. Hon får inte verka för ivrig. Om hon spelar tveksam gör vittnets utsaga mycket större intryck på domstolen och åhörarna.

– Jag känner igen mig i Emma Wahl.

Det enkla och ärliga svaret får hänga fritt i rättssalen en stund. Innebörden ska få sjunka in.

– Men varför ska rätten tro på dig, du har ju inte sagt något på alla dessa år? Du gick inte till polisen då när det hände.

– Jag tänkte göra det.

– Du tänkte?

– Jag var på väg. Tillsammans med producenten, hon lovade att stötta mig. Men då fick jag veta att han skulle flytta från Sverige. Det kändes som att det räckte.

– Som att det räckte? Du säger att han våldtog dig?

– Jag hoppas kanske att ni ska förstå varför jag lät bli. Jag hade så mycket att förlora. Det är fortfarande så att jag sätter väldigt mycket på spel genom att komma hit. Jag skulle aldrig hitta på en sådan här sak, riskera min karriär, om det inte vore för att jag inser att jag måste berätta.

– Tack, Jasmine. Jag är klar så.

Madeleine Edwards verkar ha samlat sig. Hon tittar över glasögonkanten och ser vänlig ut när hon ställer frågor till Jasmine Jung. Hon kör med en förhörsteknik som är Shirin Sundins totala motsats. Nästan ursäktande.

– Jag vet inte om det här har någon betydelse för målet, men…

Madeleine bläddrar i sina papper, verkar leta efter en anteckning.

– …du besökte alltså sjukhus den natten, stämmer det?

Jasmine Jung nickar.

– Ja, det stämmer.

– Finns det något rättsläkarintyg?

– Det vet jag faktiskt inte. Det var så länge sedan.

– Du, eller advokat Sundin, har inte undersökt om det har gått att hitta?

– Eh, nej. Inte vad jag vet.

– Och du polisanmälde aldrig?

– Nej.

– Jag förstår.

Madeleine nickar medkännande, som om hon verkligen förstår och känner med vittnet.

– Var det någon på sjukhuset som försökte övertala dig?

– Ja, det gjorde de. Men jag ville inte.

– Varför inte? Förlåt om jag på något sätt har missuppfattat dina tidigare svar, men du får gärna berätta igen. Du var, som du säger själv, allvarligt skadad i underlivet med blödningar och sprickor. Du hade sagt nej och han ska då inte ha lyssnat utan fortsatt. Och ändå ville du inte anmäla något som för en person utifrån ser ut som ett solklart fall av en våldtäkt?

Madeleine Edwards sluter ögonen där hon sitter. Hon tar av sig glasögonen och gnuggar med långfingrarna inne vid näsroten, pressar in fingrarna vid ögonvrån som om hon har huvudvärk. Hon öppnar ögonen igen och pressar ihop sina rödmålade läppar i väntan på Jasmine Jungs svar.

– Jag var ung. Jag var okänd. Jag var ny i branschen. Jag… jag visste inte om det var mitt eget fel.

Madeleine sluter ögonen igen och nickar kort.

– Tack. Inga fler frågor.

Nästa vittne är en läkare från Södersjukhuset. Ulla Ytterholm är en kraftigt byggd kvinna med en blick lika stadig som hennes höfter. Hon har axellångt mahognybrunt hår som är färgat, det avslöjas av den fem centimeter breda randen av grå utväxt som blottas i hennes mittbena. Hon är läkare i både gynekologi och obstetrik.

Det är inte första gången hon är kallad att vittna i en rättegång, och säkert inte den sista.

Hon arbetar som en av de ansvariga läkarna på Södersjukhusets akutmottagning för våldtagna kvinnor, AVK, och möter dag som natt unga kvinnor som har utsatts för sexuella övergrepp. En och annan man också, men dem hänvisar personalen vidare till den vanliga akutmottagningen. Underlaget av våldtagna män är inte tillräckligt stort för att de ska få en egen klinik, men man vet också att mörkertalet är stort.

Mottagningen är unik i sitt slag, här tar man varje år emot 700 kvinnor som har utsatts för sexuellt våld. Om en kvinna blir våldtagen någon annanstans i Sverige får hon vända sig till den ordinarie sjukvården. Men på Södersjukhuset i Stockholm slussas kvinnorna direkt in till läkare, sjuksköterskor och barnmorskor som är specialutbildade just på sexuella övergrepp. Här kan kvinnorna undersökas och direkt få träffa en kurator eller psykolog.

Ulla Ytterholm har varit med sedan starten 2005. Hon valde aktivt att söka sig till den nystartade mottagningen efter tolv tuffa år på den vanliga akutmottagningen. De våldtagna och misshandlade träffade hon ändå, och här tycker hon att hon gör större nytta.

Shirin Sundin frågar henne varför det är så.

– Jag har mer tid med varje patient. Svårare än så är det inte.

– Och vad exakt gör du?

– Allt sker i samråd med kvinnan, hon undersöks bara om hon själv vill. Vi använder bland annat ett så kallat *rape kit*. Då undersöker vi inte bara patientens underliv, utan hela kroppen. Vi fotograferar och tar prover. Vi topsar under naglar, i ansikte och mun, bröst, underliv, överallt där mannen har varit. Vi gör en gynundersökning, men vi dokumenterar också kroppsskador som greppmärken på överarmarna, blåmärken eller sår på kroppen, skador i slidöppningen och så vidare.

– Tar ni också kontakt med polisen?

Ulla Ytterholm nickar stilla åt frågan. Hon är van vid den. Ofta är det kvinnorna själva som frågar, men med oro och ibland panik i rösten.

– Bara om de själva vill.

– Och hur ofta är det skulle du säga?

– De som kommer till oss är ju de som söker hjälp akut efter ett övergrepp så andelen som polisanmäler är något högre än vad vi finner i andra offerundersökningar. Ungefär sextiofem procent väljer att polisanmäla.

I samma stund som Ulla Ytterholm har svarat klart på den sista frågan hörs en knackning borta från Madeleine Edwards plats. Det är hennes kulspetspenna som låter när hon trummar med den mot bordet. Hon lyfter ett finger i luften.

– Förlåt att jag bryter in här, men herr ordförande. Allt detta är förstås intressant men jag kan inte se att det har någon som helst relevans för målet. Det är ett mordförsök den här rättegången handlar om, om advokat Sundin har glömt bort det.

Shirin Sundin nickar medan Madeleine Edwards pratar, som att hon håller med om exakt vad åklagaren säger.

– Jag förstår det. Jag ville bara skaffa oss en ordentlig bakgrund kring frågan om anmälningsbenägenheten hos sexualbrottsutsatta kvinnor.

Ali Khan spänner blicken i Shirin Sundin. Också han knackar i bordet med sin penna för att understryka allvaret i sina ord.

– Kom till saken, advokaten. Annars börjar också jag undra vad vittnet gör här.

Shirin Sundin vänder sig åt doktor Ytterholm igen.

– Får jag fråga dig så här då. Besökte en ung kvinna vid namn Emma Wahl mottagningen för våldtagna kvinnor natten mellan den 11 och 12 januari i år?

Madeleine Edwards stirrar oförstående på Shirin Sundin. Är advokaten inte riktigt klok? Ska hon sänka sin egen klient?

Alla här inne vet ju att Emma Wahl inte åkte till sjukhuset på natten efter att hon hade försökt döda Jack Rappe. Taxin körde henne hem, de hade de själva hört chauffören vittna om igår.

Bara det faktum att Emma Wahl avstod från att uppsöka sjukhusvård sänker hennes trovärdighet när hon påstår att det var ett våldsamt våldtäktsförsök hon utsattes för ute i Rappes villa.

Och nu verkar hennes egen försvarsadvokat vilja gnugga in denna prekära omständighet än en gång. Madeleine Edwards förstår ingenting.

Ulla Ytterholm nickar försiktigt innan hon svarar. Hennes rörelser är små men distinkta. I vanliga fall skulle hon som läkare inte behöva eller ens få svara på frågan, patientsekretessen ger all sjukvårdspersonal tystnadsplikt. Men om frågan gäller ett brott som kan ge mer än ett års fängelse så faller sekretessen.

– Nej, hon var aldrig hos oss. Jag har kontrollerat inskrivningsloggen för den natten, och dagarna före och efter för säkerhets skull. Och svaret är fortfarande nej. Någon Emma Wahl har aldrig sökt vård på Akutmottagningen för våldtagna kvinnor.

– Och om jag frågar dig om Jasmine Jung, som tidigare idag har vittnat inför den här rätten om att hon utsattes för ett sexuellt övergrepp i augusti 1995...

Doktor Ytterholm avbryter innan Shirin Sundin ställer frågan klart.

– Som jag sa tidigare så öppnade mottagningen 2005.

Madeleine Edwards kan inte låta bli att skaka på huvudet. Hon har faktiskt varit imponerad av försvarsadvokaten hittills under rättegången, men det här förhöret känns både malplacerat och förvirrat. Hon gör sin klient skada, inte nytta.

– Just det, så var det. Men om jag istället frågar dig om...

Shirin Sundin bläddrar bland sina anteckningar. Hon ser plötsligt ut att ha lite för mycket att tänka på. Pappren ligger huller om buller framför henne och det blir tyst i närmare tio sekunder medan hon letar.

– Här var det. Ursäkta mig. Om jag istället frågar dig om en ung kvinna som kom in med en taxi till er natten mellan den 14 och 15 mars 2008? En kvinna vid namn Anna Kesidis, med personnummer 860912-4647?

Anna Kesidis. Det är namnet på nästa vittne.

Madeleine Edwards försöker få ihop exakt vad det här innebär. Och datumet? 14 mars 2008?

Hon räknar baklänges i huvudet, måste stoppa reflexen att börja räkna upp årets månader på handens tio fingrar. Juni, maj, april, mars, ... Taxichauffören Miguel Gonzalez vittnesmål...

Helvete också.

Och Jack Rappe som inte hade reagerat när han hörde namnet på ett av de vittnen som försvarssidan skulle kalla.

– Anna Kesidis? Säger mig ingenting.

Han hade ryckt på axlarna.

De hade trott att det bara var en av Rappes många erövringar. De har gett klartecken för ett karaktärsvittne till, utan att ha en aning om det. Bara för att karln inte verkar ha vetat vad alla kvinnor han haft hette.

Madeleines hand flyger upp i luften igen för att försöka protestera, men den får hänga där till ingen nytta. Rättens ordförande Khan vinkar åt Shirin Sundin att fortsätta.

– Får jag be doktor Ytterholm om ett svar?

– Ja, det stämmer.

– Anna Kesidis kom till er för vård och undersökning?

– Ja.

– Stämmer det också att ni innan hon anlände fick ett telefonsamtal från en taxichaufför vid namn Miguel Gonzalez som sa att han var på väg till er med en skadad flicka?

– Ja.

– Är det korrekt?

– Ja, det står så i våra journalanteckningar, ja. Det är korrekt.

– Och vad kan du berätta för rätten om den flickans tillstånd?

Ulla Ytterholm berättar om undersökningen hon gjorde. Om skadorna i den unga kvinnans slidöppning, rött och svullet, irriterat och med sprickor. Om svagt framträdande greppskador, tio till antalet precis som antalet fingrar, placerade på lårens insida. En skada som tydde på att kvinnan försökt knipa ihop benen men att de bänts isär. Om det psykiska chocktillstånd som flickan befann sig i då hon kom till kliniken.

Shirin Sundin tackar för sig och drar snabbt ihop sina till synes röriga anteckningar. Hon ler stort när hon lägger pappren i en prydlig hög framför sig.

Madeleine Edwards får också möjlighet att ställa frågor till vittnet från våldtäktsmottagningen.

– Då undrar jag kring vad du berättade om skadorna. Den typen av skador i underlivet vi talar om här – är det alldeles givet att det rör sig om ett övergrepp? Kan du utifrån skadorna se att samlaget skedde mot kvinnans vilja, så att säga?

– Nej, det går inte. Utifrån min kompetens och min erfarenhet av skador av den här typen kan jag dock säga att de med säkerhet visar på att samlag har genomförts utan adekvat tändning hos kvinnan.

– Och kan doktorn vara snäll att förtydliga vad du menar med det?

– Utifrån skadorna som den här kvinnan hade så kan jag utan tvekan säga att det gjorde mycket ont, det hon var med om. Frivilligt eller ej.

Sedan vittnar kvinnan vars namn Jack Rappe aldrig tidigare lagt på minnet, men som nu skriver in sig i hans livshistoria för all framtid.

Anna Kesidis berättelse är så lik Jasmine Jungs att försvarsadvokat Shirin Sundin kommer på sig själv med att ställa exakt samma frågor flera gånger. Anna Kesidis har dock aldrig arbetat med film, utan träffade skådespelaren Jack Rappe på krogen. Hon är tjugotre år gammal och arbetar som frukostvärdinna på Hotell Amaranten. Hon är halvgrekiska, hennes pappa är från Rhodos och hennes mamma från Bålsta.

Den största skillnaden mellan Anna Kesidis' och skådespelerskan Jasmine Jungs vittnesmål, är att Anna Kesidis inte verkar lika rädd. Hon har väl inte lika mycket att förlora på att vittna.

Men hon tittar inte en enda gång åt Jack Rappes håll medan hon svarar på Shirin Sundins frågor. Frågorna om flirten i baren på Riche som övergick till hångel i en taxi hem till Rappe, om hånglet som var på väg att övergå till ett regelrätt samlag. Och om örfilen över vänster kind som fick henne att falla baklänges i hans breda säng. Som fick henne att lyssna på orden han sa när han drog av sig byxorna.

– Vad sa han?

– Han sa: Nu håller du käften och gör som jag säger.

– Vad sa du då?

– Ingenting. Jag höll käften.

Anna Kesidis hickar till. Hon verkar vara på väg att börja gråta men behärskar sig.

– Och sedan gjorde jag allt han sa åt mig att göra.

Madeleine Edwards avböjer att ställa frågor till Anna Kesidis, men målsägarbiträdet Allan Borg säger sig ha några "frågetecken han vill räta ut".

Han smackar ljudligt innan han börjar och Madeleine Edwards blänger på honom. Oavsett anledningen, om han är muntorr eller något, så låter det stötande. Som att han vill sätta tänderna i den unga kvinnan. Anna Kesidis sitter med blicken i bordet framför sig, det svartblanka håret hänger som ett draperi och bara nästippen skymtar fram.

Han drar i sina styva skjortärmar innan han börjar, Madeleine ser hur han smeker med tummarna över sina manschettknappar som om han finner styrka i känslan av sitt eget förgyllda monogram.

– Då vill jag börja med att säga att jag tycker att det är jättestarkt av dig att orka komma hit till rätten idag.

Hans röst är mild. Försåtlig som en mina under en grönskande tuva.

Anna Kesidis tittar blygt upp på honom, möter hans blick och viskar fram ett tack. Han naglar fast henne med blicken.

– Samtidigt kan jag inte låta bli att undra, till och med känna viss skepsis inför ett par saker du har berättat här idag. Du anmälde väl på natten där på sjukhuset för polisen vad du hade varit med om, antar jag?

Anna Kesidis försvinner in bakom håret igen.

– Nej.

– Förlåt, nu hör jag dig väldigt dåligt här och det gäller nog för domaren och nämndemännen också. Får jag be dig att svara lite tydligare?

– Nej, det gjorde jag inte.

– Och varför gjorde du inte det om jag får fråga? Du är väl medveten om att det du sitter här och påstår att Jack Rappe har utsatt dig för, våldtäkt, att det är ett brott? Ett mycket allvarligt brott, vill jag tillägga.

– Jo.

– Men ändå ansåg du inte att polisen hade med det att göra? Du får förlåta mig, men du måste nog utveckla lite grann hur du resonerade i den här frågan. Om det nu var så hemskt och kränkande det här som du påstår dig ha varit med om.

Hans ton är mer än raljant, den är öppet föraktfull. Anna Kesidis tittar inte upp på honom, men hon vrider på huvudet. Ser sig om i rättssalen, men verkar inte riktigt veta vad eller vem hon tittar efter. Det är knäpptyst, bara suset från luftkonditioneringen hörs. Anna Kesidis harklar sig innan hon svarar.

– Jag... jag vågade inte.

– Nähä. På så vis. Och då menar du...

Anna Kesidis röst är med ens stark när hon avbryter Allan Borg.

– Men nu har jag gjort det. Jag var hos polisen igår och de sa att de skulle inleda en förundersökning på en gång.

Allan Borg stirrar på henne när hon fortsätter:

– De sa att det hade kommit in två liknande anmälningar också.

Allan Borg låter allt annat än övertygande när han riktar sig till domare Khan med sin protest.

– Den där sista uppgiften är bara andrahandsuppgifter, ska vi komma ihåg. Vittnet kan inte sitta här och berätta om vad andra har eller inte har gjort.

Ali Khan nickar knappt synligt åt kommentaren och undrar om målsägarbiträdet Borg har fler frågor. Men nej, det har han inte.

Mats Hjörne sitter i en fåtölj snett mittemot Madeleine Edwards hemma i hennes vardagsrum. Tv:n står på på svag volym, de har en öppnad flaska Amarone på soffbordet mellan sig. Mats Hjörne kan fortfarande känna smaklökarnas jublande förvåning efter den första klunken. Aldrig förr har han smakat något så gott. Madeleine håller sitt glas i ena handen, med den andra gnuggar hon hårt knogarna mot ögongloben. Sminket smetar hon ut, men han tycker hon ser ganska skön ut. Som en panda efter en lång arbetsdag.

– Det är på väg att gå fullkomligt åt skogen det här.

– Madeleine... Det är inte självklart att de här vittnena påverkar så mycket som man kanske tror. Hon har erkänt, han dog nästan. Svårare än så behöver det inte vara.

– Jag har aldrig känt så här förut. Jag vill knappt gå dit imorgon... Gud, jag hatar mig själv.

– Nu är du väl hård mot dig själv.

Madeleine söker hans blick, fascineras över hur ärlig hon kan och orkar vara i hans sällskap.

– Det är inte bara hur det gick idag. Du vet hur åklagare brukar kritiseras för att de bryter mot objektivitetsplikten och kommer alltför nära målsäganden. I det här fallet är det stor risk för att det blir precis tvärtom. Jag står inte ut med människan.

– Det behöver du inte.

– Men han förtjänade faktiskt inte att dö. Vad alla än tycker.

Det är hon som har bett Mats komma. Redan i bilen på väg hem från rättssalen gjorde Madeleine det enda som kändes riktigt rätt denna hemska dag. Hon tryckte på Mats Hjörnes namn på mobiltelefonen utan att tillåta sig att tänka efter och bad honom att komma över innan han hann säga mer än hej. Jag behöver prata, erkände hon.

Nu sitter de där. Han fyller hennes lilla emma-fåtölj och hon förstår inte varför han sitter där när soffan är så stor.

Hon klappar på dynan bredvid sig. Det är en gigantisk Howard-soffa, de får plats.

– Sätt dig här istället. Det ser inte så bekvämt ut i den där.

– Är du rädd att jag ska sitta sönder ditt arvegods?

– Får du så gärna göra. Jag är mer än lovligt trött på den, jag har haft den i över tjugo år. Brasved skulle den passa bäst som.

Mats Hjörne reser sig upp, han känns enorm när han hukar sig över henne där hon sitter med benen ihopvikta under sig. Fortfarande i dräktkjol och tunna strumpbyxor, men med blusen uppdragen och hängande fritt utanpå. Så här har ingen man fått se henne på många år.

Hon vänder sig upp mot honom, han ler lite och sätter sig ner. Lyfter fram en kudde som hamnat bakom ryggen och lägger den i knäet. Den ser pytteliten ut i hans stora famn. Madeleine skulle vilja krypa upp där och låta sig omslutas av all hans styrka.

– Vad är grejen med Amarone? Jag är ingen vinexpert, kan knappt känna skillnad på Cabernet och Chardonnay.

Madeleine ler, försöker få bort överseendet ur mungiporna innan hon svarar.

– Chardonnay är ett vitt vin.

– Ja, du ser.

Han skrattar, sveper vinet i en stor klunk och flinar mot henne med spår av de dyrbara druvorna på sina tänder. Jesus, vilken man.

– Vissa säger att man kan dela upp sin alkoholkonsumtion i före och efter sitt första glas Amarone.

– Ah. Så nu är jag på andra sidan?

– Just så. Det här är en Novaia från 2005, ett riktigt bra Amarone-vin. Inte från den mest överlägsna årgången 2006, men den börjar man först nu kunna dricka. Det ska du få smaka en annan gång.

– Så det blir fler gånger?

Madeleine flinar hon med, med utsmetad mascara och vinröda mungipor.

– Det kan du räkna med.

– Idag är det din tur.

Emma nickar stumt. På rättegångens fjärde dag har hon för ovanlighetens skull satt upp håret, en fläta ligger som en tjock orm över hennes vänstra axel. Hon har sminkat sig och hon bad särskilt att få sin favoritklänning till häktet, en svart omlottklänning som hänger lite löst. Shirin Sundin tycker att hennes blick påminner om någon som är på väg till sin egen begravning och försöker ge henne styrka och mod genom att le. Men hon känner själv att det tillgjorda flinet inte riktigt vill nå ögonen.

– Det här kommer att gå bra. Det är bara kompletterande frågor.

– Vi får väl se.

Emma vet ju. Det värsta är egentligen över, hon har redan berättat en gång. Det gjorde hon i slutet på den första rättegångsdagen. Ändå känns det fruktansvärt att hon ska korsförhöras igen, efter att alla vittnen har sagt sitt. Kan de inte bara låta henne vara nu? Döm mig till livstid om ni vill, jag kan ändå inte göra något åt det, tänker hon.

Men Shirin är provocerande lugn och full av tillförsikt.

– Bättre förberedd kan man inte vara.

– Tänk om jag svimmar.

– Det gör du inte. Du sitter dessutom ner hela tiden.

– Men ändå. Man kan väl svimma fastän man sitter.

Shirin kramar Emmas lilla hand.

– Då fångar jag dig.

Vice chefsåklagare Madeleine Edwards ser vänlig och reko ut. Emma har svårt att veta hur hon ska förhålla sig till kvinnan och hennes frågor. Är de försåtliga eller uppriktiga? Hon vet inte.

– Kan du säga någonting om din berusningsgrad, när ni lämnade Café Opera och när ni kom fram till Jack?

– Full, men inte redlös. Jag kunde gå, utan problem. Vi hade ju dansat hela kvällen och jag tror jag drack det sista glaset champagne någon timme innan vi gick.

– Drack du mer sedan? När ni kom hem till Jack?

– En öl. Jag drack inte ur hela.

– Och Jack? Vad kan du säga om hans berusningsgrad, om hans sinnesstämning?

– Han var full. Men han tål mycket. Det märks knappt på honom. Så länge han inte dricker sprit.

– Gjorde han det den här kvällen?

– Inte vad jag vet. Nej.

– Och du? Drack du någon sprit?

– Nej. Bara champagne, och den där ölen då.

– Och Jacks sinnesstämning?

– Glad. Rusig. Han hade ju vunnit. Guldbaggen. Han höll den i handen i bilen, klappade den som en liten katt. Alltså på skämt mest, men han var så himla glad för den. Stolt.

– Så han var på bra humör skulle du säga?

– Ja. Definitivt.

– Och du? Hur var du?

– Också glad. Men trött. Det hade varit en lång kväll.

– Men du följde ändå med Jack? Du åkte inte hem till dig?

– Nej, han ville. Så, ja...

– Så vadå?

– Då följde jag med.

– Var du ledsen för att du inte hade vunnit, du var ju också nominerad?

Emma skakar på huvudet.

– Nej, faktiskt inte. Jag trodde inte att jag skulle få den.

– Inte alls?

– Nej. Klart att jag hoppades, men jag visste att det var ganska osannolikt. Så jag blev inte så ledsen. Det betydde mycket mer för Jack. Han har hållit på så länge.

– Och hur var stämningen i bilen?

Emma fattar tag i sin fläta. Hon vrider den ett varv runt pekfingret och dröjer på svaret.

– Som det ofta var. Ganska... vi var kåta. Fulla och kåta.

Madeleine nickar. Emma såg sina föräldrar när hon gick in och satte sig för en stund sedan, hon vill inte ens tänka på att de sitter här och lyssnar. Men att hon var kåt i en taxi tillsammans med en snygg man är knappast värre än hur kvällen slutade, tänker hon.

Hon sneglar på sin advokat. De har ju pratat om det här, att det är bäst att hon är så ärlig som möjligt. Ändå blir Emma osäker. Ska jag verkligen berätta allt? Med tanke på vad som hände senare? Men Shirin ger henne bara en uppmuntrande nickning.

– Var det uttalat att det skulle fortsätta när ni kom hem till honom? Hånglandet?

– Ja, det var det väl.

– Och bli mer?

– Ja.

– Får jag fråga dig så här, Emma. Om det är okej. Ville du ha samlag med Jack Rappe den här natten?

Emma tittar upp. Hon undviker i möjligaste mån mannen som sitter till höger om åklagaren, hon har faktiskt lyckats avhålla sig från att titta direkt åt Jacks håll hittills under de fyra dagarna i rätten. Hela tiden medveten om hans närvaro, oavsett om hon har sett ner på bordet framför sig eller försökt fästa blicken precis bredvid hans huvud.

Ärlighet varar längst. Du vinner på att tala sanning, hör hon Shirins röst i huvudet.

– Ja, det ville jag. Men inte så.

– Hur menar du?

– Inte som han ville. Men han lyssnade inte.

– Tack, Emma, förlåt att jag avbryter men vi kommer dit strax. När ni kom hem till Jack, gick ni direkt till bastun eller in i huset först?

– Vi gick in i huset. Jag frös, jag hade blivit så fruktansvärt nedfrusen tidigare på kvällen innan vi gick in på själva galan och det var som om jag aldrig riktigt hade fått upp värmen. Jack föreslog att han skulle tända en brasa.

– Gjorde ni det?

– Nej. Vi gick ner till bastun istället och satte på den.

– Vem var det som tog initiativet till det?

– Det var nog jag.

– Varför det? Tar det inte längre tid att få upp värmen på bastun än att bara tända en brasa?

– Jag vet inte. Det är väldigt fint där nere. Bastun ligger direkt på bryggan och... ja, det är romantiskt. Tycker jag. Vi har...

Emma stannar. Tar sats och försöker igen.

– Jag tycker att vi har haft några riktigt fina stunder i den bastun.

– Okej.

Emma ser i ögonvrån hur det mörka huvudet bredvid Madeleine Edwards nickar och hon kan inte låta bli, blicken dras obönhörligt dit. Det är Jack som nickar åt hennes svar, igenkännande. Han minns också, något som liknar ett leende drar snabbt förbi i hans ansikte.

Han ser härjad ut, tänker Emma innan hon tittar bort.

– Och vad hände där nere?

– Vi klädde av oss. Jack satte på sig en morgonrock. Jag fick en också, och skorna behöll jag på. Han hämtade kalla öl ur en kyl han har där, men jag ville först inte ha. Jag började känna mig nästan bakfull efter allt drickande tidigare på kvällen. Jag frös också.

– Men du drack sedan?

– Ja, han öppnade en åt mig så, ja, jag drack.

– Har du någon uppfattning om hur mycket Jack drack? Hur många öl?

– En del. Tre kanske. Två, jag vet inte.

– Men mer än du?

– Ja.

– Och sedan bastade ni?

– Nej.

– Nähä?

– Alltså, vi kom aldrig så långt.

– Vad gjorde ni istället då?

– Vi började, eller fortsatte snarare, hångla. Vi kysstes och så.

Emma sluter ögonen. Om hon ska klara av att sitta här inför en fullsatt rättssal, inför sin mamma och pappa och prata om sex, om hur hon beter sig när hon har sex... Det går knappt. Det är hemskt. Madeleine Edwards säger åt henne att hon förstår om det är tufft för henne att prata om det här, men ber henne ändå fortsätta.

Hon manar på, bestämt men hänsynsfullt.

Emma berättar om hur de började. Som så ofta förr, med att hon sög av honom. Båda hade badrockarna på sig, men öppna och de var nakna under. Jack bad henne ställa sig mot en av vilstolarna. Med rumpan mot honom. Hon tog av sig allt utom skorna.

Emma blundar igen.

– Först förstod jag inte vad det var. Men han tömde ölen över mig, över mitt ryggslut och min rumpa. Jag tjöt till för det var så kallt, och för att jag blev förvånad.

– Varför gjorde han så?

– Sedan satte han tummen för flaskan och skakade den, och sprutade ner hela ryggen på mig. Och rumpan. Det rann öl ner mellan skinkorna.

– Jag fick inte något svar på min fråga. Varför gjorde han så?

– För att fukta ner mig. För att kunna tränga in lättare.

Emma känner smärtan igen, hon återupplever hugget. Hon hör sitt eget skrik inne i huvudet, som så många gånger förut. Ett eko som hon lever med.

Hon känner styrkan i hans händer, en på varje höft. Hur han håller i. Hur hon inser, långsamt och snabbt på samma gång, att den här gången är annorlunda. Han kommer inte att ge sig. Han pressar på. Han flyttar höger hand upp till hennes nacke, drar undan håret. Fattar grepp om hennes hals likt en uppretad husse som tar sin bångstyriga hund i nackskinnet. Han trycker in höger tumme, precis under hennes vänster öra. Där käken fäster mot skallen håller han henne i ett järngrepp och det gör fruktansvärt ont.

Han tvingar sig på, försöker spränga henne i bitar.

– Penetrerade han dig?

– Va?

Emma tittar oförstående på Madeleine Edwards. För ett ögonblick känner hon inte igen kvinnan som sitter några meter bort och pratar med henne. Vem är det? Vad menar hon? Emma flackar med blicken. Den landar på Jack.

Hans ögon naglar henne. De försöker komma åt henne, bara genom att titta på henne försöker han förgöra henne.

– Lyckades han?

– Jag skrek. Och jag försökte vrida mig loss. Jag bad honom att sluta.

– Hur gjorde du det? Minns du hur du uttryckte dig?

– Jag skrek. Jag sa... Gör det inte. Jag vill inte. Jag sa att det gjorde ont.

– Slutade han då?

– Nej. Jag grep efter bordet, det stod mellan vilstolarna, eller bredvid. Där, vi hade ställt ölflaskorna där.

Emma känner den kalla flaskan i sin hand. Minns hur den fortfarande var immig. Den kalla vätskan inuti som mötte den varma luften utanför bastun skapade kondens som låg i ett tunt skikt över hela den gröna glasflaskan. Den var hal i hennes hand och hon fick klämma åt för att inte tappa taget. Hon minns inte hur, men hon hörde glaset som krasade.

Smällde hon den mot bordskanten?

Tappade hon taget och gjorde sönder den av misstag? Hon vet inte. Hon vet faktiskt inte.

Hon minns smärtan där bak. Hon minns skriket, om det var inne i huvudet eller kom ur hennes mun. Och hon minns det oresonliga hatet. Hur det kom upp till ytan. Det som hade funnits där under, där inne så länge. Föraktet. Självhatet. Vreden. Skammen.

Men mest av allt hatet, som bubblade, nådde kokpunkten och strömmade över alla kanter.

– Släppte han taget?

– Förlåt?

– När du slog sönder flaskan, eller om den gick sönder av misstag. Släppte han taget då? Eller fortsatte han, försökte han fortfarande pressa in sin penis i din analöppning?

– Jag... jag vet inte.

– Försök minnas, Emma. Det är viktiga frågor jag ställer. Släppte han taget? Om du vred dig runt som du säger, om du stod med ansiktet mot honom så måste du ju ha kommit loss? Hur, undrar jag då?

– Jag vet inte.

– Slog du dig loss, skrek du någonting eller släppte han bara?

– Jag... han kanske släppte. Vi blev nog båda chockade. Av ljudet från flaskan som gick sönder.

– Och sedan? Vad gjorde du sedan, Emma?

– Jag skrek.

– Vad skrek du?

– Jag vet inte.

– Vad gjorde du sedan?

– Jag körde in flaskan i magen på honom.

Shirin Sundin tar över. Det är som ett dånande vakuum inne i salen. Ingen säger något, ingen rör på sig. Tingsnotarie Anders Karlssons huvud gungar högt där ovanför, han ser ut som om han ska börja gråta. Ali Khans blick är outgrundlig.

– Vill du ha en paus innan vi fortsätter Emma?

– Nej, det är lugnt. Lite vatten, kanske.

Shirin häller upp vatten i en plastmugg och räcker den till Emma. Hon dricker en försiktig klunk och ställer ifrån sig muggen.

– Är det okej? Jag har inte så många frågor.

– Det är bra.

– Jag skulle vilja ställa en del jobbiga frågor till dig, Emma. Du får protestera om du inte tycker att det känns bra. Då bryter vi.

– Mmm.

– Det här att Jack ville ha analsex den här kvällen. Hur förstod du det?

– Han försökte trycka in den, där. Efter att han hade hällt öl över min rumpa.

– Sa han det?

– Han pressade på. Först tryckte han in tummen. Sedan försökte han med sin penis.

– I anus?

– Ja.

– Då vill jag fråga dig så här. Har ni haft analsex med varandra förut, du och Jack?

– Han har gjort så förut. En annan gång. Men det blev inget. Jag ville inte.

Emma berättar om händelsen före jul, i Jacks bil ute vid Telegrafberget. Hur hon hoppade ut ur bilen, hans utbrott när han inte fick som han ville. Hur han kallade henne fitta och körde iväg. Hon berättar om andra saker han fått henne att göra i sängen. Med tjat, smicker, övertalning, känslomässig utpressning, inlindande löften om kärlek.

Det sitter långt in, men hon berättar om allt han har fått henne att ställa upp på.

– Frivilligt?

– Vad är frivilligt?

Shirin Sundin svarar inte, rycker knappt märkbart på axlarna. Emmas motfråga är mer retorisk än insisterande, snarare existentiell i sammanhanget.

– Emma, för någon som inte känner dig, så måste jag ändå fråga. Varför fortsatte du träffa Jack när han behandlade dig så illa?

Emma hostar. Hon tar en klunk vatten till och ber tyst om ursäkt.

– Jag försökte. Jag ville bryta, inte ha med honom att göra.

Hon sneglar åt hans håll. Känner vansinnet strömma från honom, hur det landar i hennes egen galenskap.

Emma lyfter på huvudet. Drar undan några hårstrån som har tagit sig loss ur flätan och kittlar henne i ansiktet. Tittar länge på Jack tills han vrider på huvudet och möter hennes blick. Tiden står stilla. Luften mellan dem, den som alltid har varit laddad, är tät av undanträngda känslor och öppen fiendskap.

– Jag trodde att jag älskade honom. Men nu vet jag att det var något annat.

Något slocknar i de magiska ögonen. Han flinar till, försöker direkt dölja det.

– Jag vet att jag borde, men jag ångrar det inte.

Shirin Sundin äter ingen lunch trots att de har en timmes paus. Hon ursäktar sig och lämnar Emma ensam i samtalsrummet. Drar sig undan till en toalett och sätter sig på toalocket. Hon brukar inte vara nervös, men idag... Nu väntar det sista korsförhöret, Jack Rappe ska svara på frågor. Det känns som om den viktigaste delen av rättegången ligger framför dem.

Hon vet att de sitter säkert. Hon hörde ju Emma med egna öron. Hon var fantastisk. Hon var stark och hon var trovärdig.

Men hon erkände också att hon högg en trasig flaska rakt in i magen på en man som just då stod stilla, inte en man som gick till attack. Låt vara att han sekunderna innan försökt våldta Emma Wahl, men i juridiken handlar det ofta om millimetrar och sekunder.

Rätten kommer att fråga sig om Emma Wahl hade kunnat agera annorlunda. Hade hon kunnat få stopp på Jack Rappe bara genom att hota honom med det vassa glaset? Hade hon till och med redan hejdat honom?

Och varför ringde hon inte polisen efter att hon huggit ner honom, om det var en olyckshändelse?

Istället hade Emma låtit Jack ligga där på klinkergolvet och nästan förblöda. Hon berättade själv hur hon hade rafsat ihop sina kläder, sprungit naken ut på bryggan och kastat flaskan ut på isen, sprungit upp för trappan och samtidigt ringt efter en taxi. Hon hade torkat av sina blodiga händer på strumpbyxorna, knölat ner dem i den lilla aftonväskan och slängt dem i soporna sedan. Hon hade klätt på sig när hon väntade uppe vid grindstolparna och hon hade lagt ner mobiltelefonen i väskan. Hon hade kunnat ringa efter en ambulans, men hon gjorde det inte. Hon hade kunnat be taxichauffören om hjälp, men hon gjorde det inte.

Hon åkte hem och gömde sig. Hon lät honom ligga.

Shirin ställer sig upp och drar på vattenkranen på full kraft. Hon sköljer av händerna och kupar dem, fyller nävarna med kallt vatten och dricker det med stora klunkar. Granskar sin spegelbild och ser att den svarta kajalen har dragit sig ner under ögonfransarna. Hon tar fram sin necessär ur handväskan och bättrar på sminket, samtidigt som hon låter tankarna skapa sig en distinkt och kraftfull målbild av det kommande förhöret.

Hon kan ju det här. Är det något hon har finslipat till diamantskärpa de senaste åren så är det att hålla motförhör med våldtäktsmän. Nu är det här egentligen en rättegång om ett misstänkt mordförsök, men Shirin vet att hon inte är den enda som har sett hur viktpunkten sakta har förskjutits under de fyra dagarna i rätten.

Det har blivit en våldtäktsrättegång, också.

Fastän Jack Rappe inte står inför rätta, så är det i mångt och mycket han som måste stå till svars för sitt handlande.

Shirin Sundin kan inte låta bli att tycka att det är ödets ironi. I så många år har hon suttit på den andra sidan i rättssalen, bredvid målsäganden i våldtäktsmål, och sett dem ifrågasättas, klandras och hållas ansvariga för det övergrepp som de har utsatts för. Som om det skulle vara kvinnans ansvar att bete sig på ett sådant sätt att hon inte blir våldtagen.

Och nu sitter Shirin på den motsatta sidan. Hon som sa att hon aldrig skulle jobba som försvarare. Nu måste hon göra just detta som är en bra försvarsadvokats främsta uppgift, att ifrågasätta och leta tveksamheter i en målsägandens utsaga.

Shirin Sundins anseende och renommé beror till stor del på hur hon har arbetat i våldtäktsmål de senaste åren. Hon har tillsammans med några andra jurister gått i bräschen för att förflytta fokus från kvinnan, den utsatta, till mannen, förövaren.

Den ofta så kritiserade sexualbrottslagstiftningen har visat sig fungera alldeles utmärkt när man använder den rätt. Shirin har gång på gång riktat om fokus, ställt kritiska frågor till de åtalade killarna. Krävt dem på svar. Hur brukar du bete dig när du ska ha sex med en tjej?

Har du för vana att släpa hem stupfulla brudar från krogen? Är det vanligt att du står med byxorna nere vid anklarna och väntar på din tur? Har du haft analsex förut? Vad tyckte du om det?

Vad gjorde du för att förvissa dig om att den nästan medvetslösa flickan verkligen ville ha samlag med dig och dina två kompisar?

De brukar bli rasande. De brukar bli alldeles förbluffade. Vadå?? Varför undrar du det?! Deras försvarsadvokater också. Så ovana är många jurister vid blotta tanken att det är den misstänkta gärningsmannens sexualitet som kanske borde nagelfaras, så perplexa blir de att hon i princip skjuter på öppet mål.

Och nu väntar Jack Rappe. Ett offer som också är en förövare. En man som har hunnits ikapp av sin egen våldsamhet. Som hon skulle ha sagt om detta hade varit en amerikansk rättegångsserie: He had it coming.

Fientligheten finns i hans ögon, men han är trots allt skådespelare. Man måste sitta ganska nära för att se. Publiken på läktarna ser nog bara det släta lugna ansiktet och de upplyfta ögonbrynen som väntar på nästa fråga.

– Så när du flyttade till USA, vad gjorde du då?

– Jobbade med film.

– Men vad jag förstår dröjde det ända till april 1998 innan du påbörjade inspelningen av... ska vi se, *Man on the run*, som var din första amerikanska film. Du flyttade redan vid nyåret 1996. Stämmer det?

– Ja. Det tar tid, att etablera sig, träffa producenter, läsa olika manus, hitta rätt. Det är inget konstigt.

– Hade flytten till USA något att göra med de rykten som gick i den svenska filmbranschen om vad som hade hänt mellan dig och Jasmine Jung, eller ska jag säga vad du hade utsatt Jasmine Jung för? Att hon ämnade polisanmäla dig för våldtäkt?

– Jag har inte utsatt henne, eller någon annan, för något av allt det du insinuerar. Och det har alltid gått rykten om mig. Skitsnack är en evig följeslagare, förbannat svårt att bli av med.

– Jag har fått uppgifter om att det var din far, den danske regissören Karsten Gravesen, som ombads av din mor, skådespelaren Amelia Rappe, att så att säga "fixa in dig" i Hollywood. Detta för att du skulle kunna försvinna från svensk mark några år.

Madeleine Edwards tar till orda.

– Nu måste jag få lov att avbryta här. Dessa uppgifter är helt och hållet advokat Sundins egna. Inget vittne har verifierat detta påstående.

Ali Khan spänner ögonen i Shirin. Idag har han en ceriseröd slips som gör sig bra mot hans bruna hy och mörkgråa kavaj. Han rör sig knappt där han sitter uppe på podiet, men rösten har samma klang som om han hade stått upp och fyllt hela bröstet med luft.

– Åklagaren har rätt. Håll er till sådana fakta som har framkommit under förhandlingarna, inte lösa rykten från tredje part.

Jack Rappe sitter och glor rakt ut i luften. För en stund ser det ut som om han har tappat fattningen helt.

– Så vad var enligt dig den främsta anledningen till din flytt till USA?

– Att jag blev erbjuden några oerhört välbetalda roller i olika film- och tv-produktioner och att jag ganska snabbt blev en efterfrågad, omtyckt och berömd skådespelare där. Men det övergår kanske advokatens fattningsförmåga?

Målsägandebiträdet Allan Borg lägger en hand på Jacks arm. Han är en uppretad pitbull, han drar i kopplet som Borg håller honom i.

– Då skulle jag vilja ställa några fler frågor till dig om ditt förhållande med Emma Wahl?

– Förlåt?

– Ditt förhållande med Emma Wahl.

– Det var inget förhållande. Det är något hon har fått för sig. Jag är ledsen att behöva säga det så här, men alltså... Vi låg med varandra några gånger och jag förstod inte att hon blev så nere i mig. Vi hade inte så mycket gemensamt. Hon var en ung tjej som behövde ganska mycket hjälp för att kunna genomföra sin första roll och jag tyckte hon var söt. Mer var det faktiskt inte.

Jack Rappe lyfter armarna i luften, drar axlarna upp mot öronen och ser ursäktande ut, som om han är uppriktigt ledsen över att han inte hade några starkare känslor för Emma Wahl. Shirin känner Emmas lår mot sitt där de sitter, hur Emma skiftar tyngdpunkten på stolen och vrider benen under bordet runt varandra.

– Tillbaka till frågorna, om jag får be. För jag förstår fortfarande inte riktigt detta. Menar du att allt som hände mellan dig och Emma alltid var ömsesidigt?

– Ja, självklart.

– En tjej som säger nej, vad betyder det för dig?

Han håller ut armarna igen. Tittar med ett grin upp på publiken som för att söka stöd. Vad säger ni om de här frågorna?

– Var det inte en kollega till dig, advokaten Kerstin Sandels, som myntade uttrycket att ett nej inte alltid är ett nej?

– Jag frågade inte dig vad andra personer har sagt. Vad tycker du?

Shirin pekar med hela handen på Jack Rappe.

– Tjejer säger så mycket. De spelar, de leker, de har med sig en massa föreställningar om vad fina flickor får och inte får göra. Det finns de som säger nej och menar något helt annat. Det tror jag att advokaten också har varit med om?

Shirin märker vad han håller på med, och han är duktig. Maktbalansen är lätt omfördelad, kan förflyttas på bara några sekunder. Jack Rappe gör sitt bästa för att ta herraväldet med sina motfrågor och sin ton av road manlighet.

Han tittar på Shirin som om hon vore ett stycke kött. Fan ta dig, tänker hon. Jag är advokat, inte ett kön.

– Om en tjej säger att hon inte vill, är det alltså i första hand ett förhandlingsläge tycker du?

– Haha, advokaten. Där fick du till det. Nej. Om hon säger att hon inte vill och hon verkligen *menar* att hon inte vill, då blir det inget.

Jack drar länge på ordet menar.

– Är det så?

– Så är det.

– Emma har berättat här inför rätten hur hon har börjat gråta ibland när du har gjort saker med henne sexuellt. Varför det?

– Gud vet. Den man som förstod sig på kvinnors alla tårar skulle vara en rik man.

– Har du märkt det?

– Att hon har gråtit? Nej, inte direkt. Men ibland har jag väl, tja, varit upptagen med annat.

Flinet igen. Nu är det Shirin som känner att hon skulle behöva kopplas för att inte flyga tvärs över rättssalen och mura igen den där käften.

Istället trycker hon sina filade naglar in i handflatorna, låter plågan lindra och lugna hennes ilska.

– Bestrider du vad som hände natten mellan den 11 och 12 januari i ditt brygghus?

– Inte egentligen. Vi låg med varandra. Hon sög av mig och jag knullade på henne bakifrån och...

– Analt?

– Ja, analt. Och så när det var över började hon skrika om att jag inte älskade henne och inte släppte in henne i mitt liv och Gud vet allt hon sa. Jag försökte få henne att sätta sig ner och sansa sig. Men hon blev mer och mer tokig, hon drack mer öl och var ganska oregerlig. Plötsligt slår hon sönder den här flaskan och ger sig på mig. Jag hade fan kunnat dö där på golvet. På grund av henne.

Nu är det Jack som pekar. Ett långt pekfinger håller han framför sig, som skulle han skjuta Emma om han kunde.

– Och du menar att det inte var frågan om något försök till våldtäkt?

– Absolut inte.

– Och Jasmine Jungs uppgifter under ed?

– Hon ljuger.

– Jasmine Jung ljuger?

– Ja.

– Och Emma Wahl ljuger också?

– Ja.

– Anna Kesidis?

– Jag vet inte vem hon är. Aldrig sett henne förr.

– Är det alldeles sant det?

– Svar ja.

– Och alla andra flickor som har trätt fram och berättat om

sexuella övergrepp som du har utsatt dem för, ljuger de också?

Nu lägger sig Allan Borg i, med en hand i luften.

– Stopp. Nu går det för långt, herr domare. Advokaten har inte presenterat dessa personer inför rätten.

Ali Khan mullrar från podiet igen.

– Sundin. Håll er till saken.

Shirin nickar och formulerar om frågan.

– Det är många som ser på dig som en våldtäktsman. Du verkar tämligen oberörd inför dessa anklagelser. Är det bara ett spel?

Det sprakar och rör på sig där bakom ögonen, Shirin ser det tydligt. Han ler, men är ursinnig.

– Det får stå för dem.

– Är det din enda kommentar till dessa berättelser som har avgivits under ed av tre kvinnor med hög trovärdighet? Allt det är lögner? Du har alltså aldrig någonsin i livet våldtagit någon kvinna eller försökt våldta någon kvinna? Får jag passa på att påminna målsäganden om att han också är skyldig att svara sanningsenligt inför rätten för att undkomma ansvar för mened.

Jack reser sig upp ur stolen där han sitter. Det går långsamt och han tar tag i bordet framför sig och lutar sig mot Shirin Sundin. Vansinnet är på väg upp till ytan nu. Kvinnohatet. Föraktet för alla de som dansar efter hans pipa, avskyn för dem som inte gör som han vill. Vanan att styra flocken dit han vill att den ska gå.

Detta tål han inte.

– Jag är ingen våldtäktsman. Titta på mig!

Jack Rappe sveper med en hand över sin omtalade kropp. Skrattar när han väser fram de sista orden åt Shirin Sundin.

– Tror du att jag är en man som behöver tvinga till mig sex?

Rebecca Levin sätter sig på en parkbänk i Kronobergsparken. En djupblå skymning lägger sig över Kungsholmens kåkar, fönstren får liv och ljus av hemvändande hyresgäster. Rebecca ser en kvinna sträcka sig efter en kokbok, hon har en pastaslev i handen men försvinner sedan ur sikte.

Jonas står upp bredvid henne, portföljen i den ena handen, den tjocka luntan med pärmar under andra armen.

– Du behöver inte vänta, Jonas.

– Jag vill. Du…

– Jag mår bra. Det är okej. Det är över nu.

– Rebecca, nej. Det är långt kvar. Domen. Överklagande. Vi vet inte…

Rebecca viftar med några fingrar genom luften för att få tyst på honom. Hon vet allt det där. Men just nu vill hon bara sitta här och andas ut. Den första pärsen är över. Slutpläderingarna är hållna, rättegången är slut.

Nu kan de inte göra mer. Annat än att be.

– En sak lovar jag dig. Om den där förbannade åklagaren gör att min dotter hamnar i fängelse… Hon förföljer oss. Edwards, vice chefsåklagare, va. Jag ska…

– Jonas, lugna ner dig. Det är inte hon. Du såg väl själv. Hur hon satt nästan med ryggen mot Rappe.

Jonas tittar oförstående på henne. Han har verkligen inte en aning om vad hon menar. Rebecca lämnar det därhän.

– Varför är du inte lika förbannad på hans advokat, Allan

Borg, i sådana fall? Han var ju... vidrig.

– Han är alltid sådan.

– Och sedan när blev det en ursäkt?

Allan Borgs slutanförande hade varit fruktansvärt. Han hade gång på gång återkommit till hur förälskad Emma hade varit i Jack Rappe, hur hon varit besatt av honom. Borg hade visat bilder på stora projektorskärmar i rätten, dels fotot på Emma och Jack på väg in i taxin, och så bilden när de kysste varandra i parken. Bilderna hade beskurits så att fokus låg väldigt tydligt på Emmas korta kjol och bara lår. Han hade läst upp Emmas egna ord från förhöret där hon erkände att hon ville ha sex med Jack den kvällen och han hade till och med kommenterat hur frisk och fräsch han tyckte att hon hade sett ut de här dagarna i domstolen.

Slutligen hade Rappes målsägandebiträde pekat på henne med sin gyllene penna.

– Nej du, jag tycker inte att du låter eller beter dig som en kvinna som har varit utsatt för ett våldtäktsförsök. Jag tror dig inte. Jag tror att du ljuger. Du ljuger för att undkomma ansvar för ett överlagt och hänsynslöst mordförsök.

Rebecca hör ett tutande från en bil och tittar upp. Pers ljusgrå Mercedes gör en u-sväng på gatan och stannar till vid parken där hon och Jonas befinner sig. Rutan på passagerarsidan susar ner automatiskt och Per lutar sig fram från förarplatsen.

– Tjena. Har det varit jobbiga dagar? Jonas, hur är det? Hopp in, Rebecca.

Jonas öppnar bildörren åt Rebecca och hon försöker ställa sig upp, men benen vill inte lyda henne. Likt en gammal tant med gikt förblir hon sittande på parkbänken med fötterna fastfrusna i marken.

Jonas skyndar fram med en hjälpande hand och ur Mercan studsar också Per till hennes undsättning. Rebecca känner sig outsägligt svag och lite löjlig när hon med tunga och långsamma steg tar sig den korta biten till bilen. Hon sjunker ner i sätet och sluter ögonen. Hon känner på sin vänstra sida hur Per drar bilbältet över hennes bröst och spänner fast henne. På Rebeccas andra sida stänger hennes före detta man försiktigt bildörren och lutar sig in genom det öppna fönstret.

– Ta en whisky när du kommer hem. Per, fixar du det?

– Bara det finaste.

– Det har varit överjävligt, Rebecca. Fruktansvärda dagar. Du har rätt. Men så här är det, tyvärr. En rättsprocess är inte i första hand till för offren, de tilltalade och deras anhöriga. Domstolen måste...

– Kan inte du bara vara tyst nu, snälla Jonas?

Hon öppnar ögonen och tittar på honom. Inte argt, hon är bara så trött. Kan han inte bara... inte vara så mycket advokat jämt?

Per klappar henne på knäet, tröstande och lugnande. Handen blir kvar där när han lutar sig fram för att säga hejdå till Jonas. En liten gest av äganderätt. Per vinkar till Jonas samtidigt som han från sin sida trycker upp fönsterrutan.

När de svänger ut ser Rebecca hur Jonas står kvar en stund vid parkbänken. Genom backspegeln iakttar hon honom när han böjer sig ner och tar upp sin gamla portfölj. Hon ser hans ryggtavla när han promenerar ensam bort på gatan.

Mats föreslog att han skulle bjuda på middag ikväll. Madeleine är alldeles slut efter dagen i rätten och Jack Rappes explosiva utfall mot försvarsadvokaten, så hon tackar ja. Hon hinner förbi hem, under förevändning att hämta den där flaskan Amarone. Madeleine är precis på väg till groventrén innanför köket där hon förvarar sina viner när hon får syn på sig själv i hallspegeln. Så hon ser ut.

Hon kilar upp för att åtminstone byta blus och strumpbyxor, hon känner hur en svag men inte särskilt behaglig odör kommer från hennes fötter. Hon tar av sig kläderna, och bestämmer sig för att hon hinner med en snabb dusch. Det går på någon minut och hon går naken och fortfarande fuktig på ryggen in i klädkammaren. Drar ut lådorna och är på väg att fånga första bästa trosor. Nej. Hon tar de cremefärgade, de som hör ihop med balconettebehån hon köpte före jul och knappt har använt.

Nästan högtidligt drar Madeleine på sig de flortunna trosorna och knäpper fast behåbandet. Hon drar upp axelbanden och känner hur bysten hamnar ovanligt högt. Vad håller jag på med, tänker hon och skrattar till.

Inte hoppas, säger hon sig sedan. För att behärska sig bestämmer hon sig för att klä ner sig en smula, hon drar på sig ett par jeans och en v-ringad jumper. Drar med borsten genom håret och tar bara på sig underlagskräm, lite rouge och mascara.

Du vet vad du vill, säger en annan inre röst. Du vet vad du hoppas på.

Madeleine tar snabba kliv nerför vartannat trappsteg och går ut till sin vinsamling. Den ser inte mycket ut för världen, några vinhyllor från IKEA på ett hyllplan vid tvättmaskinen. Men Madeleine vet att några av flaskorna skulle hon kunna pantsätta om hon hamnade i akut ekonomisk knipa, så värdefulla är de.

Hon ställer sig på en tvåstegspall och drar ut en Serègo Alighieri, det är ett av de bästa Amarone-vinerna hon har. Inte värt en förmögenhet men gott och väl lika mycket som hennes silkesbehå.

Mats Hjörne sluter ögonen när han tar en första klunk. Han står vid spisen och rör i en köttfärssås som doftar ljuvligt. Han håller upp flaskan och granskar etiketten.

– Jag ska inte fråga vad det här kostar, va?

– Fråga kan du alltid.

Han håller flaskan över stekpannan och den puttrande såsen.

– Inte läge att hälla en deciliter här?

Han skrattar gott åt Madeleines min och ber henne sätta sig vid köksbordet. Han hämtar en påse dillchips ur ett skåp och häller upp i en skål som han ställer framför Madeleine. Hon tänker att det är ett helgerån mot vinet, men tar snällt några chips. De är lite mjuka och har nog legat länge i den öppnade påsen.

Hon ser sig runt i köket. Ett runt vitt bord står närmast fönstret tillsammans med fyra slitna Myran-stolar i olika kulörer. En kopia av en dansk Norm 69-lampa hänger från taket, inga gardiner i fönstret. Han har en imponerande samling kryddor på hyllan ovanför spisen. På golvet ligger en sisalmatta med solkiga kanter. En bänk bredvid kylen är belamrad med tidningar, post, kokböcker, pennor, mobilladdare och hela förundersökningen i Jack Rappe-fallet.

På en anslagstavla ovanför hänger vykort, en kallelse från

tandläkaren, en barnteckning som har krullat sig i kanterna och verkar ha många år på nacken, samt ett stort foto på en vacker kvinna med klarblå ögon och fräknar.

Madeleine tar mod till sig och går fram till bänken, böjer sig fram och tittar närmare på fotot. Kvinnan är fotograferad på en sandstrand, det ser ut som Spanien eller Grekland. Hon är solbränd på gränsen till röd, på axlarna syns tydliga linjer efter bikinibanden och runt ögonen avslöjar vita kråksparkar att hon kisat i solen. I bakgrunden syns en flicka som är fångad i språnget på väg ner till vattnet med en uppblåsbar klargul badmadrass under armen.

– Är det din fru?

Mats vänder sig om, han vrider ner plattans värme och ställer sig bredvid Madeleine.

– Mmm. Det är Josefin. Bilden är från Kreta, där på norrsidan dit alla turister åker. Hon är ung där, bara trettiofyra. Fyra år innan hon dog.

– Vad var det som hände?

Han berättar hur hon körde av vägen, på väg hem från en kompis i Nynäshamn. Inte det första och inte det sista offret på den livsfarliga länsväg 73. Han berättar att hon körde hans kombi den dagen, att det var han som hade sagt åt henne att ta den eftersom det skulle komma snö. Eftersom den var större, säkrare.

Mats tar en klunk av vinet. Blicken fäst på fotot på anslagstavlan.

– Jag har ofta tänkt att det var dumt av mig, hon trivdes aldrig med att köra min bil. Hon körde hur säkert som helst i sin lilla Nissan, men var aldrig förtjust i min Toyota. Men jag envisades och kanske var det svårare för henne att manövrera den när hon fick sladd.

– Mats. Så kan du inte säga. Gör inte så mot dig själv.

– Hon körde rakt in i ett träd. En ek tror jag det var. Flera hundra år gammal, den fick väl inte mer än en skråma. Bilen blev bara mos.

– Dog hon direkt?

Madeleine tittar på den skrattande kvinnans ansikte. En mamma. En fru. En kvinna mitt i livet.

– Nej, i ambulansen. Jag hann ner, och satt med henne. Det var... Det var fint. På något sätt.

Mats vänder sig om igen, vattnet har börjat koka i en stor kastrull. Han bryter en armledstjock packe spaghetti rakt av och slänger ner dem i det kokande vattnet. Dricker upp vinet och fyller på, Madeleine skakar på huvudet när han håller fram flaskan åt henne.

– Det är tio år sedan nu. I höst är det precis tio år. Det har ju funnits andra, som du vet, hon kollegan som kom förbi när vi käkade lunch i polishuset. Men inget på riktigt.

Madeleine nickar. Hon vet vad som ska komma, hon hoppas.

De står där i köket, Mats och Madeleine, med ångan som stiger från spaghettin och köttfärssåsen och med en överfull diskho i bakgrunden. Han med en smutsig kökshandduk nedstoppad i byxlinningen som han torkar händerna på. Hon mitt på golvet i jeans och sina noggrant valda underkläder. Stunden är både sorgsen och fylld av stillsam glädje.

Mats höjer glaset till en skål.

– Jag är väldigt glad att du är här, Madeleine.

– Jag är glad att jag är här.

– Jag har ofta undrat...

– Vadå?

– Om du har dragit dig för att bli vän med mig. För att jag är... ja, snut.

Mats Hjörne ler, med både ögon och mun. Han är inte snygg, egentligen. Magen är stor och spänner under pikétröjan, hans näsa är bred och han skulle behöva smörja in sin torra hud i ansiktet. Men axlarna är breda, blicken klar och intelligent, läpparna fylliga och sinnliga när han omedvetet plutar med dem. Hans öron är små och Madeleine tycker att de är rara, hans örsnibbar är runda som på en liten flicka.

Hon tycker att han är vansinnigt attraktiv. Hon inser hur länge hon har åtrått honom.

– Mats. Du vet att jag beundrar dig.

– Inte hälften så mycket som jag beundrar dig, det lovar jag dig.

De tystnar, dricker en klunk igen. Spaghettin börjar bli klar, Mats fångar upp ett spaghettistrå ur det kokande vattnet med en snabb rörelse och smakar. Madeleine erbjuder sig att duka och han pekar på ett skåp. Känn dig som hemma, säger gesten och Madeleine börjar plocka fram tallrikar och bestick.

De äter och pratar, mest om sina barn. Han vill veta hur det är med Alexandra. Sedan den gången han försökte medla mellan Madeleine och Alexandra efter en föräldrafri fest som förstörde halva huset har han alltid ömmat för den stundtals haltande relationen mellan de två.

Mats i sin tur berättar om Annas juridikstudier i Lund och om sonen Johan som nästan omärkligt håller på att flytta hemifrån till sin tjej.

– Han tror att jag inte märker det, hur han plockar med sig mer och mer grejer härifrån. Hans garderob är snart tom.

De undviker att fortsätta samtalet från förut. Det känsliga faktum att deras respektive yrkesroller har hållit dem isär så länge. Och inte minst den lilla omständigheten att rättsfallet Jack Rappe fortfarande är pågående. Det är på pappret inte okej att förundersökningsledaren mitt under pågående rättegång är hemma på vad som nog är att betrakta som en romantisk middag hos utredaren i målet.

Mats frågar om hon vill ha glass, men hon tackar nej. Köttfärssåsen var fantastisk och hon har pressat ner två portioner. Jeansen spänner och hon går runt i lägenheten, öppnar balkongdörren för att få lite frisk luft. Vardagsrummet är rörigt möblerat med alldeles för stora möbler, men i den svaga belysningen från smålampor på bord och fönsterbräden är det ganska mysigt.

Madeleine tycker igång cd-spelaren och de serena tonerna från en spansk gitarr fyller rummet.

– Vad är det här?

Madeleine förvånas över Mats musiksmak, och tycker samtidigt att låten känns bekant.

Han kommer ut i vardagsrummet och räcker henne ett skivomslag. Katia Cardenal, sjunger Taube på spanska. *Dans på Sunnanö,* fast till kubanska rytmer. *Aroma a lilas y a jazmín, embriagan el salón.* Madeleine tycker att det låter underbart och sluter ögonen när hon känner Mats ta hennes hand och leda henne bort till soffan.

Han kysser henne innan de hinner sätta sig ner, han fattar tag om hennes midja och drar henne intill sig. Armarna är hårda och starka, kyssen mjuk men samtidigt krävande. Madeleine är inte den enda som har väntat länge.

Han mumlar hennes namn och Madeleine översköljs av känslor och undanhållen åtrå. Hon känner sig som en tonåring när hon drar av tröjan i en rörelse och faller fram över Mats som har satt sig i soffan. Hon grenslar honom och känner hans händer fatta tag om hennes skinkor och lyfta hennes kropp mot sig. De kysser varandra om och om igen.

– Jag vill ha dig.

De enkla orden får honom att dra av sig tröjan också. Madeleine sätter sig på soffbordet och knäpper upp hans skärp. De ställer sig upp båda två för att dra av sig byxorna och hamnar kropp mot kropp. Han är så lång, Madeleine känner sig liten.

Han andas tungt av upphetsning, hon lätt och snabbt.

Mats böjer sig ner och kysser de hävande bröstkullarna, ett finger letar sig in innanför behåns spetsar och träffar rätt på en gång. Madeleine stönar högt och drar i Mats boxerkalsonger. Till slut vågar hon tillåta sig att komma ihåg alla gånger hon har drömt om just detta, just hur det skulle kännas att lägga en kupad hand på honom, känna honom röra sig där under, svara på hennes smekning.

Hon får av sig trosorna och puttar till Mats för att få honom att sätta sig igen. Hans stånd står rakt upp och väntar på henne när hon återigen sätter sig över hans skrev, nu öppen och mottaglig. De ropar högt båda två när han fyller henne och bakom Madeleines slutna ögon böljar färger och ljus som hon inte vet varifrån de kommer. Hon gungar i takt med tonerna av Taubes *Fragancia* och drar in Mats mättade doft.

Mats fyller munnen med hennes bröst, lyfter ihop dem och pressar ansiktet mot dem. Madeleine trycker sitt blygdben mot Mats, pressar sig hårdare och hårdare, gnuggar sig och hör sig själv tjuta och gny av lust. Mats dova stönande mot hennes hals och bröst, hon hör det knappt längre.

Och hon faller, faller, faller. Hon jublar och ropar högt, rakt ut. Hon faller och när hon landar faller hon igen, i lättad gråt. Äntligen.

IV

Augusti

Your candle burned out long before
Your legend ever did
Goodbye Norma Jean

ur Candle in the Wind
av Elton John

Emma Wahl lutar sig bakåt med ryggen mot planket. Det ohyvlade träet river lite mot hennes bara skulderblad men solen värmer skönt här. Hon sträcker sig efter kaffekoppen som hon har ställt ifrån sig på bänken. Kisar och ser på Yohanna. Hon dricker en cola och håller upp handen för ögonen.

– Shit, det är varmt alltså.

– Klaga inte. Det har regnat i två veckor. Det kommer regna snart igen. Håll käften och njut.

Yohanna flinar och norpar en cigg ur Emmas paket utan att fråga. Tänder den med Emmas tändstickor.

– Får jag?

– Lite sent nu, va?

Emma drar ner röken i lungorna, håller kvar den en stund och släpper ut den genom näsan. Inser att hon måste se ut som en riktig gangstabrud där hon sitter, med tunt linne, bicepsen som hon tränar varje dag, kroppsspråket hon har lagt sig till med, uppvikta militärbyxor med rejält häng bak och sättet hon röker på. Med ciggen hoptryckt mellan tumme och pekfinger, dold i sin kupade hand, röken genom näsan.

Det är en roll, säger hon sig. Det är så kort tid. På något sätt är det så jag får se det. En roll. Jag lär mig, hela tiden.

Jag blir starkare, för varje dag som går.

Hon har börjat gå upp i vikt igen. Inte bara för att hon tränar mycket och muskler väger mer än fett. Hon äter som aldrig förr. Inte godis och så, det har hon inte pengar till. Men mat, riktig mat. Kolhydrater. Mycket sås. Pasta, ris, potatis och kött. Extra allt och riktigt smör på mackorna. Inte så att hon svullar, inte så att hon sväller. Men hon äter upp sig. Tar igen allt hon förlorat.

Ovanför hennes huvud grönskar ett stort träd. Hon har ingen aning vad det är för sort, men det sitter många fåglar i det. De kvittrar och sjunger, hon sluter ögonen och lyssnar. Är i stunden. Njuter, faktiskt. Femton sekunder kanske, men känslan är äkta. Ren och närvarande. Det blåser nästan ingenting här på gården, men hon hör löven röra sig uppe i trädkronan. Långt borta susar en väg, men det känns fjärran. Världen utanför finns inte riktigt. Inte just nu. De är så långt från allt och alla här ute.

Yohanna röker klart. Fimpar på marken och går in. Erbjuder sig att ta med Emmas tomma kaffekopp men hon viftar med handen. Nej, nej, den tar jag. Hon vill sitta kvar en stund. Softa, njuta, vara ett med fågelkvittret, vinden mot kinden och solens värme. Känna att allt är vanligt.

Hon tänker sig iväg till en strand. Tillsammans med mamma och sin lillebror Oliver. Pappa får också vara med, de skickar iväg honom för att köpa glass. Själv är hon blöt och tung i kroppen efter en simtur. Hon skrattar åt något Oliver säger, han viker upp ett medhavt backgammon och utmanar henne. De kastar sina tärningar, hon slår honom. Hon går en match mot pappa också, han kryper upp på Olivers handduk i solen och viker ihop benen i skräddarställning. Hon dricker kall Pommac ur en glasflaska med ett tunt sugrör i och kisar mot sin mamma som ligger och blundar i solen. Hon är så vacker där hon ligger, ansiktet fridfullt och utan rynkor mellan ögonbrynen eller runt munnen. Emma vinner mot pappa också och höjer armarna mot skyn. *'Cause I am the champion*, sjunger hon till tonerna av Queens gamla hit.

Emmas läppar rör sig där hon sitter. Solen har vandrat iväg på himlen och trädens lövade grenar skuggar henne nu. Tusen nyanser av grönt rör sig över hennes huvud. Hon tittar bort mot de öppna dörrarna där borta. Tittar på klockan, det är snart dags för middagsmat. Lika bra att gå in.

Hon plockar med sig kaffekoppen, samlar ihop deras fimpar från marken och slänger dem på vägen in. Höjer handen till hälsning åt några andra tjejer i korridoren på väg till sin cell. Ditt rum, säger de hela tiden. Men varför hymla?

De säger anstalt, för det låter trevligare än fängelse. De säger klienter istället för interner eller fängelsekunder. Allt lindas in i bomull.

Emma sätter sig tungt på sin säng, den är så lågt över golvet att hon alltid dunsar till när hon sätter sig ner. Benen räknar inte med att hon ska fortsätta så långt ner. Den är åttio centimeter bred och kudden är gjort av något syntetmaterial som samlar sig i örngottets ena hörn hela tiden. Gardinerna i fönstret är tunna och stänger inte ute ljuset på morgnarna. Hon vaknar alltid väldigt tidigt. Hon brukar gå till gymmet så fort hon får, göra av med all energi hon har samlat på sig under nattens svarta timmar. De få.

Nästa år kommer hon ut. Längre ska hon inte vara här. Hon ska nog kunna stå ut. Åtta månader av hela livet, vad är det? Egentligen? Det är inte så illa som hon trodde. Hon ser det som en resa, en inre tripp. En rensning.

Som rehab, fastän hon inte har haft något missbruk.

Fast Jack kanske var mitt knark, tänker hon. Som beroendeframkallande heroin var han. Ett rus, en ljuvligt galen förtrollning med en baksmälla fylld av ångest och ånger.

Och som en nykter alkoholist aldrig mer kan känna doften av sprit utan att frestas kommer jag alltid vara rädd för att falla tillbaka, tänker hon.

Här får hon läsa tidningar. Så hon ser honom ibland. Blicken som möter hennes från tidningsuppslagen är svart och hård, den känns personlig och riktad mot henne själv. Hon läser att han har sålt sitt hus. Att han har fått en roll i en tv-serie i Tyskland, men tidningen anstränger sig inte ens för att dölja det faktum att det är frågan om en oansenlig produktion på en illa sedd kommersiell kanal.

Hon läser att han är ihop med någon kvinnlig aktris, hon ser på bilden att kvinnan påminner om henne själv. Precis som alla andra kvinnor han haft. Som klonade små dockor vid hans sida. Och hon läser att han säger att han har ”lagt allt det där bakom sig”. Emma vet inte vad hon känner. Lättnad. Sorg. Skuld?

Rätten sa ju det. Att hon var skyldig. Inte till mordförsök, men till försök till dråp.

Låt vara att hon fick ett så kort straff att tidningarna pratade om ”lägstarekord”. Domstolen kallade det inte nödvärn, men tog hänsyn både till att hon är under 21 år och till den kränkning hon utsattes för innan hon högg. De skrev till och med ordet våldtäktsförsök i själva domen.

Men. Samtidigt skrev domstolen att man fann det besynnerligt att hon inte försökte springa från platsen efter att hon slagit sönder flaskan och Jack hade släppt taget om henne. Att bara det kunde ha räckt för att avvärja Rappes attack.

Och kanske är det så. Kanske hade hon kunnat fly. Kanske borde hon ha sprungit för livet. Hon vet inte riktigt vad det var som fick henne att hugga. Ville hon döda honom? Var kom all den där vreden från?

Vad hade hänt om hon inte hade attackerat honom? Det får hon förstås aldrig veta.

Men ändå plågar tanken henne. Varför flydde hon inte bara?

Det känns som att hon, på något märkligt vis, ändå har sig själv att skylla för att det blev som det blev. Så känns det.

För faktum kvarstår. Hon är och förblir en kvinna som har

dömts för att ha försökt döda en annan människa. Hon är och förblir ansvarig för hans skada, hans lidande. Hennes märke finns för alltid på hans kropp.

Och Jacks grepp om hennes hals kommer aldrig att helt försvinna.

Det knackar på hennes dörr, den är inte stängd men igendragen. Det är Yohanna.

– Du har fått post. Det ligger där borta i ditt fack. Ett stort kuvert.

Emma tittar på henne under lugg. Nickar bara kort och låtsas oberörd. Så fort Yohanna har gått sin väg sticker hon iväg genom korridoren.

Mycket riktigt, det ligger ett tjockt vadderat kuvert i hennes postfack. Stämplat med både postens märke och Kriminalvårdens godkännande. Hon öppnar det redan uppsprättade kuvertet, det har förseglats igen med tejp.

Det är ett manus. Hundra sidor, säkert. På förstasidan står *Lejonet och lammet*, namnet på manusförfattaren och längst nere i hörnet Tortuga Film.

Det ligger med ett brev från Linda Gregers, producenten från *Kyss mig igen*. Tonen är familjär och lite oroad, som om de vore de närmsta vänner. Emma känner ingenting. Linda Gregers känns som en fantasifigur, lika påhittad som rollen Emma spelade en gång. Då för ett liv sedan.

De avslutande orden är självklara i sin skamlöshet. Världsordningen förvånar henne inte längre.

”Rollen är din, om du vill ha den. Vi börjar spela in i mars. Det är en huvudroll, ett fantastiskt kvinnoporträtt. Jag tror att du kan göra rollen rättvisa. Du är en stjärna nu, Emma.”

Efterord

Romanen *Alfahannen* handlar inte om verkliga personer eller är menad att likna några nu levande personer. Men jag har i mitt arbete med researchen till den här boken funnit en mängd händelser och faktiska skeenden som jag har låtit mig inspireras av.

Som alltid när jag skriver vill jag skapa ett trovärdigt och verklighetstroget fundament till min fiktiva berättelse. Den svenska filmbranschen, liksom den i andra länder, har stora problem med machokult, gammalmodiga attityder och ett konstant undervärderande av kvinnligt konstnärskap. Film- och teaterhistorien bär på ett tungt arv av kvinnoförakt som alltför många i branschen är ovilliga att göra upp med.

Jag har i vanlig ordning ett stort antal personer att tacka för ovärderlig hjälp med research, faktagranskning och inspiration. Eventuella fel som ändå blivit kvar i texten har dock bara jag ansvar för.

Tack till mina närmaste för ert stöd och all kärlek och tilltro. Mina barn Emil och Moa, min man Mani. Mina föräldrar Karin Staffansson och Bo Wennstam. Ni är fantastiska.

Tack till mina vänner, som är mig behjälpliga med allt från tröst i natten och karaktärsutveckling, till vilka scener som ska strykas: Erika Strand-Berglund och Ilona Klein-Gullberg.

Kollegorna Denise Rudberg, Mari Jungstedt, Maria Sveland och Mian Lodalen. Tack speciellt till Dolores Morales för inspiration och stöd.

Tack för juridisk hjälp till advokat Louise Bjurwill och advokat och Barn- och elevombudet Lars Arrhenius, och för kriminalteknisk hjälp till Lennart Kjellander på Rikskriminalpolisen.

Tack för kloka samtal om film och teater och konstnärskap; skådespelarna Shima Niavarani och Lo Kauppi, Benny Fredriksson, chef för Stadsteatern i Stockholm, samt operaregissören Elisabeth Linton.

Tack för hjälp med skadebilder, traumavård och sjukhustekniska frågor till Lottie Hellström, chef för Akutmottagningen för Våldtagna Kvinnor, samt Sören Carlsson Sanz, chef för Akutmottagningen, båda på Södersjukhuset i Stockholm.

Som alltid ett varmt tack till mina barns förskola som gör det möjligt att vara författare och mamma.

Stort tack till alla fantastiska människor på Albert Bonniers förlag. Min redaktör Rachel Åkerstedt, min utlandsagent Susanne Widén, min pressagent Anna-Karin Korpi samt alla på Bonnier Pocket. Formgivaren Miroslav Šokčić som gör så fina omslag.

Allra sist ett extra tack till min förläggare Stephen Farran-Lee. Alla författare borde någon gång få arbeta med en förläggare som du.

Katarina Wennstam
Nacka september 2009

www.katarinawennstam.se